うるうの朝顔

水庭れん

Mizuniwa Ren

KODANSHA

目　次

第一章　チョコレートの種　—*toxin*—　7

第二章　ルビーの種　—*observation*—　65

第三章　汐の種　—*spiral*—　125

第四章　いろみずの種　—*colorful*—　189

第五章　雨粒の種　—*alien*—　237

装画　島田沙菜美

装丁　岡本歌織（next door design）

うるうの朝顔

プロローグ

朝顔の蔓《つる》はすべて左巻きに伸びるらしい。人間側から見て反時計回りだ。一方、つぼみはすべて右巻き――時計回りに花を絞るという。日々花を閉じたり開いたりしながら、ぐるぐると渦を巻き成長する。朝顔は、常に矛盾を内包している花なのだ。


さなぎから身を出すと、外は雨だった。空模様とは裏腹に、気分は爽快だ。

蝶《ちょう》は縮こまった翅《はね》をうんと伸ばして広げた。瞬く間に鮮やかな青色が露《あらわ》になる。この翅は、周囲からはひどく美しく見えるに違いない。たとえその裏側に、砂嵐に浮かぶ目玉のような恐ろしい模様を隠していようとも。

ふと、この翅なら水に濡《ぬ》れても平気かもしれない、と思った。水は他の色と比べて青い光をよく通すから。

――あの町に帰ろう。

ダムと、水路と、博物館のある静かな故郷に。

ただ、その前にひとつやらなければならないことがあった。ちょっと反則技かもしれないけれど、これくらいしないと、鋭いようで鈍いあの人はずっと気付かないままだろう。

蝶は慎重に、しかし迷うことなく曇天へと飛び立った。

雨はまだしばらく、止《や》みそうにない。

第一章

チョコレートの種

—toxin—

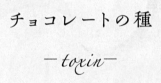

1

天気予報って、どうして悪い方にばかり外れるんだろう。

ハンカチを頭に載せた綿来千晶《わたらいちあき》は、突如降り出した雨から避難するため、とりあえず目に入った軒下に駆け込んだ。

地面を叩《たた》く音はすでにパラパラよりもザアザアに近い。雨はついさっき、転んだ幼児が泣き出すみたいにわっと本格化した。この様子では、せっかく供えてきたお線香やお花も台無しだろう。歩いて帰るにはこの薄っぺらなパンプスではあまりに頼りない。

「今日は久々に晴れ間の広がる一日となりそうです」

今朝の天気予報。特徴的な泣きぼくろが脳裏をよぎる。早朝にもかかわらず入念な化粧を施した美しい顔。日本列島のパネルの前でひかえめな笑みを浮かべていたお天気お姉さんは、確か元夫のお気に入りだった。あれを信用して傘を置いてきたのが馬鹿だった。

ピコーン。バッグの中でスマホが通知音を鳴らした。

きっと元夫からの催促の連絡だ。さすがにそろそろ返事をしなければ。憂鬱な気持ちを振り払うように、千晶は二の腕に張り付くシャツをつまんだ。自分が持って来ていないのだから、今朝うちを出た息子の樹《いつき》にも傘は持たせていない。一旦うちへ寄って学校まで迎えに行った方がいいだろうか。視線を上げ、上空にグレーの雲がどっしり構えているのを確認すると、ため息をひとつついた。

「強くなる一方ですね」

急に横から声がして、千晶はビクッと肩を跳ねさせた。

「すみません！」

まずい、勝手に入ってきてしまった。焦って振り向くと、若い男性が顔を出している。

「もしよければ中へどうぞ。少ししたら止むみたいですよ」

「え？」

「ここ、事務所です。ほら」

青年がちょいちょいと千晶の背後を指差した。振り向くと、『かわたれ霊園管理事務所』と書かれた看板があった。


――なんか、カフェみたいなところ。

流されるまま通された室内を見回して、まず思った。事務所というと雑然とした印象があるが、丁寧に整理整頓されていて、ファイルや新聞がラックの中できっちり列をなしている。取引先の名前が入った壁掛けカレンダーみたいなものもない。代わりに壁には抽象画が掛けられているが、決して悪目立ちせず、無機質な空間にほどよく色を差している。所々に観葉植物が置かれているのも爽やかだった。パキラ、モンステラ、ゴムの木……床置きのものだけでなく、壁や窓辺にもアイビーなど小型の観葉植物が葉や蔓を巡らせている。

「すみません、傘を持たずに出てきてしまって……」

この霊園には毎月来ているのに、ここに事務所があることを認識していなかった。手続きは姉に任せてしまっていたし、母のお墓以外を見て回ろうと思ったことすらなかった。青年に差し出されたタオルを、千晶は「すみません」と頭を下げて受け取る。本当に申し訳ない。

「あの。狭山《さやま》ってご存知ですか」

狭山？　突然なんの話だろう。

「狭山って、埼玉の、ですか？　名前だけなら……」

「ええ。お茶がとっても美味《おい》しいところです。狭山茶。甘くて濃厚で、クッと香ばしい感じもあって。冷やしてよし、熱く淹《い》れてもよし、なんです」

「知りませんでした。美味しそうですね」

千晶が面食らっていると、青年は嬉《うれ》しそうに奥の棚からお茶の袋を取り出してきた。じゃーん、と顔に書いてある。

「あったかいのと冷たいの、どっちにしますか」

「い、いえそんな」

そういう勧め方をされていたのか。

「美味しそう、のまま放置してしまうのはもったいないです」

「いえ、あの。お仕事中でしたよね。雨宿りに、タオルまで……。ほんとにすみません」

間髪を入れずに「ふふ」と笑い声が返ってきた。千晶が顔を強張《こわば》らせると、青年は慌てたように両手のひらを軽く合わせた。

「あ、いえ、すでに四回謝られたなと思いまして」

千晶は少し考え、ああ、と苦笑いをした。

「すみません」は千晶の口癖だった。積み重ねで染みついた習慣。

約十年間身を置いていた家庭では元夫や義理の両親に一日に何度も謝り、息子の学校では先生やクラスメイトの親相手に恐縮し、派遣先では社内の人にまで頭を下げる日々。

そんな自分が嫌いだったが、いつだって「すみません」程度のことしかしていないのだから仕方がない、とも思う。今日だって梅雨時に傘も持たずペラペラのパンプスで外に出た。そのせいでこうして他人に迷惑をかけている。ただでさえ要領が悪く人に迷惑をかけてばかりなのに、「すみません」すら言えない人間になるわけにはいかない。

「雨宿りって、元々は文字通り『宿泊』を意味していたそうですよ」

青年は喋《しゃべ》りながら、いつの間にか急須でお茶を淹れはじめている。こぽこぽと液体が注がれる音と立ちのぼる湯気。ガラス製の湯呑《ゆの》みに添えられた白い指が、予《あらかじ》めプログラムされているようにひとつひとつ丁寧に動く。

「車も電車もない時代、旅人からすると雨はゆっくり休むのにちょうどいい口実だったのかもしれませんね」

雨に濡れていらしたので温かい方にしてみました。青年はそう言いながら、ひたすら恐縮する千晶を半ば無理やり応接スペースへと通した。

「すみません。何から何まで」

「僕の方こそ気が紛れて助かります。雨がちょっと苦手なので」

青年は窓の方を一瞥《いちべつ》した。雨が嫌い、ではなく、雨が苦手。

「私、綿来と言います。ここには母が入っていて。今日も月命日で」

「はい、三区の奥の。お世話になってます。日置凪《ひおきなぎ》です。ここで墓守として働いています。何度か遠目にお見かけしてはいましたが、挨拶しそびれていました」

このなんだかくすぐったい青年は、ヒオキナギくんというのか。色白で細身。毛先だけほんの少しうねった短髪。フレームの細い丸メガネは、掛けていることを忘れそうなくらい彼の顔によく馴染《なじ》んでいる。やけに遠回りした話し方や、理屈っぽい言葉選びは落ち着いた印象を受ける一方で、無邪気で表情豊かな様子を見るとまだ子どもにも思える。二十代前半くらいだろうか。目の前で美味しそうにお茶を啜《すす》る姿は、「墓守」という語感とはあまりにかけ離れている。日置さんではなく、気安く「日置くん」と呼んでしまいたくなるような親しみやすさがあった。

「傘をお貸しできるとよかったんですけど、あいにく用意がなくて。雨、もうすぐ上がるみたいなので、それまで休んでいってください。宿泊は困りますが」

日置くんは笑いながら立ち上がると、座席に着きパソコンのモニターを見つめた。仕事に戻ったのだろう。

千晶はひとつ息をつき、出された湯呑みに口をつける。

「ん」

緑茶を口に含んだ途端、つい声が出た。日置くんの言う通り、すごく甘くて濃厚。香りもしっかりと立っていて風味も良《い》い。

「……美味しい」

日置くんが顔をこちらに向けてくすりと微笑《ほほえ》んだ。「美味しそう、じゃもったいなかったでしょう」

その後結局仕事を放りだした日置くんが滔々《とうとう》と説明してくれた情報によると「色は静岡　香りは宇治よ　味は狭山でとどめさす」という茶摘みの歌もあり、要するにこの三つが日本三大銘茶らしい。

「日本三大って、風景とか観光地くらいしか興味もったことなかったです。わたし教養もなくて。実際は色々あるんでしょうね」

「どうやって決めたのかわからないものばかりですけど、僕はわりと肯定派です。これは誰かの主観だなって素直に思えるところに好感が持てます」

「主観ですか」

「はい。その点、ランキングはあんまり好きになれないです。バラエティでもニュースでも、どこもかしこもベストテン、ベストスリーじゃないですか。ポイントで数値化して、いかにも客観的ですよという風に仕立てているのがなんだか……。僕、それを見るといつも十一位とか四位の気持ちになります」

わかる、と思った。一度だけ、同じことで元夫と揉《も》めかけたことがある。

以前、学校で行われた体力テストで、樹がクラス二位になったことがあった。本人は「反復横跳びが楽しかった」、「シャトルランは疲れるからもうやりたくない」など取り留めなく報告してくれていて、順位をさして気にしている様子はなかったが、あの人は結果表を開くなりまず言った。

「次は一位獲《と》ろうな」

特に深い意味がないのはわかっていたし、樹自身も「うん」と軽く応じていたのだが、何かが強く引っ掛かった。千晶は少し迷ったが「たかだか数十人のクラス順位にあんまり意味があるとは思えないけど、なんでわざわざ書くんだろうね」というようなことをそれとなく伝えてみた。もやもやの正体を彼が教えてくれることを期待したのかもしれない。

「意味はあるでしょ。この先ずっと競争はついて回るわけだから。受験だって就職だってそういう基準がないと何も決められないだろ」

「でも、二位だってすごくない？　去年より成績上がって……」

「うん、だから次は一位目指すんだろ。まさかとは思うけど、かけっこは全員一緒にゴールさせて下さいとか言うモンペにはならないでくれよ」

千晶の珍しく反論めいたニュアンスが不快だったのか、元夫は「甘い世間知らず」という嘲笑を隠そうともせず一方的に捲《まく》し立てた。相手がそれを待っていることを感じたので、すぐに「そうだね、ごめん」と引き下がると、そそくさと部屋を出ていった。千晶はその背中を見ながら、すぐに相手を言い負かそうとするのは、勝ち負けばかりに左右されてきたからなのかなと寂しくなった。

「ランク付けって、序列って、優劣ってことじゃないですか。つまり、ランク付けが生み出すのは優越感と劣等感ですよね。それって、人間にとってはどっちも有毒だと思うんです」

優越感も有毒。日置くんは慎重に言葉を探して重ねた。

「どっちも……人を蝕《むしば》むので」

どうしてだろう。相手がこの青年じゃなければ、説教くさいと感じたかもしれない。しかし千晶が抱いたのは、ある種の心強さのようなものだった。この人はきっと、中身のない「すみません」なんて言わない。それに比べて自分は。ここ数年ずっと同じ停滞感を弄んでいる。恥ずかしい気分だった。

「あ、上がりましたよ。雨」

緞帳《どんちょう》が上がるように、みるみるうちに室内が明るくなる。部屋のそこかしこに植物の影が伸びた。苦手な雨が止んだことで、日置くんもどことなく安心して見えた。

「すみません、ごちそうさまでした」

なんだか夢みたいな時間だったなと思いながら、千晶は空になった湯呑みを差し出した。湯呑みの縁に取り残された金色の水滴が、日差しを反射してきらきらと輝いていた。

2

――実家って、牢獄《ろうごく》みたい。

玄関を開け、靴を脱ぎ、壁のフックに鍵をかけるあたりのタイミングで、千晶はそう感じることがある。安心感と閉塞感が混在した場所。ここはあたたかくて穏やかな牢獄だ、と。

千晶はパンパンに膨れたエコバッグを、上《あ》がり框《がまち》にどんと置いた。

古びたよくある一軒家。外装も間取りも特筆すべき点は何もない。自分が離婚して戻ってきたから息苦しく感じるのだろうか。幸せになるために出たはずなのに、またここで暮らしているのは自分がサイコロを振るのが下手だったからなのか。離婚が成立した直後、大好きだった母に末期がんが見つかってあっという間に亡くなってしまったのも、そのペナルティかなにかだろうか。

千晶は物心ついた時からずっとこの家で暮らしていた。気が付けばすでに母と姉、祖母の女四人暮らしとなっていて、千晶に父はいなかった。両親は千晶が小さい頃に別れて、今はどこにいるかも知らないと聞かされていた。顔もいつだったかうっすら写真で見た記憶しかない。母の口からたまに父の話が出る時、大抵それは批判か皮肉めいていて、きっとダメな人だったのだろうというのは推測できた。強い興味もなかったし、特に不自由なく育ってこられたので別に父親がどこで何をしてようと構わなかった。

たったひとつ、おぼろげな記憶がある。電気の消えた部屋で、大きな音が鳴る。嫌な予感と紐《ひも》づく音だ。千晶はドアの隙間から覗《のぞ》き込《こ》むが、真っ暗な中にぼんやり人影が浮かんでいることと以外は何もわからない。やがて、姉のすすり泣きが漏れ聞こえてくる。いま思うと、あれは父が姉を叩いた音に違いなかった。

——これが唯一の記憶だなんて、笑える。

千晶はダイニングチェアに腰かけ、バッグから茶葉を取り出した。日置くんが帰りがけにくれた狭山茶だ。

印象的な青年だった。あれだけ物事をきちんと考えようとして疲れてしまわないのだろうか。お裾分けもしてもらっちゃったし、来月は何か御礼《おれい》を持っていこう。

そろそろ樹が学校から帰ってくる頃かなと、スマホを起動したところで元夫からの通知が目に入った。

【返事をくれ。約束と違う。連絡が来ていたことを忘れていた。千晶はとりあえず立ち上がり、夕飯の支度に手をつけることにした。長岡《ながおか》】

途端に気が重くなる。連絡が来ていたことを忘れていた。千晶はとりあえず立ち上がり、夕飯の支度に手をつけることにした。

元夫の聖《ひじり》は、千晶には無いものをたくさん持っている人だった。学、知恵、計画性、度胸、自信……。そのどれもが千晶には眩《まぶ》しく映り、そのすべてを尊敬していた。もちろん、合わないなと感じるところもたくさんあった。ドッキリ番組を好んで観《み》るところ。ハンドソープのポンプを三回も四回もプッシュするところ。街で行き交う人たちを値踏みするような発言をするところ。ただ、それらはいずれも些細《ささい》な価値観の違いに過ぎず、本人が持っている美点に比べると大した短所には当たらないと長いこと思っていた。

当時千晶の派遣先だった食品商社で同僚として出会い、なんとなく付き合う流れになった。お互いそういう時期かなと思っていたのでそのまま結婚し、樹が生まれた。

調理の途中、自分が無意識に人参《にんじん》を細かく切り刻んでいることに気が付いて手が止まる。元夫は野菜全般が得意でなかったので、なるべく存在感を薄くしてあげてほしいと義母に言われて以来ずっとそうしていたのだ。必要なくなったのに、まだその癖が抜けない自分にうんざりして、そのますますべて捨ててしまいたくなった。

結婚した理由とは違って、離婚の直接的なきっかけは、はっきりひとつあの時だと言える。約二年前。樹が小学二年生の頃、近所の友達と複数人でコンビニに入り、そのうち一人の友達が駄菓子を万引きする現場に居合わせてしまったことがあった。樹はそれを事後知らされていたが、あまり罪の意識がなかったのだろう。その子に分けてもらったというお菓子が堂々と自宅のテーブルに置かれていたので、いとも簡単に発覚した。当然、二人してきつく叱った。なにがいけないかも説明し、当事者たちとその保護者でお店に謝罪に行くことにした。

その帰り道での出来事だった。お店に出向き頭を下げ、代金を支払い、今回だけはと厳重注意で済ませてもらった後のこと。自宅に向かって歩きながら「樹くんを巻き込んでしまって……」と万引きをした子の母親が眉を下げたその時。突然後ろで「バチン！」と大きな音が響いた。

驚いて振り返ると、樹が頰を押さえ大声で泣きはじめた。元夫がそれを厳しい表情で見下ろしている。どうやら思い切りひっぱたいたらしいとわかった。表情を変えずに、元夫が「おい」と言った。

「今なんで笑った？」

千晶には全く理解できなかった。なぜ今、この場でそれをする必要があるのか。

確かに、空気は弛緩《しかん》していた。警察沙汰など大事にならずに済んだことで、発覚してから続いていた緊張が解けたからだ。千晶自身はその瞬間を見ていなかったが、ぽつぽつと友達と喋りながら歩いていた樹が笑ってしまっていたのなら慎むべきだったとも思う。

それでも、大勢の日の前でここぞとばかりに手をあげるのは違うんじゃないだろうか。元夫の落ち着きぶりを見ても、衝動的に手を出してしまったというわけでもなさそうだった。

千晶は察した。これは一種のパフォーマンスなんだ、と。他の子も、その親御さんも見ていてください。罪をきちんと省みなければ、制裁が下されるのが世の中です。子どもを決して間違った道には進ませない、これが理想的な父親の姿です。

――わたしの子を、自らの尊厳を保つ道具にしないで。

この瞬間、千晶にとってこれまでは「ちょっとした価値観の違い」だったものがすべて、「我が子の将来を脅かす危険分子」にひっくり返った。子どもに手をあげる親なんて、と顔も覚えていない父のことを思い出した。

数日考えた末、千晶が離婚届を突き出すと、元夫も義理の両親も「そんなことで」と鼻で笑った。けれど、「人を殴ることが選択肢に入っている人とは一緒に暮らせない」と千晶が頑《かたく》なに主張し続けると、元来自分にメリットのないことには執着しない性質の元夫はあっさり残り半分を埋めて寄越した。

最低限の養育費を受け取る代わりに、月に一度は息子と会わせる。樹を引き取る条件はそれだけだった。最初はその通りのペースで面会をしていたが、段々月に一度の定期連絡以外に「写真を送ってくれ」「樹と直接やりとりさせてほしい」「長期休みはしばらくうちで預かってもいいか」などの打診や提案をしてくるようになった。

正直、嫌で仕方がない。樹の前でも店員に高圧的な口調で話したり、街で躓《つまず》いた人を見て小さく笑ったりしている場面を思い返して、そもそもできる限り会わせたくないというのが本音だった。

しかし。もし向こうの気が変わり、これから調停や民事裁判に持ち込まれてしまったら。その可能性を考えると怖かった。

あの時以外に元夫が暴力を振るった事は一度もなく、離婚の動機は千晶の過剰な対応とも判断されかねない。同居家族もおらず収入面で圧倒的に劣る千晶は最悪親権を渡すことになってしまうかもしれない。それだけは避けなければならない。

樹の習い事も増やしたい。できれば中学からは私立に行かせたかった。千晶は今も派遣社員で収入は多くない。たとえわずかな額であっても養育費はないと困る。一方、このままでは要求がエスカレートしていくのは目に見えていて、拒否を繰り返すとあの親子が大人しくしていてくれるとも思えない。

そういうことを考えはじめてしまうと、逆効果だとわかりつつも対応自体が億劫《おっくう》になり、日々の忙しさも重なって近頃は返事のペースが落ちてきていた。

――こういう時、お母さんだったらどうする？

千晶の頼りない頭では、どうしたらいいかなんてわからない。前にも後ろにも進めない。そんなもどかしさだけが常にあった。

「人を蝕むので」

メガネの向こうの長い睫毛《まつげ》。日置くんならこの気持ちも言語化してくれるのだろうか。いや、きっとあの青年は事情も知らずに無責任な発言はしない。母親である自分がしっかりしないと。樹の人生は、自分にかかっているのだから。

――お母さんのシチューは、具が大きくて美味しかったな。

千晶は肩を落とし、まな板の上で細かくなった人参を鍋へと流し込んだ。

「宿題?」

「うん、漢字」

千晶が洗い物を終え居間へ戻ると、樹がノートを開いてせっせと書き取りをしていた。樹はいつもこちらが何も言わなくとも宿題に手を付ける。千晶は子どもの頃からどちらかというと怠惰な方だったので、こういう抜かりのないところは父親譲りなのかもしれない。感心する一方で、ほんの少しだけ黒い気持ちになる。子どもなんて、親に「宿題やりなさい」と言わせてなんぼなのに。

「ちょっと見せて」

千晶は樹からノートを受け取り、パラパラとめくってみた。「議」「媛」「機」。小学四年生でもうこんなに難しい字を習うんだっけ。何度も何度も繰り返し書かれた字の群れを見ていると、本来の形がよくわからなくなってくる。

ノートを裏返し、表紙を見る。名前欄に記された「綿来 樹」の文字はまだすべては習っていないはずだが、少し前に練習させたのですでに書けるようになっている。

「樹、やっぱり字きれいだね」

「いつも先生にも言われるよ」

大したことじゃないというように樹は言った。ほら、やっぱりお習字は行かせておいてよかった。「別に習字じゃなくても」と元夫は渋っていたが、千晶が説得して早くから教室に通わせていた。

今は週に一度のスイミングと英会話。資金に余裕があればもっとさせたいこともある。

「そうだ、樹、今日美味しいお茶もらったんだけど飲む？　すっごい甘いんだよ」

樹はこくりとうなずいた。

「熱いから気を付けて」

カップを出すと、樹は口を付けちびちびとそれを飲んだ。

「美味しい？」

「うーん、ふつう」

「えー。甘くない？」

樹は首をかしげた。あまりお気に召さなかったようだ。

「チョコの方がいい」

「チョコ？　食べたいの？」

こちらをじっと見つめる樹の目。珍しく少し不満げだった。そりゃチョコレートの方が甘いけど。

千晶は樹用に買い置きしていた市販の菓子を渡したが、樹は手をつけず、机にそっと置いただけで黙って宿題に戻ってしまった。その背中を見ながら思う。このくらいの年齢の子どもはなんだか歪《いびつ》だ。四肢が短く全体的に丸かった身体《からだ》は、段々と成人のバランスへと変わっていく。はっきりしていた喜怒哀楽も、恥じらいや遠慮を覚えて曖昧な色味の中へと埋もれていってしまう。一体何を考えているかわからない。我が子に対して、苛立《いらだ》ちだけでなく、時にある種の醜さのようなものまで感じてしまう瞬間があった。こうして本音を口にせず不満を態度で示すところは元夫にそっくりだ。やっぱりあの人と過ごす時間が長くなるほど、樹には悪い影響が出てしまうだろう。今日こそはと思っていたが、またしても返事をする気が失《う》せてしまった。

3

小雨《こさめ》の中、前から親子二組が傘を差して歩いてきた。並んで歩く母親が二人と、その前をはしゃいで歩く樹より幼い女の子が二人。一目見ただけで、どっちがどっちの娘かわかる。娘二人はそれぞれの親と全く同じ趣味と言っていい髪型と服装をしている。

みっともない。内心そう思った。見た目を揃《そろ》えれば、自分と同じように育つとでも考えているのだろうか。見知らぬ親子にこんなことを思ってしまうくらい、千晶は気が立っていた。それもこれも、今日のじめじめした空気を反映したような、職場での出来事のせいだ。


「……綿来さん」

「あ、はい!」

自分が呼ばれていることにようやく気が付き、千晶は作業の手を止めた。

綿来さん。ついこの間まで千晶は「長岡さん」だった。約三十年、綿来千晶として生きてきて、元夫と結婚してからは「長岡さん」あるいは「長岡さんの奥さん」になった。結婚した人の中には名字が変わることが喜びだという人もいるようだけれど、千晶は周囲から「長岡さん」と呼ばれる度に、そういえばそうだっけ、という諦観のようなものがいつもちらついていた。そして離婚後、綿来千晶に戻ると、今度は慣れ親しんでいたはずの「綿来さん」が他人行儀になっていた。先はどみたいに呼びかけられても体が反応しないこともある。これが結婚で、これが離婚か。紙切れ二枚でこうなるんだな、と思った。

そんなことばかり考えていたせいで、今日の千晶はいつにも増して気もそぞろだった。

「ちょっといいですか」

千晶に声を掛けたのは、よく見かける男性社員だった。ついていくと、同じく派遣として働く女性・南川《みなみかわ》さんが机に書類を広げているところだった。

千晶は現在流通系の会社で派遣社員として働いている。まだ日が浅いことと、業務領域が狭く普段接する社員が少ないので名前まではなかなか覚えられていない。ひとつ前の派遣先だった映画配給会社にも南野《みなみの》さんというとても親切で感じのいい女性がいて、この南川さんは名前が似てはいても、南野さんとは違って愛想がよくないなと思ったことでたまたま記憶していた。出勤時も退勤時もきちんと挨拶をしないのであまり良い評判を聞かなかった。

「これ、足すの手伝ってあげてもらえますか。最後のページに。ちょっともうはじまっちゃうんで、急ぎで」

男性社員に差し出された紙束を受け取ると、数字が並んだ予算表のようなものだった。南川さんはこの後すぐ行われる取引先との会議用の提案資料をまとめ終えたばかりだったようだが、その会議資料に急遽《きゅうきょ》追加する作業を手伝えということだった。

社員が立ち去った後、改めて表の中身に目を通す。

あれ、とは思った。過去の類似取引の際に使用した実績のような数字だと思うが、社外の人に見せるものとしては内部情報に近い箇所もあり少し違和感があった。

――長くご一緒している取引先みたいだし、その辺りは心配ないっていうことかな。

黙ってホチキスを外していく南川さんのむすっとした横顔を一瞥し、質問をする気の失せた千晶は言われた通りそのまま資料に加えていった。

「これ、作ったのどなたですか？」

会議後、社員のひとりが千晶の座る島に来た。

「あ、わたしです」

この時点でまずいと察してはいたものの、やはり先ほど追加した資料の件だった。

困りますよ。これ、さすがに社外秘ってわかると思いますけど。がっつり見られちゃったじゃないですか。その社員はそのようなことを長々と言った。

「すみません」

千晶は頭を下げながら、助けを求めて南川さんの方を何度も見た。二人に仕事を依頼した男性社員は姿を消している。やがて、南川さんも観念した様子で気怠《けだる》げに立ち上がった。

「私たちは指示された通りにしたつもりでしたが、確認を怠った責任もあります」

彼女はそう言って投げやりにも見える緩慢な動きで頭を下げた。こういう態度は相手をさらに刺激することがわからないのだろうかとひやひやした。千晶は南川さんの分までという気持ちでさらに深く頭を下げた。「すみませんでした」

「過ぎたこと言っても仕方ないことくらいこっちもわかってますけどね、責任引き受ける分、小言くらい言わせてもらいますよ。そうやってすいませんすいませんって、あなた方の安いすいませんに中身なんてないでしょ」

そう言い捨ててようやく立ち去った。すぐさま頭を上げた南川さんはケロッとした表情でそそくさと戻っていった。

「社内の分だけ」という意味だったらしいと後になってわかったが、さすがにあの指示では勘違いしても仕方がないと思う。それに社外秘のものにはしっかりその旨を明記してほしい。けれど、そう思いながらも何度も頭を下げていた。自分のすみませんに中身なんてない。その通りだ。


嫌な雨はまだ続いていた。

家に着く最後の曲がり角を折れた際、派手な柄の傘が目に入った。すごい趣味、と思いながら歩みを進めると、どうやらその傘は千晶の家の前で立ち止まっているようだと気が付いた。目を凝らして、ゾッとした。傘の下から覗いた顔は、義母だった。正確には義母だった人。心臓がバクバクと動き出す。樹は？　もう学校から帰宅している頃だが、まさか連れていかれた？　そこまで考え、今日が英会話の日だったことを思い出し、心底ホッとした。

「お仕事終わり？　お疲れ様」

「……お久しぶりです」

かろうじて絞り出した声はか細く、震えていた。

「少しお話がしたいのだけど」

「あの、突然こういう形でというのは……」

「あら、先に約束を反故《ほご》にしたのはあなたの方じゃないかしら」

「それは申し訳なく思って」

千晶が言い淀むと義母が柔和に微笑んだ。

「安心して。今日は善意でここへ来たのよ」

義母をダイニングに通しながら、改めて、もし自分がこの時間に帰ってこなかったら、と考え嫌な汗をかいた。樹が先に遭遇していたら。いきなり連れていかれるまではなくとも、無断で実家に立ち入られていたかもしれない。二日使用するために干している昨日のバスタオルや、浄水器のついていない蛇口など、義母曰《いわ》く「どうかしている」ものだっていくつも見られていたかもしれない。

椅子に腰かけた義母にお茶を出すと、どうも、と言ってすぐに口を付けた。

「これ美味しいわね」

「狭山茶です。いただきもので」

「そう。いいわね」

良いもの飲んでるのね。いただけるお相手なんているのね。たったひと言の相槌《あいづち》にそういった他意を感じてしまう。

さっきから品定めをするように家の中をぐるりと見回している。義母には、圧をかけるような話し方と、相手にとって居心地の悪い方を自然と選ぶようなところがあった。夫婦のことや樹のことに積極的に口を出すわけではなかったものの、逆に察して手を差し伸べてくれるということもない。あえて話さずにいたりすると、「言わなきゃ動けないじゃない」と後になって遠回しにそのことを糾弾するといった具合だった。元夫は慣れ切っていたし細かいことは気にせず流せる気質だが、ただでさえ立場の弱い千晶は一方的に萎縮しっぱなしだった。

今日は善意でここへ来たと言ったが、離婚問題の時ですら概《おおむ》ね静観といった様子だった義母がこうして介入してくるというのは、明らかに良くない事態だ。

「樹はまだ学校？　遅いのね」

「いえ、今日は英会話スクールに行ってます」

やっぱり本題は樹のことか。千晶は身を固くした。

「あなた、お仕事は今も派遣さん？　いつもこの時間には帰ってこられるの？」

「ええ、今も派遣です。遅くなる日もありますが、通常はそんなに忙しくないので」

相手に「はい」か「いいえ」で答えさせる質問の仕方、そうやってじりじりと会話が運ばれていく感じはこの人と元夫の共通点のひとつだ。

「お母さん亡くなられたのよね。いろいろと大変なん……」

「あの」

千晶は思い切って口を挟んだ。義母にしては何だか本題に入るのを躊躇《ちゅうちょ》している様子なのが珍しいとは思ったが、とにかく向こうのペースに呑《の》まれるわけにはいかない。

「今日は聖さんの代理でいらしたんですよね。連絡が滞ってしまっていたことについては、申し訳ないと思っています。少し疲れてしまっていただけで、深い意図はないんです。樹と聖さんの面会もすぐに月に一度に戻しますし、以後こうならないように十分気を付けます。本当に……怠惰ですみません」

ひと息にそこまで言うと、義母は目線を下げたままゆっくりとお茶を啜った。

「……ネックレス」

義母は自分の胸元に手を置いた。そこには小さなリングのチャームがある。

「はい？」

「このネックレスね、聖がくれたのよ。還暦のお祝いに」

ついていけていない千晶をよそに、義母は続けた。

「あの子は昔から人に物をあげるのが好きでね。あなたも聖からたくさん貰《もら》ったでしょう、プレゼント」

「え、ええ。まあ何度か」

「離れたからといって、それを今更どうするとか、そういう話にはならないはずよ。あなたもあの子もいい大人なんだから。これはもう私のもの。私のネックレス。あなたへのプレゼントはあなたのもの……まあもう捨ててしまっているでしょうけど」

義母は歯を見せながら、全く笑えないでいる千晶を真《ま》っ直《す》ぐ見た。

「樹は、息子があなたにあげたわけじゃないわよね」

途端、息が詰まる。

「二人で産んで、ここまで二人で育ててきたんでしょう。あなたたちは途中で別れてしまったけれど、それはまあそういうことだってあるわ」

雨で濡れた足の裏がまだ湿っていて、気持ち悪かった。

「私も母親だからよくわかる。お腹《なか》を痛めて、心をすり減らして、産み育ててきた我が子を、自分の所有物にしたい。当然所有しておくべきだと思ってしまう感覚。周りから取り上げられてしまうかもしれないっていう怖さ」

「あの」

考えるより早く言葉が出た。

「聖さんとはきちんと会わせるようにしますと言いましたよね。なのにこれは一体なんの時間なんでしょうか。苦情を言われるのかと思ったらありがたいお説教ですか。ちょっと想像の上でした」

千晶は自分の肩が震えているのを自覚した。いつもは使わない敵意むき出しの強い言葉に、自分の身体が怯《おび》えているみたいだった。

「善意で来たっておっしゃいましたよね。善意。善意ってなんでしょうか。突然訪ねてきて勘違いするなと忠告することですか？　そんなものを振りかざされても迷惑っていうか。だいたい、子どものことをアクセサリーやプレゼントと一緒にすること自体、わたしはどうかと思いますけど」

「たとえ話よ」

義母は千晶の反撃にも動じない様子で、柔和な表情で湯呑みの水面を見つめていた。

「わたしが連絡する気になれないのは、聖さんが月に一度以上の要求をするようになってきているからです。図々《ずうずう》しい息子さんのせいですよ」

「それなら、どうしてさっきはすみませんなんて謝ったの。私は聖と樹の味方だけれど、別にあなたの敵ではないのよ」

義母は続けた。

「一応、あなたの顔と暮らしぶりを見ておきたかっただけ。こうして押し掛けでもしないと見せてくれないでしょ。仕事や家事に追われて、お母様のこともあって大変だったんでしょう。樹のことが見えなくなっていないか、その確認ね」

——樹の顔ではなく、わたしの顔を？

「ひとりで過ごす時間が増えて、樹は寂しいかもしれない。我慢してることもあるかもしれない。あなただってそう。もしそうした方がいいとあなたが思う時がきたら、いつでも駆けつける準備もできてるのよ」

「要するに、わたしが頼りないから樹を渡せということですか？」

「逆ね。私は今日、誰もあなたから樹を取り上げないという話をしにきたの。まあ取り上げるとすれば、それは樹自身かしら。そうならないように、使えるものはうまく使いなさいね」

ご馳走様《ちそうさま》、美味しかったわ。義母は飲み干した湯呑みを置くと、荷物を持って立ち上がった。

「今日ここへ来る事は息子には言ってないし、言うつもりもないから。嫌なことがあるならあの子に直接伝えなさい。堂々と皮肉言えるくらい元気なら大丈夫ね」

義母はこちらが何か言うのも待たず、お邪魔しましたとドアを開けて出ていった。

千晶はなんだか混乱していて、少しの間ぽかんとしていた。やられた、といたたまれない気持ちになった。感情を丸出しにして売り言葉を並べてしまった。

それにしても。久しぶりに会った義母は同居していた頃とはなんだか纏《まと》っている空気が違った。

窓越しに外を見るとあの派手な傘が小さく見えた。

いや……もしかして、あの頃から義母はこういう人だった？　自分は義母を「夫の母親」としてしか見ていなかったのかもしれない。

最低の一日の疲れがドッときて、千晶はソファに身を横たえ目を閉じた。こめかみを押さえたその時、ふと気付いた。今日職場で理不尽に叱られた際、隣の南川さんは一度も「すみません」とは言わなかった、と。


千晶はその夜どうしても夕食を作る気になれず、樹の帰宅を待って出前を頼んだ。

「ピザ！　ピザ！」

樹が大きく口を開けて宅配ピザをほおばる。今日の樹は、千晶とは対照的に帰るなりなんだかハイテンションだった。

「いいことあったの？」

千晶が訊《き》いても、にっこり笑うだけで特に答えない。楽しそうでなによりと思うと同時に、なんで教えてくれないのと少し心が波立った。

「ねえ、長靴きれいにしたい」

食後、樹がそう言い出した。いつも雨の日に履いていくお気に入りの長靴が今日の雨で汚れてしまったのだと言う。ただ布で拭いて艶出しスプレーを吹きかけるだけなのだが、いつも千晶がやってあげると嬉しそうに隣で眺めていた。

「ごめん、明日にして」

わざわざ今から、それも食後に玄関で靴の匂いを嗅ぎながら作業する気になんてなれない。

「僕がやる」

そうは言っても準備するのは結局自分だと千晶は面倒に思った。

「明日はお休みだし、晴れるらしいよ。お母さんがやっとくから」

「明日履きたいの」

「履きたいって、長靴を？　明日は晴れるから必要ないってば」

ううん、そう言って樹が首を振る。強情な態度に、千晶はため息をついた。

「なんで明日履くの？」

「水たまり」

「水溜まり？　水溜まりがなに」

樹は黙り込んだ。またただ。またそうやって。口をつぐんだ息子の顔に元夫の顔が重なる。ネチネチ非難してくるあの社員の顔も、義母の顔も。どうして我が子にまで分からずや扱いされなければならないのか。

「不満があるならちゃんと言いなさい！　明日やるから、もう勘弁して」

言いながら、ハッとした。自分でも驚くほど語調が強くなってしまった。樹の目に涙が溜まっている。やってしまった、と思うと同時に樹は立ち上がり、足早に自分の部屋に戻ってしまった。

取り上げるとすれば、それは樹自身。義母の言葉を思い出す。食べかすにまみれた宅配ピザのダンボールは、すでにみすぼらしいゴミと化していた。

翌朝。樹が起きる前に長靴の手入れをするため、千晶はいつもより早めに起きた。こんなにあっという間に終わる作業が、昨晩はあんなに面倒だったなんて。つくづく自分の機嫌というのは厄介なものだ。

あらかた片付いた頃、千晶のスマホが鳴った。姉からだ。

千晶の姉・百佳《ももか》は若くに結婚をしてだいぶ前に家を出ている。子どもはなく、夫婦二人ですぐ隣の駅で小さなカフェ&バーをやっている。昔からあまり実家に寄りつかない。普段からこまめにやりとりはしていたが、電話は珍しかった。

「昨日、樹くんが店に来たよ」

千晶が出るなり、挨拶もなくそう言った。

「え？　昨日って……いつ」

「夕方。ランドセル背負って」

夕方ってことは英会話スクールの前？　樹が姉の店に遊びに行くこと自体はよくあるが、学校帰りにわざわざ離れた隣の駅まで行ったとなると単なる寄り道とは考えにくい。

「内緒にしてって本人が強く言うから話すか迷ったけど、念のため」

聞くと、樹は習い事に行きたくないから代わりに休みの連絡をしてほしいと姉に頼んだのだという。結局英会話スクールが終わる時間までただ店で本を読んでいたらしい。

「なんで百佳のとこ行くのよ」

「そりゃあ、あんたに知られたくないからでしょ」

昨日、帰ってからやけに溌剌《はつらつ》としていた樹を思い出す。あれは一体なんだったのか。隠し事をされていたショックもあり、千晶にはわけがわからなかった。

「まあ、そういう気分だったんじゃない。子どもだってそういうことあるでしょ。今日は足が重いな、息がつまるな、みたいな」

「だからって母親に隠さなくてもいいじゃない」

「うわ、ちょっと。その言い方お母さんそっくりだよ」

「一児の母ですから」

「あんたお母さんにべったりだったもんね。というよりお母さんが千晶にべったりだったのか」

姉がどちらかというと自由気ままといった性格だったこともあるのか、確かに母は姉よりも千晶に目を掛けていた。習い事から進路、読む本ひとつまで千晶の生活に母の意見が入っていないものはないと言ってもよかった。

「なんでもかんでも自分でコントロールしようとして、あれって下手したら今で言う……」

「百佳は子どももいないから」

言ってすぐ「しまった」と思った。もういない人を悪く言おうとする姉の口ぶりが不快で、つい余計なひと言が口をついた。

「うん、まあね。でも娘だったことはあるよ。とにかく樹くんには言わないであげてね。自分が子どもの立場だったら言われたくないでしょ」

「わかった。連絡ありがとう」

父に叩かれたことで、姉はどれほど傷ついただろうか。この時、ある意味はじめてきちんと想像をした。姉はあの時のことを覚えているのだろうか。

父がいなくなり今の家で暮らすようになってからも、姉はどんどん家族と距離を取るようになった。母から離れて平気そうにしている姉が羨ましいと思ったことは正直何度もある。その倍、母の愛を無下に勝手して、と憤りを感じたこともあった。千晶は母を信頼していた。好きだった男の子を「チャラチャラしてだらしない」とこき下ろされても、当時興味があったチアガールを「いちいち大げさで鼻につく」と一蹴された時も。悲しい気持ちにはなったが、それは自分が間違ってしまったことに対してであって、母が間違っていると思ったことはない。実際、あの男の子は間もなく不良になったし、チア部の子たちはみんな受験に失敗していた。自分の愚かな直感や気持ちより優先すべき理性があって、それは結果自分を助けてくれるということを繰り返し教えられたのだ。

今感じている強い停滞感。やるせなさ。足元の覚束《おぼつか》なさは、母がいなくなってしまった影響が大きいに違いなかった。

少しして、頭上から階段を降りる足音が聞こえてきた。

眠い目をこすりながら起きてきた樹は、特にいつもと変わった様子はない。習い事をサボったのも昨夜上機嫌だったのも姉の言う通り「そういう気分」だっただけなのか。英会話スクールから連絡があったことにしてあとでそれとなく聞き出そう。ひとまずそう判断した。

テレビをつけてアニメを観はじめた樹の背中に「長靴きれいにしといたよ」と声をかける。

樹は驚いたように振り返り、言った。

「あ……ごめんなさい」

昨晩千晶が強く言ってしまったからだろう。申し訳なさそうに眉を下げる樹の柔らかい髪を撫《な》でた。

「お母さんこそ昨日はいらいらしちゃってごめんね」

牢獄のようなこの箱の中で、寄る辺がなくとも生きていかなければいけない。千晶は玄関を見ながら改めてそう思った。

4

その日、樹は朝から習い事のスイミングに行き、そのまま友達と遊ぶと言うので千晶は一人で外に出た。

駅前をぶらぶらと散歩している途中、お茶屋さんの前を通りかかって思い出した。

――そうだ、お茶の御礼。

日置くんに、お茶菓子くらい持っていくべきだろう。

イマドキの子に何を持っていけばいいのかしばらく悩んだ末、無難なチョコレートの詰め合わせに決めた。日置くんは、誰かがくれた物ならなんでも喜んでくれそうだ。

買い物だけのつもりだったが、結局その足で「かわたれ霊園」まで来てしまった。母の墓を軽く掃除してからお線香をあげ、道中の八百屋さんで購入した夏みかんを供える。千晶は墓石の前にしゃがみ手を合わせた。

目を閉じて母に語りかける。頭に浮かんだのはあの暗い部屋だった。今朝の姉の声がよぎる。「娘だったことはある」。母はもういないのだから、別にそういう言い方をしてもおかしくない。ただきっと、姉から見れば千晶は今もまだ娘のままなのだろう。

――ねえ、お母さん。あの人は、父は、どうして姉を叩いたの？　お母さんは父からわたしを守ってくれたの？

もちろん返事はない。千晶は母が何も話さずに死んだことを、はじめてずるいと思った。


「チョコレートって、昔は薬だったらしいですよ」

御礼と言って渡した紙袋をおかしいくらい恐縮しながら受け取った日置くんは、中身を確認するなり嬉しそうに両眉を上げ、一緒に食べませんかと誘ってくれた。

「コーヒーは苦手じゃないですか？」

千晶がうなずくと、すぐに湯気を吐くカップが差し出された。

「ずっと昔の話で、今はもうすっかり嗜好《しこう》品ですけどね。僕、チョコが大好きなんです。甘いのも苦いのも、どっちも好きです」

相変わらず意気揚々と喋る。今日もきれいに整理整頓された事務所。入った時にはもう一人別の男性がいた。日置くんよりいくつか年上のようで、「カンジさん」と呼ばれていた。カンジさんは作業があるらしく、にこやかに千晶に挨拶をすると外へ出た。

「いただきます」

日置くんがチョコレートを口に含む。途端に顔をほころばせる。気に入ってくれたのだろう。千晶はコーヒーを口に運びながら、日置くんの伏せた目を見ていた。長い睫毛が影を落とす。

「綿来さんもどうぞ。この四角いやつ、すっごい美味しいです」

千晶は手をつけない。今日ここへ来たのは、日置くんと話をすれば心がすっとするかもしれないという期待もどこかにあったかもしれない。

「うちの母」

あそこの、と千晶が母のお墓のある方向を指さすと、日置くんは「はい」とうなずいた。

「うちの母はチョコが大嫌いで」

母は生前、甘いお菓子全般が得意ではなく、特にチョコレートが嫌いだった。身体に良くないと娘二人にも与えないようにしていた。

「わたしと姉はずっと憧れていたんです。本当は喉から手が出るほど食べたくても、それを隠してました。そういうのが、他にもいくつかありました。いつからか、最初からかな。何となく姉との間で暗黙というか、お互いの弱みみたいな。こっちも母に告げ口しないからそっちも言うなよって牽制《けんせい》し合うような、そういう感じだったんです」

日置くんの表情に真剣味が混じる。「なるほど」

千晶は、なぜついさっきまで考えていた父のことではなく、母のことを話しているのだろうと自分でも不思議に思った。

「姉は、二つ上なんですけど、よく食べていたみたいでした。お小遣いを使ったり友達からもらったり、外でうまく調達して。別に監視されているわけじゃないので、やろうと思えばできました。けどわたしは」

他人に話したことがないことだったので、言葉を編むのに時間がかかってしまう。そんな千晶を日置くんは黙って待ってくれていた。

「わたしは、一切食べませんでした」

「我慢したんですか」

千晶は深く息を吸い込み、首をひねった。

「我慢……うーん。いや、あれは我慢じゃないです。だって……。チョコってお土産とかの定番でもあるじゃないですか。外国のとか。ごくたまに、ああいうのが家に持ち込まれることがあって。そういう時、わたしは捨てる振りしていくつか自分の部屋に持ち帰りました。姉にも言わずにこっそり」

「貴重な機会ですもんね」

「はい。本当に美味しそうに見えて。それで、毎回そういうチャンスがある度に、やっぱり美味しそうだな、食べたいなって思うんですよ。自分の部屋で包みを開けて、うんと匂いを嗅いだりして」

「なのに、食べなかったんですね」

千晶は俯《うつむ》いて自分の手元を見た。その通りだった。こっそりくすねたチョコレートは、結局ぜんぶゴミ箱へ放り込んだのだ。人に買うことはあっても、自分ではこれまで一度も食べたことがない。

「だって、食べながらすみませんって思わないといけないから。嘘《うそ》ついてすみません、美味しくてすみません、って。あれは我慢ではなくて……なんというか、守ってたんだと思います。憧れのチョコと、チョコに憧れる自分を」

その時、カンジさんが事務所に戻ってきた。お仕事中に長居してごめんなさいと千晶が慌てて立ち上がろうとすると、カンジさんは「ごゆっくり」と手で制した。

「ちょっと失礼します。凪、頼んでたご新規の割り振りリスト。あれできてる？」

「あ、はい」

日置くんは自分の机の引き出しを開けて、カンジさんにクリアファイルを手渡した。カンジさんはそれだけ受け取るとすぐにまた出て行った。

「………」

何か気になるものが入っていたのか、日置くんは閉めた引き出しをしばらく見つめてから、こちらに向き直った。心なしか、顔が強張ったような気がした。

「あの……すみません、どうでもいい話を」

千晶が言うと、日置くんは「どうでもよくないです」とコーヒーを一口飲んだ。

「ここで働いていて気付きました。人が、亡くなった誰かのことを話す時に、どうでもいいことってないです」

ハッとした。日置くんは続ける。

「お母様にとって、チョコレートは毒みたいなものだったんですね」

「そうですね、まさしく毒物くらい忌み嫌ってました」

「でも綿来さんにとっては薬みたいなものだったんじゃないでしょうか」

「薬、ですか？」

「大事な自分を生かすための薬です。お母さんと綿来さん、二人とも食べないのは同じでも、その意味は百八十度違う」

ああ、と思う。確かにそうかもしれない。

「この間の、順位付けの話。覚えてますか？　僕はランキングが苦手だっていう」

「ええ、よく覚えてます。優越感も劣等感も有毒だって言ってましたよね」

「あれには注釈が付きまして」

「注釈……」

「毒って、薬と裏表なんですよね。毒は薬にも、薬は毒にもなる」

日置くんは箱からひとつチョコレートをつまんだ。

「ランキングもチョコレートも、要は同じだと思います。分量と用法の問題です」

すっと何かが腑《ふ》に落ちた。なぜか少し呼吸が楽になった。

「……立ち止まって考えれば当たり前のことなのに、わかってないものですね」

遠ざかっていく派手な傘とピザの油が浸《し》み込んだダンボール。机の上の駄菓子と漢字練習ノート。姉からの電話と元夫からのメッセージ。それらはすべて、千晶には水溜まりの底にあるみたいに曇って揺らいで見えるのだった。

「なんだか、ここ数年そんなのばっかりです。なにがわかってないかがわからない。いつの間にか知らない場所にいて、前に進めない。あれおかしいな、どこかでなにかがズレちゃってるなって」

そう言うと、日置くんはバッと顔を上げて目を見開いた。「僕も同じです」

「日置く……日置さんもそうなんですか」

その若さなら、これから楽しいことや人生の転機となるようなことがまだまだ控えているはずなのに。

「僕は、口先だけなので。口数ばかり多くて、力がない」

日置くんはすごく寂しそうに笑った。視線は自分の両手に注がれているものの、実際はもっと遠くを見ているような、そんな虚《うつ》ろな目だった。

「それは違うと思います」

その場を繕うフォローではなく、本心から出た言葉だった。日置くんの扱う言葉には確かな存在感が、手触りが、温度がある。すぐ隣に親しい誰かが立ってくれているような、そんな気持ちにさせてくれる。千晶は続けた。

「わたしは、言葉の形を決めるのは、受け取る方だと思います。だからあの雨宿りの日、思ったんです。日置さんはたくさん喋るけれど、それはきっと優しいからだって。感性が柔らかい人ほど使う言葉は増えていくのかもしれない、って」

真っ直ぐ千晶を見つめていた瞳が揺らいでいた。それから、日置くんはゆっくりと首を横に振った。

「違うんです。でも……ありがとうございます」

そしてゆっくりと立ち上がり、引き出しから何かを取り出した。

「あの。これから言うことは、冗談として聞き流してもらっても大丈夫なんですが」

どうしてだろう、声が少し震えていた。日置くんは取り出したそれを千晶にそっと差し出した。

見ると、小さな透明な袋の中に入った黒い粒のようなものだった。

「これは、朝顔の種です」

「……チョコチップ？」

朝顔の種。なぜそんなものを？　千晶は戸惑った。

「僕が知人から譲り受けました」

「はあ、これをですか」

「ひとつだけ、おとぎ話をさせてください」


綿来さんは『うるう』という言葉を知っていますか。

帰り道を歩きながら、千晶は改めて手元の黒い種をじっくりと見てみた。日置くんがしてくれたのは、確かにおとぎ話のような、荒唐無稽とも言える「もしもの話」だった。

「『うるう』って……あの『うるう年』のですか？」

うるう年は、四年に一度カレンダーに二月二十九日が現れる年のことだったはず。日置くんは一度しっかりと目でうなずいた。

『うるう』は、詳しく説明するとややこしいですが、端的に言うと『大きなズレを正すために作られた余り物』ということです」

「ズレ……余り物……」

「一年をずっと三百六十五日で続けていると、ほんの少しずつ季節と暦がズレていくんです。極論を言えば、いつかは八月が真冬になり、十二月が真夏になる時が来ます。それを防ぐために、四年に一日、うるう日が挿入されます。大きなものを変えずにいるために、小さなものを変えるわけです」

なるほど。面白い話ではあるが、それがこの種とどう関係してくるのか、千晶には全く見えなかった。

日置くんは千晶の手元を指で示した。

「これは『うるうの朝顔』と呼ばれる花の種です。その名の通り、咲かせた人の『ズレ』を正す花、と聞きました」

「うるうの、朝顔？　咲かせた人の『ズレ』って……」

「例えば、たった一分間でもズレてしまった時計は、そのままだと二度と本来の時刻を刻まない。ずっとズレ続けたまま、あるいはそのズレはどんどん大きくなる」

「それは、はい」

「人間も同じです」

周囲の誰も、下手をすれば自分自身すらその「ズレ」に気が付かないまま日々が過ぎていきます。日置くんはそっと右頬に手を置いた。

「朝顔はすごく人間らしい花です。蔓は反時計回り、つぼみは時計回り。矛盾を抱えながら日々動いている。『ズレ』というのは、その人の中にあるなんらかの矛盾や、不調和のことだと思います。噛《か》み合わないまま空回りしている歯車。この種を植えて、『うるうの朝顔』が花を開いた時、その歯車が再び噛み合う。つまり『ズレ』がひとつ正され、その人の本来の時刻を取り戻せるはずなんです」

「それは、いや、本当におとぎ話ですね」

花が咲いて矛盾や不調和が正される？　正直怪しい、と思った。荒唐無稽にも程がある。どうして急にこんな話をするのか。何らかの詐欺か、それに近いものか、ヘタしたらこの黒い物体は違法薬物だったなんてこともあり得る。

「誓って言います。騙《だま》そうとしているわけではありません」

「でも、どうして？　きっと大事なものなんですよね」

「ひとつだけ、約束をしてほしいんです」

日置くんは、あの日雨宿りをさせてくれた時と何ひとつ変わらないあどけなさでそう言った。そして、『うるうの朝顔』について詳しい説明をはじめた。

確かになにかがズレているという感覚は常にあった。けれど、こんなものでその状態から脱出できるなんてむしのいい話があっていいものか。当然何かリスクだってあるだろう。日置くんには悪いが、心から信じきれないのもまた事実だった。この朝顔だって薬なのか、毒なのか。それもまたわからないのではないか。

種は切られたメロンのような半月形をしている。こう見ても、本当にチョコチップに似ている。

――あ……。

それで思い出した。数日前、宿題をしていた樹にお茶を出した時のこと。「チョコの方がいい」と樹は言った。あの時はチョコが食べたいのだと思ったが、そうじゃない。どうして気が付かなかったんだろう。

まだ結婚していた頃。料理なんて全くしなかった元夫が、唯一進んで台所に入る時があった。その時に作っていたのが、チョコチップを使ったホットチョコレートだった。大入りのチョコチップを耐熱容器に入れ、軽く電子レンジでチンをする。溶けかけたそれに温めたミルクを注いで混ぜると、まろやかなホットチョコレートが出来上がる。千晶は飲んだことがないが、元夫曰く「甘すぎなくてちょうどいい」らしく、お酒を飲んできた夜なんかによく作って飲んでいた。わざわざ別で温める手間もあって面倒くさそうだと思っていたのだが、樹はそういう時必ず一緒に作ってもらって飲んでいた。樹がそんなに好きだったなら、作ってみようか。そう思いふと顔を上げると、いつの間にか知らない道に出てしまっていた。

本当にまた前を向けるのだろうか。そもそも自分はこれまで顔を上げて生きていたことなどあっただろうか。千晶は煮え切らない気持ちのまま、少しその場で立ち止まった。

5

「ほら、これ」

千晶はパジャマ姿で本を開いている樹にカップを出した。今日は友達と公園で野球をしたらしい。疲れたのだろう。すでに眠たげだった。

出来上がったホットチョコレートは、あやふやな記憶のまま作ったわりにはうまく出来たような気がする。

「え！　チョコ！　作ったの？」

樹はパッと顔を上げた。すぐにちびちびと飲みはじめる。

「今日のスイミングはどうだった？」

「また先生に怒られた。息継ぎがへたくそって言われた」

「そっか、じゃあ早く出来るようにならないとね」

「……うん」

「息継ぎが上手《うま》くなれば、きっとすごい楽になるよ。他の子より速く泳げるようにもなるんじゃない」

「速く泳げたら、楽しくなる？」

「学校でも自慢できるし、海でも溺れずに済むよ」

「別に自慢しなくていい。もし溺れたら助けてもらう」

「助けてもらうって、誰に？」

「お母さんか……お父さん」

ここで元夫のことを言うとは驚いた。久しぶりにホットチョコを飲んで思い出したのかもしれない。

「……お父さんはどうだろう、助けてくれるかな」

樹はそれには答えなかった。熱さに慣れてきたのか、カップを傾ける手に勢いがついてくる。

さて、英会話スクールをサボった件を聞いてみようか。「ねえ樹」そう言いかけた時、先に樹が口を開いた。

「お母さんごめんなさい」

「え?」千晶が何を言おうとしているのか、どうしてわかったのだろう。

「これ、わがまま言って。ごめんなさい」

じっとカップを見つめている。ホットチョコレートが飲みたいと言ったことに対して謝っているのか。

「樹。そこはありがとう、だよ。ありがとうでいいんだよ」

樹は笑った。

「そっか。ありがとう」

どうして。どうしてこの子は……。

――わたしみたいに。

樹を寝かした後、千晶はダイニングに戻りひとり腰かけた。台所の蛍光灯だけが白い光を発している。千晶はバッグから種の入った袋を取り出した。

「具体的な手順は同封したメモに書かれています。種をくれた知人が書いたメモです」

日置くんはそう言っていた。メモは丁寧に畳まれてはいたが、紙は少しよれていた。きっと何度も読み返されたのだろう。広げると丸みがかった美しい文字が並んでいる。千晶はそれを見て、その知人というのはおそらく女性なんじゃないかと思った。

『うるうの朝顔』の育て方

① はじめに、以下三つの材料をそろえてください。いずれも使用者の強い「感情」が宿ったものであれば、常識的なものでなくとも構いません。

A：器（鉢の代わりとなるもの）

B：土壌（土の代わりとなるもの）

C：液体（水の代わりとなるもの）

② AにBを入れ、「種」を植えます。そこへ大さじ一杯程度のCを注いでください。これらの作業は通常の朝顔と同じです。

③ ②を枕元など寝床の近くに置き、その日は十分に寝てください。『うるうの朝顔』は、夢を養分にして育ちます。

④ 『うるう』の最中、使用者は過去を追体験することになります。ただし、追体験中どこかで、朝顔によって使用者の過去に一秒間の「うるう秒」が「挿入」されます。

※ごく稀《まれ》に同じく一秒間の「削除」が行われる場合もあります。

⑤ 朝顔の花弁が閉じると『うるう』も終了です。使用者が目を覚ますと、『ズレ』がひとつ正されます。

※種をすべて使い

一秒間。たった一秒を過去に追加したところで、何が変わるというのだろう。咲かせるための手順は把握したが、結局のところ『うるう』というのが一体どういうことなのかは読んでもよく理解できない。現実味もない。それに最後の一行のみ書きかけのままなのは、書いた人のミスだろうか。「すべて使い」とあるから、初めから一粒しか持っていない千晶には関係なさそうだけれど。いずれにせよ、千晶の心はすでに決まっていた。毒か薬かは、使い方で決まる。あの時もらった狭山茶だって「美味しそう」のまま終わらなくてよかったと思えた。

——わたしを通っていく物事はすべて、わたし次第だ。

千晶は種を袋から取り出すと、窓を開け放った。夜風が室内に流れ込む。どこからかこの時期特有のしめった匂いが運ばれてくる。

外の空気を大きく吸い込んで、居間を振り返った。

まずは「材料」をそろえなきゃ。ここは千晶が物心ついた頃から暮らしている家だ。感情が宿ったものなどありすぎるくらいだが、「鉢」や「土」の代わりになるものと言われるとそう簡単には思いつかない。なるべく年季の入った思い出の品なんかがいいのだろうか。部屋中を一周見て歩いたものの中々ピンとくるものもない。

ゆっくり考えようと、一旦、ダイニングテーブルに置かれたままの自分と樹のマグカップをシンクに運んだ。

樹のカップはきれいに空になっている。一方、千晶のカップにはホットチョコレートだったものがなみなみ残ったままだった。これを機に自分でも飲んでみようかとついでに作ってはみたものの、やっぱりその気になれず口をつけていなかったのだ。

カップに手をかけ中身をシンクに流そうとした瞬間。もしかして、と直感した。三つそろえるのは難しそうで、案外単純なのかもしれない。眼下に、空になったカップと、飲み残されたままのカップが二つ並んでいる。

——これは、どうだろうか。

日置くんに話したこと。チョコレートを食べてこなかったことが、これほど自分にとって重たいことだとは認識していなかった。チョコレートは、千晶、母、姉、元夫、樹……すべてを一直線上につなぐものと言っていいんじゃないだろうか。

千晶は棚を開け、使い切らずに余っていたチョコチップを取り出した。空になった樹のカップにざざざと流し込む。こう見ると、まるで本当の土みたいだ。

そこへ、もらった「種」を押し込んだ。見た目は似ていても、ひとつだけ違う朝顔の種。日置くんの「余り物」という言葉が脳裏をよぎった。

最後に千晶は自分のカップを持ち上げた。ベージュ色の液体が冷たくなっている。これもまた余り物だ。

——樹にあれ以上、あんな顔をさせたくない。

カップを傾け、冷めたチョコレートを樹のカップに注ぎ入れた。飲み残しの液体はどろっと流れ落ち、あっという間にチョコチップの中に浸み込んで落ちていった。

千晶は布団に入っていた。チョコを注いだ後、とにかく眠たくなって、歯を磨くのも諦めた。種が入った樹のカップは枕元に置いてある。

まぶたが重みを増してくる。これ以上目を開けていられそうにない。千晶は襲ってくる眠気に逆らえず、目を閉じた。

しばらくすると、カップから蔓が伸びはじめた。蔓は生き物のようにぐるぐると布団の上を這《は》い、千晶の左手首に優しく巻き付いた。上には、くしゃくしゃのつぼみがちょこんとくっついている。

その時、時計の秒針みたいな音が鳴りはじめた。それは規則正しく、一秒ごとに音を刻んでいる。

カチッ、カチッ、カチッ、カチッ……。

千晶の手首で、朝顔の花がゆっくりと開いた。

＊　＊　＊

突如、視界がぱっと切り替わった。薄暗い部屋だ。

——きれい……。

どこにいるのか把握するよりまず千晶の目に飛び込んできたのは、「朝顔」だった。周囲は暗いにもかかわらず、朝顔だけは鮮やかに色を放っている。

花びらはとても珍しい色をしていた。臙脂《えんじ》……いや、えび茶色って言うんだっけ。ミルクで薄めたチョコレートのような落ち着いた色だ。一方、花の中心部、朝顔の底の方は真っ白で、洞窟の中の懐中電灯みたいに眩しく見えた。その朝顔が、千晶の左手首で花びらを開いている。まるで腕時計のように。実際、文字盤こそないものの、ずっとカチカチと時計の音が聞こえている。

――これが、『うるう』？

ほどなく、視界に入る自分の腕や手のひらが、やけに小さいことに気付いた。子どもの手？

――そうだ、確か過去の追体験だと書いてあった。

子どもの身体。おそらく、今の千晶が、昔の千晶の中に潜り込んでいる状況なのだと千晶は理解した。追体験。これはかつての自分が見たことのある光景のはずだ。ただ、どうやら千晶の意思で視線や手足を動かすことはできないようだった。手元の朝顔以外は暗くてよく見えない。わかるのは、どこか薄暗い部屋の中にいるであろうということだけ。

「ううっ……ぐす……」

どこかから、誰かのすすり泣く声がする。隣の部屋のようだ。千晶の意識が気付いたのと同時に、子どもの千晶もおずおずと動き出した。朝顔の時計を付けた腕で、隣の部屋のドアノブを静かに回す。

隙間の向こう側は、今千晶がいる部屋よりもさらに真っ暗だった。ぼんやりと、大きな人影が動いているのがかろうじて見える。どうやら誰か人がいるらしいことはわかった。

そうだ。千晶は思い出した。おぼろげではあったが、これはあの父の唯一の記憶だ。ということは、泣いているのは姉の百佳に違いない。案の定、子どもの姉の大きな声が聞こえた。

「わかりません」

間髪を入れず、別の声がそれに応じて、ぼそぼそと何かを言った。背中を向けているのか、声が小さいのか、よく聞き取れない。

——今のは父の声？

カチ、カチ……。秒針の音が続いている。

音が、なぜかだんだん大きくなる。カチッ、カチッ、カチッ……。

囁《ささや》き声に何かを言われた姉が、次の言葉を放とうとする息遣いが漏れ聞こえた。同時に、嫌な予感がした。まずい。

——お姉ちゃん、だめ。それを言っちゃだめ！

「わ、わかりません」

バシッ！　と大きな音がした。手のひらが頬を打つ不快な音だ。

そうだ、この時姉は父に叩かれたのだ。それがわかっていながら、まだ小さな千晶の身体は、怯えて駆け寄ることもできない。今の自分なら、ろくでもない父親から姉を守ることもできるのに。

その時だった。頭の中で響くように大きくなっていた秒針の音が、一瞬、ズレた。

カチッ……。一秒分、無音の間ができる。

瞬間。

——え。

それは存在するはずのない「一秒間」だった。

そのわずか一秒だけ、なぜか部屋の明かりが点《つ》いたのだ。あまりに一瞬のことで、今目に入ったものを確かめる間もなく、すぐに電気は消えた。秒針のリズムは規則正しく、音量も静かなものへと戻っていく。カチッ、カチッ……。

——お母さん……？

間違いなかった。今の明るい一秒で見えた後ろ姿は、たしかに母だった。千晶の知らない母の背中が、丸くなって泣く姉の前で仁王立ちをしていた。

途端、千晶の身体が誰かの手でそっと動かされた。その手は優しく肩を抱き、千晶をドアの前から隣の部屋の隅へ移動させる。去り際、ゆっくりと頭をなでられた。千晶の身体はくずおれるようにうずくまってしまい、それきり視界は闇に覆われた。

足音とドアが開く音がして、その人が姉のいる部屋へ入っていった。壁の向こうからうっすらと会話が漏れてくる。

「今の音は、なんだ？」

今度ははっきり聞き取れた。父だ。実質初めて聞く父の声だった。

「この子、ごめんなさいも言えないの」

「まさか……手を出したのか」

「……しつけよ。百佳も千晶も鈍くさくて、自分じゃなにもわからない子だから」

「二人はなにもわからない子じゃない」

「知った風な口。あなた、この子たちのために何かした？」

「なんでもするよ。なんだってしてしたいよ。けれど思うようにできないのは、きみが二人を放そうとしないからだろう。二人に手錠をかけて、縛り付けてる」

姉の泣き喚《わめ》く声が激しさを増し、両親の会話をかき消していく。呼応するように、子どもの千晶も泣き出した。ぼろぼろと目元からこぼれる涙とは対照的に、千晶は、自分の気持ちが乾いていくのを感じていた。

不思議と驚かなかった。記憶の底に追いやってしまっていたが、二人の会話は全く知らないものではないような気がした。

——そっか……やっぱり、そっか。

どうして父は姉を叩いたのか。はじめからその問いに答えなどあるはずがない。姉を叩いたのは、父ではなく母だったのだから。

千晶の幼い腕が流れる涙を拭った時、手首が見えた。先ほどまで大きく咲いていた朝顔が、いつの間にかくしゃくしゃに萎《しぼ》んでいる。

カチッ……カチッ…………カチッ……。

秒針の音が、小さく掠《かす》れていく。朝顔が今にも閉じようとしているのだ。間もなく『うるう』のタイムリミットということらしい。

——もうちょっと待って。まだ……。

美しいえび茶色の花びらが、渦を巻くようにしてあっという間に内側へと包みこまれてしまった。

カチッ。

千晶の意識は昔の自分と接続を切られるようにして、遠のいていった。

＊＊＊

6

青っぽい光がカーテンの隙間から漏れて、床を細長く切り取っている。窓の向こうでは小さく雨音が鳴っていた。今日もまた雨か。

目を覚ました千晶は仰向けのままひとしきり泣いた。

ついさっきまでどこにいたのか。何を見ていたのか。ぼんやりした頭を整理する間もなく、ただ漠然と悲しくて、寂しくて、怖くて、割り切れない感情だけが胸に取り残されたままで、涙を止めることができなかった。

感情の波が去り、少し気持ちが落ち着いてから半身を起こした。左手首を持ち上げて見つめる。

朝顔はもうそこになかった。枕元のマグカップは眠る前と同じ位置に置かれたまま一見何も変わっていないように見える。

――あれが『うるう』。

一度観たことのある映画やドラマみたいに、千晶にはすべてが「知っている出来事」だった。わずか一秒、明かりのついた時間を除いて。

――どうしてわたしは、何も知ろうとしてこなかったんだろう。

今まで考えつかなかったようで、考えようとしていなかった可能性。どこかでわかっていた。母の強くて大きな愛の形は、最初からずっと歪だった。千晶はすべてに目を背け、耳を塞ぎ、自分の頭で判断することを放棄していた。そのことに気付いた今、ひとつようやく受け入れることのできた気持ちがあった。

――わたしは、母のようにはなりたくない。

それは、千晶の胸の底でずっと眠っていたものだという気がした。

隣の部屋のドアを開けて、そっと中に入る。ここは昔、姉が使っていた部屋だ。今はちょっとしかめたような表情で寝息を立てている樹がいる。はだけたタオルケット。裾がまくれて白い太ももが見えてしまっている。いつの間にか長く大きくなった手足。親へ気を遣ったり、隠し事をしたりできるようになった。

「樹」という名前に込めたのは、樹木のように大きく成長してほしいという意味だけではない。見えないところまで根を伸ばし、時に誰かを寄りかからせ、誰かを雨宿りさせてあげられるような安定した心を持ってほしい。そして何より、一人で真っ直ぐ立ってほしい。自分にはしたくてもできないことをしてほしいと千晶が提案して付けたのだ。

――わたしの子を、自らの尊厳を保つ道具にしないで。

万引きの日の帰り道。元夫にあれほど嫌悪感を抱いたのは、そこにかつての母と、自分の未来を見たからだ。あの雨の日に義母から言われた通り。自分もまた、母のように樹を「自分の子」としてしか見ようとしていなかった。

ありがとうの代わりに「ごめんなさい」を使う。自分の違和感が取るに足らないことに思えて封じ込める。嫌なことがあった時ほどあえて子どもらしく振る舞う。すべて、千晶がかつて母に対して取ってきた予防策と同じだった。チョコレートの味を、千晶は知らないまま大人になった。それはまだ取り戻せるだろうか。

雨足が強まってきたようで、水滴が窓を叩く音が忙《せわ》しなくなってくる。

「でもな、これがあれば水溜まりの中を歩けるだろ。きっと気持ちいいと思うぞ」

今や息子のお気に入りとなったあの長靴。はじめは要らないと口を尖《とが》らせていた樹に、元夫がそう説得したのだ。あの頃は、雨が降る度にいつも靴を泥だらけにして帰ってきていたから。ただの口車のような気もするが、水溜まりの中も気持ちよく堂々と歩いてほしいという気持ちだってあっただろう。

樹の身体がもぞもぞ動いたかと思うと、薄く目を開けた。

「……いま何時？」

「風邪ひくよ」

千晶は丸まったタオルケットを広げて樹のお腹に掛けた。元夫への嫌悪感は変わらない。選択は間違っていなかったと思う。

——ただ。

もしも。もしもまだ間に合うのなら、このズレが大きくなってしまう前に。この子が水溜まりの歩き方を忘れてしまう前に。

静かに樹の部屋を出て、千晶はそのまま一階に降りた。この時間の薄暗い部屋は、牢獄には見えなかった。

スマホを起動して姉の百佳宛にメッセージを送る。

【突然だけど、お父さんってどんな人だったか覚えてる？】

店の準備があるのか、早朝にもかかわらずすぐに返事がきた。

【あんまり覚えてない。けど、優しすぎる人だったと思うよ】

恐ろしく強い遅効性の毒。たとえ母がそれを千晶の中に残したのだとしても、自分の力で薬に変えることはきっとできる。大丈夫。

千晶はチョコチップの袋を開け、広がる香りを一気に胸に吸い込んだ。


「変わらずそっちで暮らしたいってさ。びっくりするくらい即答されたよ。まぁでも俺にもおばあちゃんにも会いたいとは言ってたし、たまにはうちでご飯とかもさせてくれ」

「うん、わかった」

スマホを耳に当てたまま、千晶は大きく息を吐いた。内心ホッとした。あの後、元夫に連絡を返すと、しばらく無視していたにもかかわらず罵られるようなことはなかった。「まぁいろいろ大変だよな」と千晶を労《ねぎら》う姿勢すら見せた。もしかすると義母が何かうまいこと釘《くぎ》を刺しておいてくれたのかもしれない。

今日、樹は久々に元夫に会いに行っている。そして事前に話した結果、改めて元夫の口から「今後どう暮らしていきたいか。お父さんと暮らしていくこともできる」と樹本人に選択肢を提示してもらうことになっていたのだ。本人にとっては酷なことかもしれないが、これから樹にはなるべくすべてを自分で選んでもらおうと思っている。自分が口を挟むのは、樹が迷ってしまった時だけでいい。正解なんてわからないが、今はそうしたいと思っていた。

ただ、そのことを本人に嚙み砕いて伝えると、いきなり「じゃあスイミング辞めたい！」と喜びはじめたので、ここで逃げるのを許していいものかと早速壁にぶち当たった。言い出すとしたら英会話の方かと思っていたのに。とりあえず「息継ぎだけできるようになったら好きにしていいよ」と言っておいたが、これでよかったのかどうか……。千晶も手探りしながらもがいていくしかない。

「最近あのホットチョコ作って飲んでるんだって？　お母さんが作った方が美味しいって言ってたわ。ははは」

「そっか。ありがとう」

じゃあ、また連絡する。千晶は通話を切った。霊園事務所の入り口、あの日千晶が雨宿りに駆け込んだあたりで、一匹の猫が丸まっていた。ベージュっぽい淡い色味で可愛《かわい》らしい。くしゃっと目を閉じて背中を上下させている。

「失礼しました」

千晶が事務所の中に戻ると、日置くんはお湯を沸かしていた。

「何か良い知らせだったんですね、顔に出てます」

ついにやついてしまっていた。恥ずかしい。

「何飲まれますか？　狭山茶もありますし、この間宇治茶もお取り寄せして……」

日置くんは千晶が訪ねてからずっとそわそわしていて、心ここにあらずだった。

「おとぎ話じゃありませんでした」

千晶はじっと日置くんを見つめた。

「朝顔、咲きました。あれが『うるう』だったんだと思います」

告げると、日置くんは複雑な顔をした。希望と絶望が同時に訪れたような表情だった。

シューッ……。

奥で激しく蒸気を吐いていた電気ケトルが、カチャリと音を鳴らして黙り込んだ。

第二章

ルビーの種
―observation―

1

自分でプレイリストに加えておきながら、なぜか毎回スキップしてしまう曲がある。人でごった返した展示エリアの隅で、国見頼《くにみより》はついこの間上司と交わした雑談を思い出していた。

十九世紀印象派を代表する画家の大規模美術展ということもあって、周囲は大混雑だ。にもかかわらず、今この絵の前にいるのは頼一人だった。鑑賞者の多くは、少し先にあるこの展覧会の目玉、舞踏会の様子を切り取った絵の前に人だかりを作っている。描かれた群衆を囲むように人々が集まっていて、まるで絵の中の人々がこちら側に溢《あふ》れ出てきたみたいだ。あの絵が代表作かつ傑作なのは間違いないと思うが、頼にとっては今日思いがけず出会った目の前の一枚の方がはるかに胸を打った。

――この絵も多くの人にスキップされてしまうのだろうか。

小さなキャンバスに描かれたとある女性の肖像画。白い肌と黒くはっきりした眉。光を蓄えた丸い瞳が、フレームの外を物憂げに見つめている。この視線の先には一体何があったのだろう。何をこれほど熱心に見ていたのだろう。

「すみません、質問いいですか」

ふと、すぐ後ろから声が聞こえた。振り返ると、ガイドによる解説ツアーの一行が背後に迫って来ていた。

「彼は生前から評価されていたんですか？」

参加者の一人が言い、立ち止まる一同。どうやら解説がはじまるらしい。頼は一歩横に動いて、聞くでもなく耳を傾けていた。

「そうですね。若い頃は経済的にも困窮していたようですが、円熟期から確実な評価を受け、晩年には巨匠として地位を得ました。現代では著名な画家でも生前は認められず死後になってようやくというケースが多かったことを考えると、彼は幸運だったのではないかと思います。印象派の旗手として周囲の同業者たちに強く影響を与え、尊敬され、敬愛されていたことで、愛に満ちた人生を送ったと言えるかもしれませんね」

ガイドさんの丁寧かつ情緒たっぷりの答えに、一行がざわざわと沸き立った。

「僕もひとつお聞きしていいですか」

最後方で手が挙がった。丸いメガネの青年だ。一人で参加しているらしく、年配の方が多い集団で少々目立っていた。年齢は頼より少し下だろうか、学生に見える。ガイドさんが「どうぞ」と促すと、青年はひとつ間を置いて口を開いた。

「人物画が多いのはやっぱり人間への興味が強かったということですか。それとどうしてこれほど女性を描いた作品が多いんでしょう」

それは質問ふたつになるんじゃないだろうか。頼は内心で青年につっこみながら、軽く周りの絵を見渡してみた。

——確かに人の姿が描かれていない絵は少ないな。

「はい。彼が人に、とりわけ女性に強く惹《ひ》かれていたのは間違いないと思います。美しさを心から信じていないと、これほど美しく生命力に満ちた絵は描けませんから」

うんうんとうなずいている他の面々とは違い、青年は今の話を咀嚼《そしゃく》するように数拍黙り込んだ。「あの。その逆ということはないでしょうか？」

「はい？」ガイドさん含め周囲は皆きょとんとしている。

「美しさを信じ切れなかったからこそ、絵の中にそれを探し続けたということです。描くことを通してはじめて彼は、現実に美しさを見出《みいだ》していたという考え方もできませんか」

なるほど、と頼は思った。自分はどちらかというと青年の考えの方がよりそうかもと感覚的に腑に落ちた。

「先ほど『愛に満ちた人生だった』とおっしゃいましたよね。作者は人を愛したから人に愛されたのか。それとも人に愛されたから人を愛したのか。そういう『ニワトリたまご』なのかなって」

「……そうですね。おっしゃる通りかもしれません。では、時間もありますので、次の作品に進みましょう」

伝わったのか流されたのか、ガイドさんの張り付いた笑顔からは読み取れなかった。ツアー参加者たちは首を傾《かし》げながらぞろぞろと後に続いていく。いたたまれない空気に、頼はつい苦笑した。しかし最後に歩き出した当の青年は、そんなことを気にする素振りは全くなかった。むしろスッキリした表情だ。

その時、思った。スキップしてしまう曲について。上司には「気の迷いですかね」と漠然と答えたが、そうじゃない。むやみやたらに聴きたいのではなくて、そこに入れておきたい、そういう曲だってあるのだ。

「ニワトリたまご……」

改めて目の前の絵を見つめる。どれほど頼が熱い視線を向けても、絵の中の彼女と目が合うことはなかった。

2

ギンナンがうちに来なくなってもう五日が経《た》った。最近は毎朝うちの裏へ来ては食べ物をせがんでいたというのに。

「別にいいじゃんか。エサ代結構かかってたんでしょ」

でも事故に遭ってたらどうしよう、と心配する頼に同期の才賀悠太《さいがゆうた》はコンビニのアイスコーヒーをくるくる回しながら答えた。氷がぶつかってからからと音を立てる。

「だいたい野良だろ。名前までつけて餌付けして。よくないいんじゃないの」

「だって、あいつ痩せてるし……。夜近くで鳴き声が聞こえてきたりするとさ、なんかほっとするんだよ」

食べ物はそういう安心へのお礼っていうか。言い終わる前に才賀は手で制して、頼の後ろ側を顎で指した。

「おい見ろ、南野さん」

振り向くと数名の女性社員がお弁当片手に食堂に入ってきたところだった。その中心にいる女性が人事部の南野梓《あずさ》さんで、頼たちが勤めている映画配給会社の先輩社員だった。人当たりが良く、おまけに仕事もできる。弱点などなにひとつなさそうな人気者。見かけてテンションが上がるのは何も才賀に限ったことではない。飲みの席などで「社内の人で誰がタイプ」なんて話になった時には必ず名前が挙がるほどだ。

「やっぱりイイなぁ。こう見るとひと際輝いてるよな」

またそれか、と内心でため息をついたものの、頼はそうだねと同意を示した。けれど、視線は違うところを向いていた。

紺色のブラウスによく似合う爽やかなショートカット。はっきりした眉と、丸い瞳。落ち着いた表情と仕草。南野さんと比べると華やかな印象ではないが、どうしても目がいってしまう。

香椎佐和《かしいさわ》さんも人事部で働く女性社員だ。年次は南野さんよりいくつか上らしい。入社後の飲み会で先輩社員たちから「誰がタイプ尋問」を受けた際、才賀含めた同期たちがまるでそれが正解であるかのように南野さんの名前を挙げていく中、頼は笑って誤魔化した。恒例だかなんだか知らないが、なんとなくその船には乗る気になれなかった。ただ、頭の中では香椎さんの顔が浮かんでいた。

この会社の新卒採用最終面接の日。電車の大幅な遅延で、頼が会場に到着したのはギリギリだった。とにかく焦ってしまっていて、自分のネクタイがほどけていることに全く気付いていなかった。満員電車で揉みくちゃになったり、駅から走ったりしているうちに崩れてしまっていたのだろう。着いてすぐに頼の名前が呼ばれた。乱れた呼吸のまま頼が一歩を踏み出したその時、声をかけられた。

「ちょっと深呼吸してはどうですか」

待合室で学生の案内をしていた女性。それが香椎さんだった。いくつか面接を受けていたが、こんなタイミングで会社側から声をかけられることなどなく、戸惑った。

「胸に手を置いて。準備ができたら自分のタイミングでお入りください」

香椎さんは頼にしか聞こえないくらいの小さな声で「急がなくていいですから」と言い残して、その場から立ち去った。残された頼が言われた通り胸に手を当てた時、ネクタイが乱れていることに気が付いた。あの時、ネクタイ自体が合否にどれだけ影響を及ぼしたかはわからない。けれど、自分が焦っていたことに気付けたのが大きかった。おかげで落ち着いて受け答えができた。

香椎さんの立場では、直接学生になんらかの指摘をすることは禁じられていたはずだ。だからきっと、遠回しに頼にチャンスをくれたのだ。

才賀がストローの端を噛んだ。

「南野さんって彼氏いるのかなぁ。結婚はしてないらしいけど」

南野さんのことはよく知らないが、香椎さんの薬指はここからでもよく見えた。銀色の指輪。香椎さんには旦那さんがいる。入社してすぐ姿を見かけて「あの時の人だ」と胸が弾むと同時に、指輪の存在にその高鳴りを抑え込まれたのだった。

「あー、彼女ほしい」

嘆く才賀になんとなく相槌を打ちつつ、そろそろ戻ろうと席を立った時、ふと香椎さんと目が合った。軽く会釈をすると、香椎さんも目で挨拶を返した……ように見えた。いや、返してくれた。たぶん。

――よし、これで午後も仕事頑張れる。

別に、そう思うくらいなら。高まる鼓動音を残して、頼は早足で食堂を後にした。

3

つい最近梅雨入りしたばかりだというのに、空はカンカン照りだった。侯孝賢《ホウシャオシエン》の映画の中みたいに街中の緑も生き生きとして見える。今日は休日。頼はしばらく姿を見せていないギンナンを捜しに出ることにした。

「おはようございます」

アパートを出たところで大家のおばあさんが掃き掃除をしていた。よく遭遇するのだが、ペット禁止のアパートでこっそり野良猫の世話をしていることもあって少し後ろめたかった。

「お出かけ?」

「ええ、ちょっと」

大家さんは頼を上から下まで舐《な》めるように見た。「デートではなさそうだね」

ほとんど部屋着のようなTシャツと短パン。しかも手ぶら。実際ただの散歩なのだから仕方ない。

「若いんだから彼女くらい作りなさいな」

頼は愛想笑いを浮かべてその場を後にした。

「あっつ……」

まだ午前中だというのにこの日差し。夏は年々長くなっている気がする。日本は四季の国と言うが、今や春と秋はほとんど名前だけになっているんじゃないだろうか。

出てきたはいいけど、どこを捜そう。ベージュがかった毛並みを思い浮かべる。お腹を空かせてはいないだろうか。

ギンナンはその名の通り、銀杏《ぎんなん》がきっかけで目をかけるようになった野良猫だった。

ある日頼が部屋でくつろいでいると、すぐ外で猫の鳴き声がした。窓を開けると、猫が一匹何かにかじりついているところだった。よく見るとそれは落ちていた銀杏の実で、頼は慌ててそれを取り上げた。代わりにその時家にあった煮干しを与え、それ以来見かける度に常備しておいた食べ物を与えるようになった。

頼は昔からあの黄色い実の独特な匂いが好きで、小学生の頃に授業で調べて発表したことがあった。犬や猫にとって銀杏の実は危険で、決して与えてはいけないということを知っていたのもこの時に図鑑で読んだからだ。この授業は「自由に好きなものについて調べる」というテーマだったので、クラスメイトたちは皆当時流行していたアニメのことや、飼っているペットのことなどをまとめてきていた。そんな中、いくら落ち葉のシーズンだったからといって頼が銀杏について一生懸命発表しても、誰も興味を示さないのは今思うと至極当然だった。そういうことが何度かあって、頼は動く前に立ち止まって考えることを意識するようになった。

「ごめん、頼くんがなに考えてるかわかんない」

かつて付き合っていた人にそう言って振られたことがある。その子のためになにができるかばかりを考えていたというのに。そのことをいくら伝えても「そういうところだよ」とだけ一方的に告げられ、結局関係は断ち切られてしまった。

性格は基本的には明るく、コミュニケーションもそつなくこなす方だという自覚はある。あからさまにいじめられるようなこともなくここまで生きてこられた。ただ、なんとなく無難な方を選ぶ癖がついていた。

目を細めて晴れた空を見上げる。雲ひとつない。

喉が渇いた。頼はTシャツで首元の汗を拭うと、自動販売機でジュースを買った。

日陰で休みながらペットボトルに口をつけた時、猫の鳴き声がした。弾《はじ》かれるように上げた視界で、見慣れたベージュのおしりが跳ねていた。

「ミャアオゥ……」

「ギンナン！」

立ち上がり、早足で追いかける。とっとことっとリズミカルな歩調で遠ざかるおしりは、そのまま角を曲がっていく。

頼が遅れて角を折れると、いきなり目の前にずらっと立ち並ぶ四角い石が現れた。ぎょっとして立ち止まる。

――お墓、だ。

ここにお墓があるなんて知らなかった。ごちゃごちゃと入り組んだ道の中にあって、見渡す限り背の低いものだけで構成されたこの場所はなんだか周囲とは空気が違っている。風が草木を揺らす。すっきりと見通しがよく、心なしかいくらか涼しくも感じられた。

「おーい、ギンナン」

どこかの陰に入ったのか、見失ってしまった。屈《かが》めていた身体を起こすと、ちらほらと人の姿が見えた。木陰のベンチで舟を漕《こ》いでいるおじいさん。枯れた花を手に歩いている女性。墓石に手を合わせている親子。

「お兄さん、お兄さん」

後ろから呼びかけられ、頼は振り向いた。いかにも余所行《よそい》きといった服装のご婦人が一人立っている。

「はい?」

「卒塔婆《そとば》の相談がしたいんだけど」

「そ、そとば……?」

「そう、立てたいんだけれど。どうすればいいのかしら?」

「いや、あの」

何を言っているのかよくわからない。頼が困っていると、離れたところから青年が駆け寄ってきた。

「伊藤《いとう》さん、僕がうかがいます。この方、ここの職員じゃないです」

「あ、ごめんなさい。お兄さんと間違えたわ。若い子ってみんな同じに見えるのよね」

青年は事務所へ行きましょうと女性を連れて歩き出す。去り際、頼に向かってすいません、と頭を下げた。

——あれ?

その顔に見覚えがある気がした。あの丸いメガネ。誰だったっけと思いながら去っていく背中を見つめる。

「あら、伊藤さん？　どうもぉ」

ちょうど近くを歩いていた別の女性が二人に近づいていく。

知り合いのようで、伊藤さんなる女性も「あら男鹿《おが》さん、どうも～」と応じている。三人は顔を突き合わせて話しはじめた。なんとなく、ため池で寛《くつろ》ぐ鴨《かも》の群れを思わせた。頼は青年のことが引っ掛かっていたので、少し離れてその様子を見ていた。

「随分いい男連れてるわね」

「でしょ。あたしもまだまだ現役よ」

「あの、どちらかというと僕が伊藤さんを連れてるんですが」

青年が口を挟む。あらやだと女性二人が笑う。

「お兄さん彼女はいるの？」と男鹿さんと呼ばれたもう一人の女性に訊かれ、青年は答えた。

「恋人はいません」

「作らないの？」

朝の大家さんといい、どうしてみんな同じことを同じように言うのだろう。

「恋人は作るものではなく、なるものです」

――あ！

思い出した。あの回りくどい話し方。似たような状況をつい最近見た。美術館の『ニワトリたまご』の人だ。その時、ちょうど顔を上げた青年と目が合ってしまった。

「どうされました?」

「あ、いえ」頼は笑みを浮かべて軽く会釈をすると、逃げるようにその場を後にした。あの人、大学生くらいに見えたけどここで働いてるのか。思いがけない偶然に驚いたが、気を取り直して猫捜しを再開した。


しばらく経って、ようやく管理事務所らしき建物の陰で丸くなっているギンナンを見つけた時、頼は大きく息を吐いて両膝に手をついた。霊園は思ったよりも広く奥行きがあって、結局ぐるりと一周してしまった。頼のシャツもすっかり汗でびしょ濡れになっている。

頼はうちから持ってきていた煮干しを取り出した。呑気《のんき》にまどろんでいたギンナンは軽く鼻をひくつかせると、のっそりと起き上がって近づいてきた。

「元気にしてた?」

がつがつと煮干しを噛み砕く頭を指先で撫でる。

「居心地よさそうなところだね。仲間もいっぱいいるし」

捜している途中にもたくさんの野良猫を見かけた。ここは危険も少ないのだろう。澄んだ空気のこの場所に集まりたくなる気持ちが頼にもよくわかる気がした。ギンナンはきっともう自分のところには戻ってこない。でも、とにかく無事でよかった。

——お墓の事務所ってどんな感じなんだろう。誰もいないのかな。

入り口から涼しい空調の風が漏れてきていたのもあって、頼はつい中を覗き込んだ。

ここ、本当に事務所か? まずそう思った。室内は物が少なくすっきりしていて、事務所というよりオフィスの応接室という佇まいだ。頼は改めて看板を確認したが、『かわたれ霊園管理事務所』と書かれてあるだけでそれ以上のことは読み取れなかった。

「あっ」

頼の視線の先、カウンターに一冊の分厚い書物が置かれている。あの美術展の図録だ。あの日、物販が大混雑していて買うのを諦めたのだが、帰ってから後悔していた。頼が目を奪われたあの女性の肖像画もきっと載っている。確かめたい。でも勝手に開くのはさすがに悪い。でも軽く見るだけなら……。

「し、失礼します……」

葛藤の末、頼は事務所へ足を踏み入れた。涼しさに息が漏れる。生き返った。

──ちょっとめくるだけ。ちょっとだけ。

索引から遡り該当ページを開くと、あの絵の女性がいた。扱いも小さく、生で見るのと比べると迫力が足りないが、それでもやはり十分魅力的な絵だった。フレームの外を見つめる物憂げな瞳は、静かで冴えた印象の一方、底知れなさも感じられる。冬の湖を連想させた。

──そうか。この女性、どこか香椎さんに似てるんだ。

頼の意識はより一層その表情に惹き込まれてしまって、人が戻ってきたことに全く気付かなかった。

「あれ、先ほどの」

振り向くと、あの青年が入り口に立っていた。

「す、すいません勝手に！」

青年は気にする素振りもなく穏やかな笑みを浮かべた。「いえいえ。猫好きに悪い人はいませんから」

「え？」

「ずっと捜されてましたよね。その子ですか？」

青年の視線につられて頼は自分の足元を見下ろした。煮干しが物足りなかったのか、ギンナンが足元にまとわりついていた。

「あ、はい……そうですけど、どうして」

「ずっと視線を下げて霊園中を隈《くま》なく歩かれていたので。そうかなと」

やはり目立っていたのか。恥ずかしい。

「その子、最近よく来るようになったんです。仲良しの子がいるみたいで」

「それって」

「つがいだと思います」

なんと。頼は足元のギンナンをじっと見た。とぼけた顔して抜かりない。頼が言葉を失っていると、青年は開いたままの図録に気が付いて手に取った。

「もしかしてお好きなんですか？　ルノワール」

「いや、全然詳しくはなくて。でもこれはこの間観に行きました」

そう言った途端、メガネの奥の目がキラッと輝くのがわかった。

「僕もです！」

トリュフォーが撮る子どものような笑顔だった。はい、知っています、目撃したので。頼は心の中で苦笑いをした。

——そういえば凪くん、全然仕事してなかったな。

頼は自分の部屋で借りてきた図録をぱらぱらと眺めていた。

あの後、日置凪くんと二時間近くも喋った。聞き手タイプで興味関心の広い頼と、とにかく話し好きで引き出しの多い凪くんは妙に波長が合った。結果的に下の名前で呼び合うまで意気投合し、厚意に甘えて図録まで借りてきてしまった。

凪くんはとにかくたくさん「どうして」を考える人だった。頼が今まで考えたこともなかった疑問を大量にストックしていた。

「アニメや小説に熱中していると『現実逃避』って言われることがあるじゃないですか。ちゃんと現実も見なよ、って。あれ、どうしてただ逃げているみたいな言い方になるんでしょう。確かに、空想世界が魅力的だから、日常が絶望的だから、そういう理由で非常口として使う人もきっといます。けど僕は、本質はむしろ反対じゃないかと思うんです。だって、そこで得た発見とか感動ってちゃんと現実に返ってきませんか。いいものを見たり読んだりすると、景色がきらきらしませんか。こちら側の解釈が変わると、目の前の物事は意味を変える。作り手と受け手で、現実を塗り変えてるんです。逃げているというより、闘っているという方が近い気がします。創作物は、現実をより豊かにする武器だと思います」

「どうして鼻毛って伸びてくるんでしょう。鼻の穴を守るのが仕事なら、ほどほどでとどまってくれればいいと思いませんか。僕この間両方の鼻の穴から鼻毛が出てて、これはまずいって出てくる気配のある鼻毛を全部切ったんです。そしたら数日後に鼻風邪を引きました」

どんな展覧会よりも心躍る時間だった。小さな頃はずっと考えることは楽しいことだと思っていたのに、その感覚を忘れてしまっていたことに気付かされた。一体自分はいつから今みたいに身の回りのことを一切疑わなくなったのだろう。夢中で銀杏について調べたあの頃の自分は、今もまだ自分の中にいるのだろうか。


頼が映画にハマったのは中学生の時だった。暇を持て余していた夏休みに、ふと父親に薦められたDVDを観てみようという気分になった。約二時間後、頼はエンドロールを眺めながら言葉を失っていた。号泣したわけじゃない。鳥肌が立ったわけでもない。ただ「刻み付けられた」と思った。映画館に行った経験だってそれまで何度かあったはずだが、家の小さなテレビ画面を通してはじめて、たった数時間で誰かの人生を丸ごと生きたような感覚を味わえるという事実にいたく感動したのだった。そこからは芋づる式で、徐々に国も時代もジャンルも関係なくなっていった。

凪くんの言う通り、映画はトンネルだ。抜けた時、目に飛び込む景色が持つ意味を変える。映画会社への就職を志したのは頼にとっては必然だった。

「国見くんは普遍性があるのがいいね」内定後、採用担当者からそう肩を叩かれた。

「普遍性ですか」

「君プロデュース方面志望でしょ。うちで製作がやりたければヒットが狙える企画じゃなきゃ通らないから」

もちろんそんなことは百も承知だった。

「エントリーシートや面接で映画の話する学生って多いんだけどね。どれもマイナーだったりイマイチ稼いでない作品だったりでさ。熱意は素晴らしいんだけどね」

この時、頼は映画が人を判断する道具になってしまっていることに気付いた。文化や時代や、そういうものから解き放たれているから好きだったはずなのに。もしかしたら自分は、本来映画の持つベクトルとは正反対のトンネルを通過してしまったのかもしれない。数年経った今、頼は仕事以外で映画館に足を運ばなくなっていた。

入社してちょうど十本目に提案した企画が同じく十本目のボツ企画となった日の帰りの電車。つり革を摑《つか》んだまま何秒かに一回舌打ちをするサラリーマンの横で久しぶりに大学時代の友人のSNSを眺めていて、大好きな監督の最新作がひと月前に上映終了していたことを知った。友人は絶賛していたけれど、鑑賞アプリでの評価はさほど高くなかったし、マーク数も少なかった。

——なんだ。こんなもんだったんだ。

自分の目で確かめたかったという気持ちより「ハズレくじを引かずに済んだ」という気持ちが勝っていた。舌打ちサラリーマンはいつの間にか電車から降りていた。

映画を観る時間がどっと減った。ベストセラーの、いや、ベストセラーになる気配のある小説やコミックにいち早く目を通し、映画化を成立させるにはどうすればいいか考えることに時間を費やした。面白くても映像化が難しそうなものは「残念な作品」、自分がそれほど心を動かされなくとも企画の芽があるものは「いける作品」に振り分ける。その繰り返し。そうしているうちに、ぽつぽつと上司や先輩プロデューサーのすぐ隣のポジションを任されるようになった。隣に置いてもらえさえすれば、最低限の役割は果たせる自負も出てきた。

しかし、入社して五年目に入った頃から、明らかになにかがうまくいかなくなっていた。アシスタント的業務ではなく、企画を主導するような機会が出てきた頃からだ。今まで見てきた上司や先輩と同じようにしていても、これまでスムーズに進んでいたような初歩的な段階でなぜか躓いてしまう。どこかに見えない壁がある。

——やってることはずっと変わってない。なにも間違ったことはしていないはずだ。でも……。

それならどうして自分は、言い訳を並べたくなっているんだろう。

頼はもう一度あの絵のページを開いた。香椎さんに似た女性は変わらずフレームの外を見つめている。視線を辿《たど》ると、頼が学生時代から使っているテレビボードがあった。その中で、インテリアと化したＤＶＤの列が背中に埃《ほこり》を積もらせていた。

4

「国見、雨降ってきたぞ」

仕事を終えた頼が帰り支度をしていると、外出から戻ってきた社員に声を掛けられた。ビルの窓から外を見下ろすと、予想外の雨に見舞われた人たちがバッグや背広を頭に載せて小走りしていた。

仕事柄外出も多い頼は折り畳み傘も持ち歩いているが、数日前に置き忘れたままの長傘があったことを思い出した。ちょうどよかった。傘立てから自分の長傘を手に取りフロアを出る。

——香椎さんはまだ仕事中かな。

それとも、もう愛する人のいる温かい家庭に帰ったのかな。降りてくるエレベーターの案内ランプを見上げ、疲れた頭でふとそんなことを考える。同じ会社でも香椎さんの部署は別のフロアにあるため、顔を合わせる場面は少ない。

チーンという音が響いてエレベーターが到着する。ドアが開くと、すぐ目の前にまさに今思い浮かべていた顔があった。

「っ！」

「お疲れ様です」

香椎さんがペコリと頭を下げる。ばっちりと目が合った。途端に心臓が強く鼓動をはじめる。「お、お疲れ様です」

動揺が表に出ないよう注意しながら中に入る。乗客は他にいない。いきなり二人きりの空間。下っていくエレベーター。お互いの様子を探るような沈黙が下りる。

「あの、香椎さんって」

愛想が悪いと思われたくないと、何も考えないまま言葉が口をついてしまった。

「はい」

香椎さんは壁に背中を預ける格好になり、視線だけでなく体ごとこちらを向いてくれた。

「えっと……あ、企画部の国見です」

「はい、もちろん知ってます」

一応人事部ですよ。香椎さんはそう言って笑った。きちんと話すのはほとんど初めてなのだから、こんな砕けた表情を見たのも初めてだ。普段の落ち着いたイメージとの落差も相まって、頼は自分の心拍が一層速まるのを感じた。

香椎さんは言葉の続きを待つように首を傾げている。

「香椎さんって……岐阜ご出身なんですよね。飛驒《ひだ》ですよね？」

頭をフル回転させ、社内報かなにかで見かけた情報を引っ張り出した。

「そうなんです。よく知ってますね」

「僕、行ったことあります。学生時代に一度。白川《しらかわ》で野外映画祭がやってたので、それと抱き合わせて」

「へえ、野外映画祭。地元なのに初耳です」

「とっても素敵なところでした。水が澄んでて、緑が濃くて。ここで映画を撮ったらすっごく綺麗《きれい》な映像になるだろうなと当時思ったんです。それで今度の企画で提案して、はじめてロケに行けることになりました」

エレベーターが緩やかに減速し、止まる。止まってしまう。ドアが開き、頼はボタンを押したまま「どうぞ」と先を譲る。

せっかくの貴重な時間を使って一方的に自分の話ばかりしてしまった。これが映画なら、主人公はもっと気の利いた会話を繰り広げていただろう。テンパっていたのもあるが、香椎さんのおおらかさでつい調子づいてしまったのだ。訊いてみたいことがたくさんあったのに。後ろ髪を引かれる思いで背中を見送り、気を遣わせないように数秒待ってから出ようとしていると、香椎さんが立ち止まって振り向いた。それはヒロインの初登場シーンのようで、鮮やかに劇伴が鳴りはじめる錯覚にすら陥った。わざわざ立ち止まって自分を待ってくれたのだ。こうして社内の人とエレベーターが一緒になることはよくあるが、特に仲が良くない頼のような若手が相手だとそそくさ先に行ってしまう人がほとんどだ。今も当然そうなると思っていた。

——やっぱり、こういう風に人に気を配る人なんだな。

香椎さんと並んでエントランスホールを歩いていく。

「国見くんは映画の知識がすごいらしいですね」

「いやいや、最近はそんなに観てないですし……」

「企画部は年中大忙しですもんね。残業も多い部署なので人事としてはどうにか」

と、話の途中で香椎さんが足を止めた。外を見ている。そういえば香椎さんは傘を持っていない。頼は咄嗟《とっさ》に手に持った長傘を差し出した。「あの、これ」

「あ、いやそれは。途中で買うから大丈夫です」

「ちょうど折り畳みも持ってるので。ほら」

香椎さんは「ありがとうございます」と遠慮がちに長傘を受け取った。

頼は地下鉄通勤で香椎さんとは路線が違ったものの、使っている駅は同じで、道中でさらに十分ほど話をすることができた。

主に仕事のことや会社の人について話した。頼が入社の際「普遍性があるのがいい」と言われたことを冗談めかして話すと、香椎さんは苦笑いしながら言った。

「その人にとっての普遍性に当てはまったからといって、国見くんが普遍的だということにはなりませんよ」

その時だけ、雨が傘を打つ音が消えた。必要以上に感情を込めることはなく、一方で丁寧に言葉を選んでくれているのがわかった。

駅に着き、傘を畳んで返そうとする香椎さんを、頼は手で制した。

「せっかくなので、お家《うち》に帰るまで使ってください」

香椎さんは頼の肩の辺りを見て「だいぶ濡れちゃいましたね」と申し訳なさそうに言った。

「私の方が体が小さいんだから、せめて折り畳みの方を使わせていただくべきでした」

「ああ。全く思い付きませんでした」

頼が笑うと、香椎さんが一瞬目を伏せたような気がした。

「……そっち側」

「え?」

なんですか。尋ねようとすると、香椎さんは顔を上げ「お言葉に甘えてお借りします! 本当にありがとう。お疲れ様でした」と言い残し改札の向こうへとすたすたと歩いていってしまった。今度は一度も振り返らなかった。

5

——ええっと、なんでこんなことになったんだっけ。

頼の視線は手の中のメニュー表に向いていたが、頭の中はそれどころではなかった。

「どれも美味しそうですね」

隣で香椎さんが頬杖《ほおづえ》をつく。会社近くにある小さなビストロのカウンター席。ランチには少し遅めの時間帯で店内は落ち着いている。

【おかげで昨日は濡れずに済みました。ぜひ今度何かお礼させてください。 人事部 香椎】

数日前、あの雨の日の翌朝のこと。香椎さんから社内メールが来た。丁寧な連絡をくれたことはありがたかったが、傘を貸したくらいでお礼なんて。さすがに社交辞令だろうと判断し、頼もその時は当たり障りなく返信した。はずだったが、結局こうしてランチをご馳走になろうとしている。

「遠慮しないでくださいね。このお店、ずっと狙ってたんです」

「ちょっと一人では入りにくい雰囲気ですもんね。どれにしようかな」

「私、決めました」

「え。ちょっと待ってください。香椎さんどれですか？」

香椎さんがすぐ隣で髪を耳にかけ、頼の顔をちらっと見る。

——近い。まずい。

これは単なる傘のお礼だ。成り行き上二人で来ることにはなったが、決して人の道を外しているわけではない。頼はずっと考え続けていることをまたも頭の中で繰り返した。おかげで昨晩は明け方まで寝付けなかった。

メールを受け取った日、会議から戻ると、頼の座席に長傘とメモが置かれていた。「ご不在だったので置かせていただきました。香椎」と綴《つづ》られた筆跡は、本人の印象よりずいぶん無骨な右上がりだった。先輩相手に持ってこさせておしまいというのもどうかと思い、今度は頼の方から無事受け取った旨をメールした。

【傘受け取りました。こちらから伺えばよかったです……。わざわざありがとうございました！　企画部　国見】

少しして、返信が来た。

【タイミングが悪く、ご不在のうちにすみません。岐阜出張、お気をつけて。実は飛驒はワインも美味しくてオススメです。機会があったら是非。香椎】

そのメールの最後には、ワインの商品ページに飛ぶURLがいくつか貼り付けられていた。

【ありがとうございます。いよいよ今週末出発です。気を付けて行ってきます。ワイン、飲んでみます！　国見】

【無事ロケハン終えて戻ってこられたら、慰労も兼ねて傘のお礼に一度ランチだけでもご馳走させてください。ついでにちょっと人事的にうかがいたいこともありまして、お時間もらえると嬉しいです。お忙しいと思うので、ご都合あえばで大丈夫です。香椎】

香椎さんの気遣いと、頼の不器用な配慮とが覆いかぶさっているうちにこうなってしまった。このランチはボタンの掛け違えみたいなものだ。

「それで、人事的な話なんですが」

料理を待つ間、香椎さんが切り出した。それは頼も気になっていた。はい、と姿勢を正す。

「あんまり深くは考えないでくださいね。企画部の大河内《おおこうち》さんのことです」

大河内さんは頼の直属の上司だ。「うまくやれてますか？」

頼は理解した。ちょっとした聞き取り調査だ。このランチに深い意味などないことはわかっていたが、ほんの少しがっかりした自分もいた。

大河内さんはよく言えば鷹揚《おうよう》、悪く言えばテキトーな人で、部下に対して仕事を投げるようなやり方をすることがあった。同じ部署の特定の人たちがそれを快く思っていないことは知っていた。なんらかの苦情が人事部に入ったのだろう。

「僕は相性悪くない、と思います。大河内さんは、一見自分はなにもしてないように見えるし、してないこともあるんですけど。実際はちょっと違う感じなんです」

「どう違うんですか」

「人に仕事を渡した後、それがスムーズに進むようによく各所に根回ししてるみたいなんです。僕が他部署とか取引先に相談に行くと『ああ、大河内さんが話してたやつね』ってなることばっかりです」

香椎さんはなぜかうっすら微笑んでいる。「なるほど」

「あと、部下を悪く言っているのも聞いたことないです。むしろ長所を誇張して宣伝して回っているくらいで、それはそれで困ったりもしますけど。自分は何もやってませんみたいな振舞いをする、あの人なりの格好のつけ方なんだと思います」

それを聞いて、香椎さんはくすくすと笑った。なんで笑ってるんですか、と頼が困惑しても「いえいえ」とまだ笑っていた。

そのうち料理が運ばれてきて、話題は取り留めのないものへと移っていった。思考が渦を巻いて、すべてを覚えている気もするし、結局何ひとつ覚えていない気もした。

「そろそろ戻らないとですね」

香椎さんが時計を見た。食後のコーヒーを飲み干す。

「ワインどころかゆっくりご飯を食べる余裕もなかったなんて。大変な出張でしたね」

「撮影でまた行くので、絶対リベンジします。香椎さんはいつから帰ってないんですか？」

「いつからだったかな」

長い沈黙が下りる。記憶の海に深く潜っているようだった。頼はその様子に違和感を覚えた。

「……行きましょうか？」

香椎さんがハッと顔を上げる。「ああ、はい。行きましょう」

頼は改めてご馳走になったお礼を告げた。

「こちらこそ、こんなに笑ったの久しぶりです」

香椎さんの笑顔を見て、なぜか少し背筋が冷えた。あの雨の日の別れ際と同じ。この人は頼が思っていたよりもさらに向こう側にいる。そんな気がした。ただ、自分は縁遠い会社の同僚で、思いがけず一度ランチをしただけの人間に過ぎない。その違和感を深追いできるような立場ではない。そもそも一方が少しでも異性として意識している時点で存在してはならない時間だったのだ。

「僕、郵便局寄ってから戻ります」

何か悩み事があるのかもしれない。背負っている重荷があるのかもしれない。でも……。

――尊重したいからこそ、これ以上は近づくべきじゃない。

頼は改めてそう言い聞かせた。

6

「レッサーパンダ、威嚇。で画像検索したことありますか?」

麦茶の入ったグラスを置くなり凪くんが言った。

「え、ないよ」

頼は検索をかけてみた。途端にレッサーパンダたちが画面いっぱいに表示される。スクロールしながら、顔がほころんだ。もっと牙をむき出しにして毛を逆立てた写真が出てくるかと思ったが、実際は短い両前足をただ掲げているだけだ。楽しげにバンザイしているようにしか見えない。

「これ、レッサーパンダ、バンザイ、で調べてもこんなに可愛く感じないと思いませんか」

「うん、ギャップだね。で、なんで今これを?」

「なんとなく。笑わせようと思って」

凪くんの年齢は頼の五つ下だった。学生もあり得る年齢だ。ただ、前回ちらっと聞いたところそれは否定していた。高校卒業と同時にこの霊園に就職したのか、アルバイトとしてここで働いているのか、そのあたりの細かい事情は知らない。

手元には例の図録がある。休日の今日、頼は借りていたそれを返しに霊園事務所を訪ねたのだった。

そういえば。凪くんに訊きたいことがあったのだ。つい先ほど耳にした不思議な会話を思い出す。頼が口を開こうとすると、二つの黒い影が事務所の窓を横切った。

「あっ！　ギンナンとその恋人ですよ」

頼が慌てて窓から顔を出すと、並んでこちらを振り向いたカップルと目が合った。ギンナンは心なしかいつもよりキリッとしているように見える。隣にいるのは綿菓子のような白猫だった。その眼差《まなざ》しに、ついにやついてしまう。

「お澄まし顔してる。かっこいいとこ見せたいもんね」

「単に頼さんを警戒してるだけかもしれませんよ」

まさか。そう思ったが、頼が手を振ろうと窓から腕を出した途端、慌てたように走り去ってしまった。

頼が呆然《ぼうぜん》としていると、凪くんがそっと言う。「威嚇中のレッサーパンダにも迂闊《うかつ》に近寄りそうですね」

「なにも走って逃げなくても」

「あの白猫の件で気が立ってるんだと思います。最近他の猫と喧嘩《けんか》している姿もよく見かけますし」

「まさに泥棒猫がいるんだ。ケガしないといいけど」

「そういえば。『泥棒猫』ってよく考えると不思議な言葉ですね」

「そう？」

「人間に使うなら普通に『泥棒』でいいんじゃないでしょうか。どうしてわざわざ『猫』をつけるんでしょう。そもそも、猫って皮肉めいた意味で使われがちですよね。『猫をかぶる』とか『猫ババする』とか」

「お魚咥《くわ》えたどら猫的な、狡猾《こうかつ》で逃げ足が速いイメージがあるから、相手を揶揄《やゆ》するためにそれを強調してるんじゃないかな」

「猫は生きるために自分の欲求に従ってるだけなので、人間とは違います。人間ほど複雑でも罪深くもない。むしろ素直で邪気のない人間の方を『猫人間』と呼ぶべきです。『泥棒猫』は人より猫を侮辱する言葉だということがわかりました」

猫人間。それじゃ妖怪じゃないか。頼はつい笑ってしまった。

「ギンナンも大変だろうけど、愛があるなら幸せかな」

頼がなんとなくつぶやくと、凪くんは「あ」と指をさしてきた。

「それ、どうしてなんですか？　愛って幸せを保証してくれるものでしょうか」

きた。凪くんの「どうしてスイッチ」が完全に入った。

「どうしてみんな愛情と幸せをすぐ近くに置きたがるんでしょう。愛されるから苦しい、愛してるから幸せになれないことだって身の回りに山ほどあるのに。愛を捨てる、愛から離れることが幸せだったとして別に矛盾しませんよね」

「矛盾しないけど」頼は言った。「矛盾すればいいなとはどこかで思ってるかも」

「そもそも。性質の正反対なものをまとめようとするのがおかしいです。愛は相対的なもので、幸せは絶対的なものだと思います」

絶対的、相対的？　頼の混乱に気付いてか気付かずか、凪くんが言葉を続ける。

「つまり、何が言いたいかというと」

凪くんはいつも「どうしてモード」の時、少し俯いて右頬に右手の指を押しつけるような仕草をする。

「愛は対象との間でしか成立しない。反対に幸せはその人の中でしか形作られない。『自分の幸せは自分で決める』っていう言い回しありますけど、正確には『自分にしか決められない』ですよね。幸せに限らず、なんだってそうじゃないですか。みんなのものにしようとした時点で誰かのものではなくなる」

どうしてか頼は、あの日「こんなに笑ったの久しぶり」と言った香椎さんの冷たい笑顔を思い出していた。

「でもさ、夫婦とか友人とか、同じ幸せを誰かと共有することもある気がするよ。大切な人の幸せが、自分の幸せだって胸を張る人もいる」

すると、凪くんの視線がほんの数秒頼から逸《そ》れた。頼はその目を見て、これもだと思った。香椎さんに対して感じたような、相手が遠くにいる感覚を凪くんに対しても抱く瞬間がある。

「共有しているのは幸せではなくて、愛なんじゃないでしょうか。幸せは切り分けられないけど、愛情は他者との間を行き来できる。愛は、時間も距離も超えてお互いの幸せを媒介する」

時間も距離も……映画と一緒だ。凪くんはマジシャンがカードマジックを披露するように言葉を並べていく。

「幸せは絶対的であると同時に、流動的なものでもあると思います。『幸せを摑む』って言葉は、レールに乗りさえすればあとは目的地に送り届けてもらえる、みたいに聞こえてモヤッとします。大抵、ゴールってスタートでもあるのに。幸せは日々生まれたり消えたり、膨らんだり萎んだりします。細胞みたいに、分裂も変異も突然死もある。摑むんじゃなくて、握り締めていなくちゃいけない」

淀《よど》みなく言葉を続けていた凪くんが、最後は年相応の未熟な表情へ変わった。凪くんには愛情を渡してくれる誰かがいるのだろうか。いてくれたらいいなと思った。

——自分には、そんな相手がいるだろうか。いたことがあっただろうか。

両親は二人とも元気だ。たくさんの愛情と労力を注いでくれた。では家族以外には？　考えるまでもなく、いない。数えるほどの恋人に幾ばくかの愛情らしきものを貰ったような気もするが、それこそ古い細胞みたいにあっという間に角質となり剝がれ落ちていった。頼の世界はずっとスクリーンの「向こう側」にだけ存在していて、自分はただそれを眺めている。そんな感覚が、いつもどこかにあった。自分の幸せって、なんだ？

黙っている頼を、グラスに口をつけた凪くんがじっと見ていた。

「すいません、また喋り過ぎました。いつも鬱陶しがられるのに」

「いや、そうじゃないよ。自分のことについて、聞きながら色々考えてた」

「そうですか」

凪くんはこういう時に「何を考えてたんですか」とは尋ねてこない。頼はくすぐったい気持ちになった。

「ギンナンとあの恋人が二匹とも今幸せだといいな」

凪くんがうなずいた。「どこかの泥棒猫も幸せであってほしいです」

頼が眉をひそめると、凪くんがなんですかと首を傾げた。

「だって、それじゃあギンナンたちの幸せと矛盾しちゃうよ」

「するかもしれませんね」

凪くんはあっさりと言う。「でも、しないといいなと思います。猫くらいは、みんな幸せになってほしいんです」

その話だけは腑に落ちなかった。全員もれなく幸せなんて、さすがに綺麗事が過ぎるんじゃないか。泥棒猫は、たぶんこの世からいなくならない。そこに今ある幸せを守るためには、泥棒猫が悲しみを引き受けるしかない。

手の中で空になったグラスの底には、溶けかけた氷が溜まっていた。

7

香椎さんとのランチから数日が経った。一度お礼のメールを送って以来やりとりはなかったし、すれ違う機会もなかった。

正直、頼は安堵《あんど》していた。あれをきっかけに交流が続くようなことになれば、いずれは自分の感情に向き合わなくてはいけなくなる。

今日、頼は終日社外研修だった。普段は関わらない社員と言葉を交わす場面も多く、慣れない自己啓発系のプログラムに、参加者はみな疲弊していた。帰り際、才賀に声を掛けられた。

どうやら他の社員に振られ続けた挙げ句「頼でいいや」となったらしい。

「今日飲めば解放感が倍になる。つまり、疲労感は半分だ」

頼は付き合いが悪い方ではないが、才賀を含む活発なメンバーに比べると飲み会が大好きというほどではないし、スケジュールが乱れやすい部署にいるため、段々誘われることも減っていた。

繁華街をあてもなく歩く。才賀はその明朗な性格と元体育会のがっしりとした体格から自然と同期の中でまとめ役になることが多かった。話がいまいち嚙み合わないことももうわかっているはずなのに、頼に対しても分け隔てなく接してくれる柔軟さがあった。

「二人だし、安いとこでいいか～」

才賀が雑居ビルの二階にあるチェーン店を指差した。頼も賛成して階段を上がろうとした時、すぐ側の小さな看板が目に入った。

【飛驒牛　飛驒ワイン　おすすめです】

雑居ビルの隣にこぢんまりとした居酒屋があって、どうやらその店のものらしい。才賀が振り返って立ち止まる頼を見下ろす。

「……こっちにしない？」

中に入ると、早い時間だからか他に客はいなかった。少し狭いが細かな装飾やレイアウトに気が利いているお店だ。

「頼が提案してくるの珍しい気がするわ」

熱いおしぼりで手を拭きながら才賀が「俺は生」と告げる。

「この間岐阜に行ってさ、飛騨のワインを飲んでみたかったんだけどチャンスがなくて。したらちょうど外の看板に書いてあったから」

岐阜にゆかりのある店主なのか、飛騨牛をはじめ、岐阜の郷土料理や地酒がいくつかあった。頼はワインを注文する。

「お待たせしました」

グラスに入った液体は透き通ったルビー色だった。紫がかった深いワインレッドではなく、輝く宝石のような赤だ。乾杯をして、口に含む。美味しい。口あたりがよくて飲みやすかった。すいすいと口に運んでしまいそうだ。

「くーっ」唇に泡を貼り付けたまま、才賀が気持ちよさそうに声を上げる。

「料理も旨《うま》いし、これはいい店見つけたな」

その後一時間ほどが経過して他にぱらぱらと客が来たが、店内は静かで落ち着いていた。

「ボトルで注文すればよかったかも」

「今から頼もうぜ。俺も飲みたい」

そんな飲み方して悪酔いしないだろうかと思いつつ、店員を目で探していた時だった。才賀が入り口を見て「あれっ」と声を弾ませた。

「南野さんじゃね？」

振り向くと明るいワンピースを着た南野さんが店に入ってくるところだった。そして、その後ろには香椎さんもいた。頼が一番似合うと思う紺のブラウス姿で。

才賀が立ち上がって声をかける。気付いた南野さんが眉を上げた。

「わ！　才賀くんと国見くんじゃん」

香椎さんと目が合う。少し驚いた顔をしていたが、頼が軽く頭を下げると控えめに微笑んだ。

「奇遇だねえ。隣いい？」

「どうぞどうぞ」

結構早くから飲んでたみたいだね。今日研修だったんで。ああそっか、人事主催なのに忘れてた。ははは。と二人のテンポのいい会話と笑い声が続く。

「研修、お疲れ様でした」

通路を空けて隣に座った香椎さんが頼にささやいた。面接の時を思い出してしまう。

「もしかしてあれで選びましたか？　外の」

頼の空いたワイングラスを一瞥して、香椎さんが店の外を指差した。「飛騨ワイン」と書かれた看板のことだろう。

「はい。通りがけにたまたま見つけて」

「ふふ。私もです」

——だから会いたくなかったのに。

香椎さんの笑顔で、頼は今日誘いに乗ったことを後悔した。

会は楽しく進んでいった。頼と香椎さんは同じボトルを分け合った。香椎さんは、ちょうどグラス一杯分ほど残ったワインをすべて頼のグラスに注ごうとした。頼は半分ずつにしましょうと、傾いたボトルを途中で止め、自分よりも少しだけ多く香椎さんのグラスに注ぐ。

「あー、んだよもー」

目の前では案の定、才賀が悪酔いしていた。憧れの南野さんと一緒という状況もあってテンションが上がっているのか、明らかにペースが速かった。酔った才賀は美点である朗らかさの方ではなく、欠点であるデリカシーの無さの方が強く出てしまうようだった。途中から才賀がくどくどと「どうすれば彼女ができるのか」という相談をする時間になっていたが、徐々に余計なことまで言うようになっていた。

「俺早く結婚したいんです。南野さんは結婚の予定ないんですか」

「どうだろうね」

「南野さんは良い奥さんになると思います」

「才賀」頼が制止しようとするが、南野さんは全く表情を変えなかった。

「結婚するとして、良い奥さんになるためにするわけじゃないけど」

「ええ〜何のために結婚するんですか」

「よし、彼女ほしいならまずそういうとこ叩き直そうか」

南野さんはさすがの人当たりの良さで、この状態の才賀に対してもあくまで優しく、うまくいなすように扱ってくれていた。しかし、どこかあしらわれる感じに居心地の悪さを覚えたのか、才賀が今度は終始にこやかに話を聞いていた香椎さんへ絡みはじめた。

「香椎さん、結婚っていいですよね」

ほんの一瞬、隣のテーブルで空気が固まるような間があった。なんだ？　と頼も思う。

「旦那さん今日はまだお仕事中ですか。何されてる人なんですか」

「その辺にしときなよ」

南野さんが少し食い気味で間に入る。さっきまでと違う強い語気と剣幕に、才賀も目をぱちくりさせて「さーせん」と素直に謝った。香椎さんはただ取り繕うように微笑んでいた。

――またこの顔だ。

こんなに笑ったの久しぶり。本当だとしても建て前だとしても、香椎さんの口からあの言葉が出るのは不自然だ。思えば、この間も今日も香椎さんから家庭の話は一度も出ていない。

「そういえば。才賀くん、最近人事の間でよく名前挙がるよ」

「ちょっと！　怖いこと言わないでくださいよ」

南野さんがさりげなく話題を変えて、先ほど生じた不穏な空気は希釈されていった。香椎さんも何ごともなかったように明るく振る舞っていたが、頼にはそれがどうしても虚勢のように見えた。あの時の「そっち側」って一体どういう意味だろう。頼が今いる観客席は、人から羨ましがられるような場所ではない。


「才賀くん、あの酒癖はよろしくないね」

帰り際、南野さんが困り顔で言った。店を出て潰れかけながらも「大丈夫っす」を連呼する才賀をタクシーに押し込んだ後、残った三人はそのまま駅へと向かった。頼とは逆方向ではあったが南野さんも同じ路線を使っていて、二人で香椎さんを見送ってからホームまで並んで降りてきた。

「すいません、お邪魔してしまって」

「いやぁ。楽しかったよ。佐和さんも楽しそうだったし」

南野さんはチラッと頼を見た。「この間、佐和さんとお昼行ったんだって？」

顔を強張らせた頼を見て、南野さんはイヤイヤと手を振った。

「ああ、違うの。変な意図はないよ。私以外は知らないはずだし。ただ、佐和さんが珍しく話してくれたから」

あんなにただ真っ直ぐ笑ってる佐和さん久しぶりに見たよ。南野さんは言った。

――なんで久しぶりなんだ。

「国見くんって、ほんとに点字ブロックの上歩かないんだねぇ」

「え？」

南野さんがいたずらっぽく笑う。

「佐和さんが教えてくれたんだよ。嘘でしょそんな人この世にいるもんかって思って、ここへの道中、ずっといじわるして誘導してみてたんだけど。絶対踏まないように歩くからびっくりした」

無意識のことで自覚はなかった。どうしてそんなこと、と言いかけたところで、ホームに列車の到着を予告するアナウンスが響き渡った。

「あの、香椎さんって」

頼の訊きたいことを察したのか、南野さんはうなずいた。

「才賀くんがあの調子だったし、二人の入社より前だから知らなくて当然だよね。わたしも中堅社員になるはずだ」

「何があったんですか」

「うーん、国見くんになら言っても大丈夫だとは思うけど……」

大きな音を立てて電車が滑り込んでくる。頼とは逆、南野さんの乗る方面だ。

「ううん、佐和さんを笑顔にできる国見くんだからこそ、私の口から余計なことを言うのは違うかな。ごめんね」

またね、と手を振った南野さんの姿がドアの向こうに見えなくなった。彼女を乗せた銀の箱は真っ黒なトンネルの奥へと吸い込まれていった。


——どうしてここに来たんだろう。こんな時間、誰もいるはずないのに。

頼は南野さんを見送ったその足で「かわたれ霊園」まで来ていた。お酒が入っているからだろうか。夜のお墓は初めてだったが、不思議と恐ろしさは感じない。すでに入り口は閉鎖されていて中までは入れない。静かな夜風が頬を撫でる。ひとつ深く息をつくと、入り口近くの低い囲いに腰かけた。

頼は改めてスマホを起動した。暗闇の中に四角い光が浮かび上がる。いくつかの記事。どれも並んでいるのは同じ単語だった。

「死亡」「事故」「暴走」「被告」「高齢者」「過失」「アクセルとブレーキ」……。

それは『香椎佐和』と入力した検索結果だった。

帰りの電車内で、手当たり次第に記事に目を通した。現場は岐阜県高山市の商店街。夏の週末、人で賑《にぎ》わう昼下がり。突如大通りから猛スピードで走ってきた軽トラックがそのまま商店街へと突っ込み、電柱等にぶつかりながらも走行を続け、営業中の和菓子店に衝突して停止。計五名が巻き込まれ、重傷一名、軽傷三名。一名が搬送後に死亡。

亡くなったのは都内に勤める会社員・香椎和哉《かずや》さん（28）。妻の香椎佐和さん（27）は軽傷。二人は佐和さんの実家へ帰省中だった。

運転していたのは林潤一《はやしじゅんいち》（83）で、アクセルとブレーキが分からなくなったと証言しており……。

端末の電源を切った。すべての情報が、香椎さんと同一人物であることを示していた。自分はこんな形でこの事実を知ってよかったのだろうか。苦い後悔で頭がいっぱいになる。出来心で検索をかけるべきではなかった。

頼は上を向いて、狭い夜空を見上げた。

――何が「愛する人のいる温かい家庭」だ。

香椎さんに似たあの美しい絵画女性。決して合うことのない視線の先にあったのは、永遠に手の届かなくなった影だったのかもしれない。

「ヒイッ！」

その時、門の方から悲鳴がした。見ると、見慣れたシャツ姿の凪くんが両手をギュッと握り、直立不動でこちらを睨《にら》んでいる。

「あれ？」

頼だとわかったようで、一転して軽やかに近づいてきた。

「びっくりしたぁ。ついに幽霊を見てしまったと思いました。僕おばけとかダメで。彼ら目的がよくわからない……」

凪くんが一瞬足を止めた。こちらの様子に気が付いたのだろう。頼は安心からか、つい破顔した。そうか、凪くんに会いたかったんだ。

「こんなに遅くまでいるんだね」

自分のものじゃないみたいにしゃがれた声だった。

「今日は自業自得の残業です。日中サボってて」

「はは。いつも休憩し過ぎだよ」

凪くんは人ひとり分を空けて頼の隣に腰を下ろした。

「僕いま缶コーヒーが飲みたい気分なんですけど、頼さんは無糖でいいですか？」

「凪くんはさ、占いでもやってるの？」

凪くんがぽかんとして、少し間ができる。「占い？　やってませんけど、どうしてですか？」

「『ズレ』を正す方法を教えてほしい」

言うと、凪くんが固まった。

「ごめん、聞いちゃったんだ。少し前に、凪くんと女の人が話しているのを」

図録を返しに訪れた日。事務所に入ろうとすると話し声が聞こえた。聞き慣れない単語が耳に入ってきて、つい物陰で聞き耳を立ててしまった。よく理解できなかったが、凪くんが何らかの方法でその女性の「ズレを正した」ということがわかった。女性はおかげで前を向けそうだと凪くんに感謝していた。

ごめんね急に。言いながらもこみ上げる言葉を止めることができない。

「どうしたらいいかわからないんだ」

凪くんはじっと頼の横顔を見た。「苦しいんですか？」

「僕は苦しくない。苦しかったことなんてない。でも、壁一枚越えたところに、たぶんすごく苦しんでる人がいる。それなのにやっぱり僕は苦しくない。それが苦しい」

凪くんが続きを促すようにうなずく。

「好きな人がいて、その人は既婚者だったんだ。いや、既婚者だと思ってた。でも、その人が旦那さんを亡くしていたと知った」

頼は自嘲した。

「信じられる？　一瞬、ラッキーって思ったんだ。なんだ、未亡人だったのかって。自分の気持ちがいけないことじゃなくなる、よかったたって。最低でしょ」

「最低です。けど、僕だって同じことを思うかもしれません」

「でもすぐに悟ったよ。あれ、人妻の方がまだマシだったんじゃないかって。その方が手軽に倫理に裁いてもらえるから。僕の好きな人は、今はもういない人のことをずっと想《おも》ってるかもしれない。その方がもっと厄介じゃないか。ほんと、自分を見損うよ。どれもこれも全部、一番苦しいはずの人の気持ちをないがしろにしてる。失礼で最低だ」

「でも、頼さんは、本当はないがしろにしたくないから、ここに来たんですよね。自分に何ができるかを考えてるんじゃないですか？」

「できることなんてあるわけがない」

「だとしても、頼さんの幸せは頼さんにしか定義できません。その方の幸せも同じです」

突き放すような言い方だったが、発熱した日の氷枕みたいにかえって心地よかった。自分はいつからか安全で整備された道ばかり歩いてきたのだ。そして、走り方や転び方を忘れてしまった。

「このままだと僕は、自分の幸せを自分で定義できない」

頼が頭を抱えた時、凪くんが言った。

「幸せと愛。性質の違うふたつが矛盾せず重なり合う例外がひとつあります」

「……例外？」

「自己愛です。愛したい自分と、愛されたい自分。この二人の間にも、きちんと愛を行き来させる。そこに生じた幸せを、大切に握り締めるんです」

なるほど。頼は思った。自分にとってそれは、一番難しいことかもしれない。

その時、凪くんの目が珍しくためらうように揺れた。

「ひとつだけ、約束をしてください」

凪くんは立ち上がって門の鍵を開けた。

8

草木と空が瞬く間に後方へと流れ去り、緑と青の帯と化していく。

頼は長期の出張で再び飛騨へと向かっていた。早朝の新幹線の車内に人はまばらで、同行している上司の大河内さんは斜め後ろで寝息を立てている。頼は仕事用のノートパソコンを開いてはいたが、視線はずっと外を向いていた。

——『うるうの朝顔』……。

あの夜、凪くんが差し出した袋には、靴の中に紛れてしまった小石のような、黒い粒がひとつ入っていた。

頼はキョトンとした。なんでこんなものを？

「これが、『ズレ』を正す方法です」

「……なに、どういう意味？」

それは、自分で聞き出しておきながら到底信じられないような話だった。けれど、凪くんの眼差しは誠実そのものだった。

頼は財布を開いた。中にはあの種がしまってある。あの凪くんが話してくれたのだ。それに実際、効果があったという人も目撃した。やってみたい、試してみたい。けれど。吐き出した深呼吸は思ったより深く出た。出張中は駆け回ることになる。ひとまず今は撮影を無事終えることだけを考えよう。

それから怒濤《どとう》の数日が過ぎた。出演者陣のケア、制作会社はじめスタッフとのやりとり、撮影の段取り、買い出し等の雑用で昼夜気を抜くことが出来なかった。「三つの材料」を思いつくどころか、考える余裕さえなかった。香椎さんのことすらほとんど思い出さなかった。こうして「あの時大事に思えた何か」は日々のうねりに流されて、いつの間にかその輝きを失っている。人生はその繰り返しのような気がした。

――でも、仕方がない。

仮に自分の「ズレ」が正されたとして、大切な人を亡くした香椎さんに対して出来ることなんてあるわけがない。

出張中はじめての曇り空だった。ここまでスケジュールは順調に消化していたが、夕方になって雨が降りはじめた。予報では今日は夜まで雨模様のようだった。幸い予定していた分はなんとか撮りきっていたので、少し早くバラシになった。「何か食いに行くか」と大河内さんに誘われ、頼の運転でレンタカーを走らせた。しばらくすると隣から寝息が聞こえ、大河内さんがまた気持ちよさそうに寝ていた。

信号が赤に変わり、ブレーキを踏んで減速する。百戦錬磨に思える上司でも寝ている間は無防備だ。こういう仕事を続けているとどこでもすぐ熟睡できるようになるんだろうな。そんなことを思いながら青信号を確認して発進したところで、フロントガラスの向こうに古い街並みが見えてきた。

――観光地か？　今どの辺だろう。

ナビを確認しようとしたその時、横切るワイパーの向こうにカラフルな「塊」が見えた。通りに面した商店街の入り口。電柱の根元に並んだ机の上にあったのは、花だった。いくつもの花束が、いくつものお菓子や缶ジュースと一緒に、静かに小雨に濡れている。

頼は改めてナビを見た。地名は「高山」と表示されている。

ハッとした。和菓子屋さんも見える。間違いない、ここはあの記事で読んだ事故現場だ。車の列は構わず進み、献花の群れはあっという間に視界から消えていった。

目的地のお店に到着し、大河内さんを起こした。少し寝て頭がすっきりしたのか、食事の間ずっと機嫌が良かった。

「運転任せて、しかも俺だけ飲んで悪いな。ここ、隣が酒屋で地元の酒を買えるらしい。好きなの選んでいいから部屋帰ってから飲んでくれ。この日本酒も旨いよ」

たくさんの瓶が並んだ店内で、頼は隅の小さな一角で足を止めた。

「これにします」

頼が指差したのは、香椎さんから薦められた赤ワインだった。

その夜。疲れているはずなのに、頼はなかなか寝付くことができなかった。ベッドに腰かけ、先ほど買ってきたワインを寝酒に開けることにした。フロントで借りてきた栓抜きで、コルクを抜こうと力を入れる。あ、と思う。

べきっ、と鳴るべきではない音が鳴る。寝ぼけておかしな具合に力が入ってしまった。嘘みたいに綺麗に、コルクが真っ二つに割れてしまった。残った半分を取り出そうとしばらく色々試してみたが、かえって押し込むようになり、状況は悪化するばかりだった。頼は諦めてボトルを机に置いた。

取り残されたコルクの半分をぼーっと見ていると、なぜか車窓から見えた事故現場のことを思い出した。そうか、あの花々が頭から離れなくて眠れないのだ。

香椎さんは今、なにをして過ごしているだろう。家でひとり、テレビでも観ているだろうか。本でも読んでいるだろうか。現実と闘っているだろうか。頼は片手にボトルを、もう片方の手で車のキーを摑んで立ち上がった。いてもたってもいられなかった。

深夜の山道は真っ暗で、ヘッドライトの光以外にはなにも見えない。潜水艦に乗っているような気分になる。カーナビがなければ、どこに道があるかすら怪しい。途中で一度コンビニに寄り、線香とライターを購入した。車を止め、運転席のドアを開ける。

雨は止んでいた。例の事故現場は、夕方遠目に見た時と何も変わっていなかった。人影は全くなく、街灯がひとつかすんだ明かりを落としているだけ。

献花台の前に立つ。ライターを灯《とも》し、線香の束に火をつけると、先がぼうっと橙《だいだい》の光を発した。細い煙が上り、宵闇と溶け合う。

線香を供えようと周囲を見渡すが、線香台がない。頼はふと思い立ち、一旦車に戻ると助手席からワインボトルを持ってきた。ことり、とそれを献花台に供える。口部分には、半分欠けたコルク分のスペースが空いている。そこへ立て掛けるようにして、火の点いた線香の束をボトルに差し込んだ。

じりじりと線香が灰に変わっていく。頼は、ボトルの首に落ちて溜まっていく灰をぼんやりと眺めていた。

――仕方がないなんてことは、ないのかもしれない。

この献花台は、そのことの証明ではないか、と思った。日々のうねりに流されていくだけが人生ではない。苔《こけ》が生え、角が取れても、そこに留まり続けるものがある。それはより尊くて、より残酷なことかもしれないけれど。

自分の幸せが何かなんて頼にはまだ決められない。それでも、今のままじゃきっとこの先「仕方ない」を繰り返してしまう。それだけは嫌だった。

頼は財布から種を取り出した。『うるうの朝顔』の説明は、すでに頭に入っている。

やがて線香が燃え尽きると、ボトルの内側、割れたコルクの上に、小さな灰の山ができていた。頼はその中へぽとりと種を落とした。

――これが今の自分なりの「鉢」と「土」だ。

最後の「液体」は、はじめから決まっていた。ボトルの中には、あの日香椎さんと一緒に飲んだものと同じワインが入っている。

頼はボトルを傾けた。中に取り残されたコルクの半分が、ワインを吸い上げていく。じわじわと染み込んで、やがて、コルクがすべて透き通ったルビー色に染まった。

頼はその場に座り込んだ。疲れが出たのか、強烈な眠気に襲われる。起きていられない。

カチッ、カチッ、カチッ……。

献花台の脇の路上で、頼の意識がぷつりと途切れた。


やがてボトルから蔓が伸び、頼の手首に優しく巻き付いた。すぐにつぼみがひとつ芽吹き、ゆっくり広がっていく。そして、内側に隠れていた鮮やかな赤が現れた。

＊＊＊

頼は「スクリーン」の前にいた。

緑豊かな広場。薄闇の夕刻。すぐに思い当たる。ここはかつて頼が訪れた白川の野外映画祭だ。見覚えがあった。

――夢？　違う、追体験か。

ただ、違和感がある。自分の意識と身体がリンクしていない曖昧な感覚。にもかかわらず明確にそこにいる実感があるのが奇妙だった。ふと、自分の手首に満開の朝顔が巻き付いていることに気付いた。ひとつだけ夕闇を無視するようにして、光沢のあるルビー色が燦々《さんさん》と自己主張している。

――これが『うるうの朝顔』。

状況が呑み込み切れない中、ぱちぱちと音が鳴りはじめた。会場が拍手で包まれる。映画が始まるのだ。すぐに大きな幕の上に光が当てられ、見慣れたファーストカットが映し出された。あの日、この映画祭では頼が映画の世界に踏み込むきっかけとなった作品が上映された。だからこそ「一度はスクリーンで観たい」と遥々《はるばる》岐阜まで来たのだった。

ここでもまた観客か。頼は自嘲した。そのまま、ただ映画を観るだけの時間が淡々と続く。途中、何度か身体を動かそうとしてみたが、意識と身体は完全に別物のようで、画面を眺める他に出来ることはなかった。仕方なく映画を観続ける。

カチッ、カチッ、カチッ……。

うっすらと、耳を澄まさないとわからないくらいの音量で、時計の進む音がしている。再び手首の朝顔が目に入った。さっきよりほんの少し花びらが閉じているような気がした。この花が閉じる時、『うるう』も終わると書いてあった。もしかして映画の残り時間に比例してる？

――説明の通りなら、どこかに挿入される「一秒」があるはずだ。

映画は中盤が過ぎ、クライマックスに差し掛かろうとしていた。

ヒロインが、とある男の子が自分にとってかけがえのない存在だとようやく自覚したにもかかわらず、運命によって離れ離れになってしまう場面。何度も何度も家で観返した大好きなシークエンスだ。次は確か橋の上の場面で……。

――あれ？

頼の予想に反し、画面上には別の場所が映し出された。映画館の映写室。ヒロインの良き導き手となる女性の仕事場だ。作中では度々ヒロインがここを訪れ、自分の秘密を相談したりヒントを貰ったりする縦軸の役割を担っている。

おかしい。ここはこの場面じゃなかったはずだ。そう思いながらも頼の意識はスクリーンに釘付けだった。ワンシーンたりとも見逃すわけにはいかないと直感が告げていた。

覚えのないやりとりが続く。ヒロインが女性に向かって『彼が何を考えてるかわからない』『この先自分と一緒にいられなくても平気なのかもしれない』と心細さを吐露する。それを聞いた女性は『あなたはどうなの？』と尋ねた。

『どうなのって？』

『あなたは彼にちゃんと伝えたの？　そういう寂しさや不安を』

『ううん。だってそんなの無理だよ。できない』

『あのね、この年齢まで生きてようやくわかったことを教えてあげる。渡すことと、受け取ることって実はおんなじで、ただの順番なの』

『うーん、難しい。どういう意味？』

『簡単よ。誰かに頼られる近道は、その人を頼ることなのよ』

『頼る……』

『怖い時こそ、まずは一歩踏み出してみるといいんじゃないかな』

――こんなシーン、あったっけ？

そのわずか一、二分のやりとりの後、すぐに頼の記憶にもある橋の場面へと移った。ここはよく覚えている。この橋の上でヒロインははじめて、自らの気持ちを男の子に伝える。結局運命は変えられないが、相手の気持ちを確かめることができた彼女は瞳を輝かせて未来を見据えるのだ。

そこから先はすべて記憶通りの展開で進み、エンドロールが流れはじめた。

結局、違和感があったのはあのシーンだけだった。もしかしてあれが朝顔によって挿入されたのだろうかと思いかけたが、経過時間は一秒よりもっと長かったと混乱する。

一体あれは何だったのかと、銀幕の上を流れる白文字を追っていた時。カチカチという時計の音が、かなり大きくなっていることに気が付いた。すでにうるさいくらいだ。だんだん耐え難くなっていく。

そして。

――一秒が、くる？

カチッ……。

一秒間、ズレた。

わずか一秒の無音。その間だけ、真っ暗なスクリーンにテロップが映し出された。

『ただいまに代えて』

その表示はあっという間に消えてしまった。時計の音もすぐに規則正しいリズムに戻り、エンドロールが再開される。

——ただいまに、代えて……？

かろうじて読めた一文は、確かにそう書いてあった。その意味を考えて、頼はハッとした。

「余り物」という言葉がよぎる。

そうだ。確か当時読《よ》み漁《あさ》ったインタビュー記事のひとつに、関係者内で議論した末に泣く泣くカットしたシーンがあると書かれていた。気に入っていたやりとりだったが、あまりにテーマそのものだったと、カットした理由について監督が語っていた。

もしかして、と思う。『ただいまに代えて』。白川は監督の出身地だ。もしかしてあの日、故郷で代表作を上映するこの映画祭のためだけに、特別編集版を用意していたのではないか。あの映写室の場面。かつての頼もあの場面を観ていたんじゃないか。

きっとそうに違いない。何度も観た映画だからと、なんとなく観てしまっていたんだ。事前にも事後にもそのことについて公式からのアナウンスは全くなく、そのあまりのさりげなさに、頼を含む来場者のほとんどがこの事実を見過ごしていたのかもしれない。

朝顔によって追加されたのは、たぶん、あのエンドロールの一秒間だけだ。

いつの間にか、カチカチ音がかなり小さくなっている。エンドロールが終わり、辺りが真っ暗になった。会場にぱらぱらと湧き起こる拍手。手を叩く頼の視線の先に、すっかり小さく萎んだルビー色の朝顔がある。『うるう』が終わるのだ。

カチッ、カチッ……。

音がフェードアウトをはじめ、やがて拍手が止むと同時に、赤い朝顔が絞るように花びらを閉じた。

＊＊

9

目が覚めた。おしりが湿っている。

夏でよかった。頼は路上で壁にもたれるようにして眠ってしまっていた。環境は最悪だったはずなのに、いつもの起き抜けの疲労感がない。不思議な朝だ。半身を起こすと、頭上に暁の空が広がっていた。

改めて思う。あれは夢じゃなかった。嘘みたいだけれど、紛れもなく現実の追体験だった。あのエンドロールの「一秒」を除いては。

見過ごしてしまっていたあの未公開シーン。実際、映画にとってあのシーンはごく小さな変化しか与えていない。作品にとってはまさに余分、余り物と言えるかもしれない。

――ただ。

朝顔が遠回しにチャンスをくれた。一度は逃したはずの機会を得て、頼ははっきりと自覚していた。どうしてこの映画をこれほど好きになったのかを。『実はおんなじで、ただの順番』。ずっと、語りかけてくれていたのだ。いつもただ座って眺めているだけの自分に。

——ニワトリたまご、なんだ。

凪くんが美術館で言っていたことがどうしてすんなり腑に落ちたのか。自分がずっと「なにを考えているかわからない」やつだったのは。企画を主導する立場になった途端、仕事がうまく進まなくなったのは。それは頼自身が自分から愛を渡そうとしていなかったからだ。自分の意志で一歩を踏み込もうとしていなかったからだ。ずっと観客席に閉じ込められていたわけじゃない。自分がそこから動こうとしなかった。すべてを画面の中にしまいこんでいたのは頼の方だ。そう考えることもできるだろう。なりたい自分はまだわからなくても、なりたくない自分はずっとわかっていたはずなんだ。

ホテルに向かって車を走らせる。農作業をするおじいさん。ヘルメット姿で自転車を漕ぐ中学生。早朝にもかかわらず、車窓の向こうでは、もう一日が始まっていた。心強い。そう思った。

「お土産です」

渡した紙袋の中を覗き、香椎さんは「わ」と声を上げた。

「ありがとうございます。嬉しいです。気を遣わせちゃいましたね」

昼下がり。前回と同じ会社近くのビストロ。出張から戻った後、頼は香椎さんにメールをした。

運ばれてきた料理をひと口食べて、香椎さんが口を開く。

「それで、相談ってなんでしょう?」

頼が仰々しく呼び出したせいか、少し声が硬い。

大したことじゃないんですけど。頼はそう前置きして切り出した。

「人事部からきてるアンケートのことです。キャリアプランについて。正直今までまともに答えてなかったんですけど、これから先自分にどういう選択肢があるのかちゃんと知っておきたいなって。その相談です」

言うと、香椎さんがホッとしたような表情になった。

「何かそう思うきっかけがあったんですか」

「僕、仕事柄たくさん本を読むんです」

「本?」

「はい。映画の原作になる作品を探して。それで、頻繁に書店に行くんですけど。ここ数年、行くと平台しか見てなかったんです。人目につきやすい場所に置かれた、ベストセラーとか注目作がある」

「はい、わかります」

「いつもそこだけサッと見て、ものの十分足らずで店を出ました。何万部突破とかなんとか賞受賞とか帯が巻かれた本だけを買って」

「仕事熱心ですね」

「ただ近道なんです。それはそれで最短距離だし最善だと思うんですけど。もう少し色んなことを自分で決めたくなったんです。たとえ遠回りをしても」

「意図しない遠回りは、後悔の元かもしれません」

「ちゃんと後悔がしたいんです」

香椎さんは苦笑し、左手にそっと右手を重ねた。「やっぱり国見くんはそっち側の人ですね」

「あの。『そっち側』ってどういう意味ですか」

香椎さんはちらっと頼を見て、それから視線を左手に落とした。

「きっともう知ってますよね。事故のことは」

「……はい」

あの事故があって。香椎さんはゆっくりと話しはじめた。

「ただ積み重ねるのがこんなに難しいのか、って思いました」

香椎さんの細く白い指が、左手の指輪をさするように動く。

「あの日、たまたまこれを外してました。本当に、結婚以来あの日だけです。朝からすごく暑くて、付けててなんだかむずむずと違和感があって」

頼は、その鈍く光るしるしから目が離せなかった。

「事故の寸前。私、咄嗟に隠れたんです。夫の後ろに」

香椎さんは、あの表情をした。

「突然大きな音がしたので振り向いてすぐ。本当に無意識でした。でも、ほとんど同時くらい、ほんの零コンマ何秒遅れて、夫が私の前に一歩踏み出したのが見えました」

「はい」

「別に私は自分に自信があるタイプではなかったと思います。ただ、好きな人のために身を挺《てい》したり、そういうことが出来る人間でありたいとは思ってました。あの頃は幸せで、毎日そう思ってたと思います。なのに、本性はこんなだったなんて。私は、夫や国見くんのように、無意識に大きい方の傘を貸せる側の人間じゃありません」

頼は首を振った。それは違う。

「香椎さんは僕に、急がなくていいと言ってくれました。この会社の最終面接の日です。あれは僕にとって、大きい傘を貸してもらったのと同じです」

香椎さんは「ありがとう」と笑った。

「でもね、立ち直るなんてできないの。どうしても無理」

頼は雨に濡れた献花を思い出した。この人は、永遠にあの場所から動けないのかもしれない。香椎さんにとってこの指輪は、それくらい重いのだ。動かずにいることが平穏を保つ唯一の方法なのだという気がした。

「すみません、こんな話をする時間じゃないのに。アンケートのことですよね」

まだだ。今までの頼なら、きっとここで一歩引いていた。

「立ち直る必要ってあるんでしょうか」

何も知らないくせにこんな口きいてすみません。頼は続けた。

「僕は香椎さんに、ただ日々を過ごしていてほしいです。積み重ねなくても、ぱらぱらとページをめくるだけでも」

幸せを握り締める。気の遠くなるほど大変なことだ。だからこそ、幸せであってほしい。

香椎さんはひとつ息をつき、小さく「わかりました」と言った。

「料理、すっかり冷めちゃいましたね」

食べましょう。そう口を揃えて手を動かす二人。

「あ、実はもうひとつお願いごとがあって」

「まだあるんですか」

香椎さんはいじわるに笑った。この表情も素敵だ。

「できれば今度付き合ってほしい映画があるんです」

「映画、ですか」

「昔の作品が再上映されるそうで。どうしても誰かと観たいんです」

「いい映画なんですか？」

「大好きな映画です」

「考えておきます。前向きに。それより！　まずはアンケートの話をしましょうか。私に人事の役目を果たさせてください」

頼は頭を下げた。「頼りにしてます」

自分のしようとしていることは、きっと間違いばかりだ。不本意に傷つけてしまうこともあるだろう。それでも自分は香椎さんの側にいたい。今言えるのはそれだけだ。

最後のページをめくる。久しぶりに書店で棚から選んだ文庫本はイマイチだった。休日の午後、扇風機は回しているが、部屋はうだるような暑さだ。

あの後すぐ、頼はあの霊園に行った。『うるう』についての報告をする。ただひとつ、それがあの種を譲ってもらう際の約束だった。

「頼さんが羨ましいです」

凪くんは、『うるう』を体験したことがないと言っていた。したくても、できないと。

――ミヤァオゥ。

すぐ外で猫の鳴き声が聞こえた。窓辺に寄ると、季節外れの銀杏の匂いがした。

第三章

汐の種
—spiral—

1

通された部屋に入ると、老婦人が星を折っていた。

「雪枝《ゆきえ》さん、お客さんが来てくれましたよ」

スタッフが声をかけると、老婦人は手元の折り紙から緩慢に顔を上げた。

最後に会ってから四十年以上が経っている。記憶の中の姿とは程遠いが、こちらを真っ直ぐ見つめる瞳はやけに澄んでいた。

男鹿三多介《おがみたすけ》は「ああ」と懐かしさに目を細めた。紛れもなくあの雪枝が目の前にいる。

「お久しぶりです。覚えてますか？」

「いえ、あの……」

スタッフが慌てて口を挟もうとしたが、三多介はそれを手で制した。雪枝は口を半開きにしたまま、大きくこくりとうなずいた。

青春の色濃い季節を過ごした仲だ。そう簡単には忘れまい。しかし、次に雪枝が発したひと言で固まってしまった。

「マサくん」

——やっぱり来るんじゃなかった。

つまらない感傷に浸るからこんな思いをする羽目になったんだ。あのおかしな種さえ貰わなければ。三多介は今朝会ったばかりのマサの笑顔を思い返した。

――あの時、なにか言おうとしたんじゃなかったのか？

それを本人に尋ねることはもうできない。今すぐ酒をあおりたくなる。雪枝の持つ薄っぺらい星ですら、ビールを飲めと手招きしているように見えた。

2

まず目に入るのはあの螺旋《らせん》だ。いつも始まりはこの場面。ほどなくして炎が立ち上る。炎は瞬く間に大きくなり、あっという間に螺旋を飲み込んでしまう。

マサが走り去る直前。最後に一度振り返り、口を開く。短く何かを言うが、三多介の耳はそれを拾えない。

「……の～」

別に悪夢というほどではない。忘れた頃に見るくらいで頻繁でもない。ただの記憶だ。若い頃は見る度にいちいち気に病んでいたが、今では特に何も感じなくなった。

「あの～……」

誰かに肩を叩かれた。薄く目を開けると夕空が広がっている。一瞬、そこに立ちのぼる煙を見たような気がしたが、すぐに気のせいだとわかる。

「あの、すいません」

三多介はぼんやりとした意識のまま顔を下げ、声の主を見た。丸いメガネを掛けた青年がこちらを見下ろしている。

「もう閉園の時間ですよ」

彼が申し訳なさそうに眉を下げた。

閉園？　上半身を起こすと、自分が墓地にいることがわかった。自宅近くの霊園だ。ここには親類の墓もある。一体どうしてこんなところに。昼下がりにいつもの飲み屋に入ってから後のことをよく覚えていない。

「僕はここの職員です。そのベンチも敷地《しきち》内でして」

「別に減るもんじゃないだろう。私一人がここで寝ていてなにか困ることがあるのか」

彼は「え」と数秒フリーズした後、「うーん」と頬に手を置いた。

「僕よりあなたが困るかもしれません。単純に門が閉まるので出られなくなりますし、無理に出ようとすると通報される危険もあります。それに、ここはお墓ですからね。恐ろしい幽霊が出るかもしれませんよ」

なんだこいつは。よく喋る変なやつだ。こんなところで働いていながら幽霊が怖いのか。三多介はやれやれと立ち上がった。

「からかっただけだ」

三多介は眉を寄せ歩き出したが、思い直して立ち止まる。「きみ」

「はい？」

「引き取り手の無い仏さんってのは、どうなる？」

「無縁仏ですね。ご遺体ですか」

「いや、すでに遺骨だ。火葬は済んだ」

「ご愁傷様です。管理費をお支払いできる方がいらっしゃるのであれば永代供養していただくのが最善だと思います。仮に誰も費用の負担ができず無縁墓に合祀《ごうし》となると供養すらしてもらえないことが多いです。今後二度と遺骨を取り出すこともできなくなります」

「永代供養をしてもいずれ他の遺骨と一緒にはなるんだろう？　墓を買ったとて管理する人間がいなくなれば結局は同じだ」

「その通りです」

「そうか、わかった」

またご相談にいらしてください、できることはやりますので。そう言った青年に軽く手を挙げて応じると三多介はその場を後にした。

墓は、誰もがいずれ行き着く場所だと思っていた。生前のすべてから解き放たれ、安らかに身を横たえる場所だと。そうでない者もいることを想像したことがなかった。


カンカンカンカンカン――。

帰り道。路地を歩いていると消防車のサイレンが聞こえてきた。三多介の脇を通り過ぎていく。そのわずか数十秒間、息を止めていたことに気が付いて苦笑いが出る。

――そろそろ勘弁してくれたっていいだろう。

握った左手の甲を見つめた。見飽きた火傷《やけど》の痕がある。

その時、前方から女子高生の二人組がやってくるのが見えた。ここらに住んでいる連中だ。この辺りは民家も電灯も少なく、夜はかなり暗い。三多介は少し遠くから声をかけた。

「君たち、こんな時間に危ないだろう。さっさとうちに帰りなさい」

「なに急に、誰？　きもいんだけど」

「酔っ払いじゃん。行こ」

二人は眉をひそめて吐き捨てると、足早に去っていった。

三多介の舌打ちが静かな夜道に響き渡った。どいつもこいつも。若い奴《やつ》らは世の中を甘く見ている。危険が我が身にふりかかると想像していない。

うちに帰ると妻のあや子が居間でテレビを見ていた。あや子は帰宅した三多介を一瞥しただけで視線を画面に戻す。「ひどい顔。また深酒ですか」

「ほっといてくれ」

「昼からいつもの店にいたんでしょう？」

「ああ……そのはずだったんだが。気づいたら墓にいた」

「お墓？『かわたれ』ですか？　うちの墓参りの時ですら寄りつかないのに珍しい。どうしてまた……まさかあの件ですか」

「関係ない」

「そろそろ決めてもらわないと困りますよ」

「わかってる。そう毎日やかましく言うな」

「そうそう、あそこ若い管理人さんが入ったんですよ。イマドキの男の子。伊藤さんたちが大はしゃぎしちゃって。少し変わってるみたいですけど、賢い子なんですって。相談してみたらどうですか」

——若い男？　さっきのメガネのやつか？

食卓を見ると、封の開いた菓子とマグカップが二つ出ていた。

「出海《いずみ》が来てたのか」

「ええ。お父さんがいなくてほっとしてましたよ」

「やっぱりまだ子どもは考えてないのか」

「もう。そればっかり言うから避けられるんですって。あの子にはそれよりもやりたいことがあるんですよ」

三多介とあや子の娘・出海は、三十歳になってすぐ職場の同僚から紹介されたという旦那の元に嫁いだ。六年が経ったが子どもはいない。あや子が言うにはお互い作る気もないらしい。一度三多介からその話を切り出した際、出海は「いらないものはいらないから。ほっといて」とだけ言った。

「わが子が育つのを見届けるのは、悪くないぞ」

いつか孫ができたらとあや子がよく口にしていた。あや子はいつも、子どもたちの成長を泣いたり笑ったりしながら見守っていた。そういう姿を知っていたから簡単には引き下がれず、三多介はついそう言ってしまった。途端、出海はキッと三多介をにらみつけた。

「あのね、そんなことくらい想像した上で、だけどそれでもうんざりするの。私はいつも、職場でも同窓会でも、どうして他人が子どもを産んだだけで当たり前みたいに祝福しなきゃいけないんだろうとすら頭の片隅で思ってるよ。そういう人間なの」

それ以来、出海とはろくに話していない。菓子の箱をひっくり返すと案の定「小樽《おたる》」の文字があった。相変わらず休みの日は旅行ばかりしているらしい。

「もう寝ます。お湯置いてあるので使うなら追い焚きで」

あや子が居間を出た。ほどなくして階段を上る足音が聞こえる。三多介はここ数ヵ月、この音を聞く度になんだか置いていかれたような居心地の悪さを覚えるのだった。定年前は自分が先に寝床に入るのが当たり前になっていて、あや子は洗い物や洗濯を済ませ後から上がってくることがほとんどだったからかもしれない。近頃、三多介は酒がないと眠れなくなっていた。

「あ、お父さん」

階段の上からあや子が声をかけてきた。「明日は湊人《みなと》のとこに行きますから。昼と夜はご自分で」

「ああ、わかった」

二人目の子・息子の湊人は結婚してすぐ子どもを作った。三多介とあや子にとって待望の初孫が生まれたのは一年ほど前だ。電車を乗り換えて三十分ほど行ったマンションに家族三人で住んでいる。

奥さんの春華《はるか》さんは教師をしていて、超がつくほど人当たりの良い性格だ。孫娘が生まれてからはあや子を頼ることも増え、あや子本人も何かお願いされれば嬉々《きき》として飛んでいくので今や週の半分は助太刀に通っている。嫁にとっては貴重な戦力で、姑《しゅうとめ》にとっては生き甲斐《いがい》なのだから、おかげでいわゆる嫁姑問題とは一切無縁だ。

待てよ、と思う。そういえば自分は生まれてすぐに何度か会って以来、孫娘の顔を見ていないんじゃないか。

――まさか避けられてるわけではなかろうが。

まあ、行ったところでしてあげられる事など何ひとつない。むしろ気を遣わせて手間を増やすだけだ。約三ヵ月前、長年勤めた家電メーカーを定年退職するまでは実感がなかったが、誰かの役に立てないというのは案外しんどいものだ。

だからだろうか。三多介は和室の襖《ふすま》を開け、奥を覗いた。暗い床の間で、うっすら浮かび上がる白い壺《つぼ》。朝とは変わらない姿でそこに鎮座しているそれを見ると、ほっとしたような、途方に暮れるような何とも言い難い気持ちになった。

「マサ」

置かれた骨壺に小さく呼び掛けてみる。中にはかつての親友が入っている。

――今更こんなことをしたところで、誰かに喜ばれるわけじゃない。

家にマサの遺骨を持ち込んだ日、あや子はいつになく呆《あき》れ果《は》てていた。三多介が物事を勝手に進めるのはいつものことだが、さすがに自分の知らぬところで他人の骨を引き取ったというのには言葉を失ったらしい。

「持ち出しで火葬するまではまだしも……納骨はどうするつもりですか」

「これから考える」

「ずっと面倒見るわけにはいきませんよ」

大きなため息を残してあや子が部屋を出ていき、和室には三多介と骨になったマサ――森川《もりかわ》雅勝《まさかつ》の二人きりになった。

――それでも、贖罪《しょくざい》のひとつにくらい、なるかもしれない。

3

訃報はある日、知らない番号からの着信とともに届いた。

「突然すみません。男鹿三多介さんでお間違いないでしょうか？」

はじめて聞く男の硬い声。なんだか嫌な予感がして、今すぐ通話を切ってしまいたくなった。

弁護士と名乗るその声が森川雅勝の孤独死を淡々と告げた。自宅で死後数日経過した状態で発見されたらしいその森川という老人が、マサのことだと三多介が理解したのは経緯の報告が一通り終わってからだった。

「ご親族にも電話をしたんですが、一切縁を切っているようで森川さんのお名前を出すなり通話を切られてしまいました。電話も一切持たず、唯一アパートの保証人としてこの番号が登録されていたものですから」

弁護士の喋りには所々東北訛《なま》りが混じっている。三多介は故郷の言葉はやはり耳触りがいいもんだと頭のどこかで呑気に考えていた。

「森川さんとはお知り合いですよね。大船渡《おおふなと》の方の」

「ああ。もうずいぶん会っていなかったが……」

もう十五年ほど前になるだろうか。「仕事をクビになって、借家も追い出されることになった」とメールがあり、盛岡まで会いに行ったことがあった。マサが出所してすぐは何度か会うこともあったが、当時はしばらくぶりの再会だった。駅前の喫茶店で、マサは三多介とろくに目を合わせず、終始不甲斐《ふがい》なさそうに頭を掻《か》いてばかりいた。その際、三多介が保証人となってアパートを用意したのだ。帰り際、いくらかのまとまった現金を渡すと、マサはようやく三多介の目を見た。そしてか細い声で「サンタ、ごめんな」と言った。

その数ヵ月後、一度だけ珍しくマサの方から電話が来て、就職が決まったと報告してくれた。これで金が返せるかもしれないと弾む声はいまだに脳内で再生できた。

「あの金は返さなくていい。またそっちに帰る時には飲みに行こう」

三多介はそう答えたが、結局そのまま一生会えなくなってしまった。本当は「帰る時」などやってこないとわかっていたのに。それでも三多介は自ら会いに行かなかった。

「一度こちらへお越しいただけませんでしょうか」

弁護士が続けた。遺品の整理などいくつか手伝ってほしいことがあるという。

「かつて森川さんの弁護を担当していたのは私の父ですが、少し前に亡くなりまして。森川さんのことをよく知っているのはもう男鹿さんしかいません」

いいや、もう一人いる。三多介の耳の奥で波の音が響いた。


「あのぉ」

三多介が押し入れを整理していると弁護士の山戸《やまと》が寄ってきた。畳のヘリを平気で踏んでいるあたりが弁護士らしくない。駅で落ち合ったときは声の印象よりだいぶ若いと思ったが、こうして至近距離で見ると白髪や小皺《こじわ》が目についた。

「これはどなたですか」

持ってきたのはケースに入った古い写真フィルムだった。左側の一部がなぜか焼け焦げてしまっている。蛍光灯に透かして見る。焼けずに残った右側に写っているのは三多介もずいぶん久しぶりに見た顔だった。

——そういえば、こんな風に笑う人だったな。

少女の笑顔は、当然だがあの頃のままだ。そういえばマサは一時期カメラにハマっていた。いつの間に撮っていたのだろう。

「ただの……昔馴染《むかしなじ》みだ、私とマサの」

「もしかして、神原《かんばら》雪枝さんですか」

そうか、と思った。この男は資料に目を通している。雪枝の名前も知っていて当然だ。三多介は視線を外してうなずいた。

山戸はなにか言おうと口を開いたが、言葉を飲む。「お綺麗な方ですね」とフィルムを三多介に手渡し、部屋の整理へと戻った。

マサの住まいは三多介が用意した当時からボロボロだったが、今はさらに劣化が目立ち人の住処《すみか》としてもはや限界に見えた。ただ、外観とは違い室内はこざっぱりとよく手入れされていた。狭い居住スペースに、最低限の家具や家電だけが置かれていて、相当質素な生活を送っていたことが見て取れる。

「思っていたよりも早く片付きそうですね。二、三日は覚悟していたんですが。いやぁ、突然お電話したのにすぐに来ていただいて助かりました」

「定年して暇だと言いたいのか」

「そんな！　違いますよ。火葬の件まで……本当に感謝してます」

「葬式もしてやれるとよかったんだが」

　あの件以来、マサは親類や地元とは絶縁状態で、仲の深い知り合いもいない。水産加工場、工事現場、清掃会社……少年刑務所を出てから、転々と変わる職場と家を往復するだけの生活を送っていたようだった。他に参列者もいない通夜や葬儀をするわけにもいかず、せめてと三多介が費用を負担して火葬のみを執り行った。山戸と二人、少ない骨を拾って集めた。ひどく軽い骨だった。ものの数時間でコンパクトになったマサは今、表に停《と》まった山戸のミニバンの後部座席にいる。

　火葬前に見たマサの死に顔は特に険しくも安らかでもなかった。死因は心筋梗塞で、外傷は何もない。変化としては最後に会った時より幾分年を取っているのがうかがえる程度。実際に親友の死を目の当たりにしても思っていたより感情が揺れることはなかった。ただ、今回の再会ではついに一度たりとも目が合わなかった。

　――もしかするとマサは、ゆっくりと死のうとしていたのかもしれない。

　三多介は部屋を整理しながらそんなことを考えていた。生前病院に通っていた形跡が一切なく、保険証すら見当たらない。先ほど見つけた貯金通帳の残高はわずか数百円だった。意識的に質素な生活をしていたように見えるが、稼いだ金は一体どこに使っていたのか。

「かろうじて生活感はありますけど……休日は何されてたんでしょうね」

言いながら書類などを順次確認していた山戸が「あっ」と声を上げた。

「奥にもうひとつ通帳がありました」

山戸がぱらぱらと中を確かめる。

「おぉ、ちゃんと貯《た》めてはいたみたいですよ」

三多介も横から覗き込んだ。見ると、最後に記帳した日付はつい一週間前になっていた。残高はぴったり百九十五万円だ。

「十五年くらい前からこつこつ積み立ててますね。途切れ途切れなのは仕事を失った空白期間があるからですかね」

「十五年前……」

約十五年前のあの日、三多介がマサに渡したのは二百万円だった。一般的に友人に渡す額としてはきっと多いのだろうが、自分たちの場合それは最低限の額だった。足りないことはあっても多すぎることはない。しかし。マサにとってはどうだったのだろう。「これで金が返せるかもしれない」とマサは声を弾ませていた。

——もしかして、そのための貯金か……？

「問題は相続ですねえ。ご親戚はあの様子だと放棄かな。遺言状があると話が早いんですけど……男鹿さん？」

黙り込んだ三多介に気付いて、山戸が怪訝《けげん》な顔をする。

「……ああ。今回ご負担いただいた費用もこちらから配分できるように動いてみますよ。場合によっては男鹿さんが特別縁故者になって全額相続という可能性もありますので」

「今は金のことを考えていたわけじゃない」

いや、確かに金のことではあるんだが。山戸は首を傾げ、再び通帳をめくりはじめた。と思うとすぐに「あら？」とページをめくる手を止める。

「……今度はなんだ」

三多介はため息交じりに振り向いた。当初抱いた訛りへの心地よさも、今はノイズに感じられる。

「六年前に一度、せっかく貯まっていた貯金を全額下ろしてます。積み立てを始めてから途中で引き出したのはこの一回だけです」

何に使ったんでしょうねぇ。山戸は通帳を封筒の中にしまった。

「遺言状はありませんでしたね」

帰り道。国道を走るミニバンの運転席で山戸が言った。面倒事が案外すんなり片付いたからなのか、上機嫌に見えた。三多介が答えずに窓の外を見ているにもかかわらず続ける。

「森川さんってどんな方だったんですか？」

「そんなこと訊いてどうする」

「いえ、昔親父《おやじ》が……当時弁護を担当していた親父です。晩年に森川さんのことを『どこか引け目を感じているような少年だった』って言い表していたのを思い出して」

「引け目……？」

山戸は「そりゃ弁護士を相手にしたら誰でも大なり小なり引け目感じますよねぇ」と目じりに皺を寄せた。視線がサイドミラーを経由し、ウインカーを出して車線を変える。

「少年犯罪を扱うことが多かった親父が担当した子のことを話すこと自体も珍しかったんですが、そんな風にどこか腑に落ちない様子なのはもっと珍しくて。強く印象に残ってるんです。なので、等身大の森川さんは一体どんな人だったのかなと」

「あいつは、マサは」

三多介はバックミラーの中の骨壺に目をやった。マサはどんな人間で、あれからずっとどんなことを考えて暮らしていたんだろう。

「とにかく足がとんでもなく速かったな」

なんですかそれと破顔した山戸につられて三多介も表情を崩した。あの頃——三多介と地元で駆け回っていた頃から、マサはおおらかで優しくて何より揺るぎない人間だった。あの日、その優しさと揺るぎなさが、大きなボタンの掛け違いを生んだのだ。

「男鹿さんはこのまま帰られるんですか？」

三多介はうなずいた。あや子に何か土産でも買って、夜のニュースまでには帰れるだろう。

「久しぶりなんですよね。地元の方へは寄られないんですか？」

「特に用はないからな」

ミニバンが駅に着き、三多介はマサを抱えて車を降りた。

「ほんとにいいんですか」

山戸がわざわざ外へ出てくる。遺骨のことを言っているのだろう。

「どのみち後の事もありますし、そちらも任せていただいても大丈夫です。仕事として言っているわけではないです」

「君こそどうしてそこまでするんだ。親父さんのためか」

「あの日、どうして森川さんは火を放ったんですか」

不意をつかれ、三多介は言葉に詰まった。単なる興味本位ではないことは山戸の目を見ればよくわかった。

「なんだ急に。全部資料に残っているだろう」

「僕が訊いているのは本当の動機です。本当のです」

山戸がそう言った時、後ろからクラクションが鳴らされた。後続車が滞っていたらしい。

「……またご連絡します」

名残惜しそうに一度頭を下げると、山戸はその場を後にした。三多介は去っていく車を見送ったまま、しばらく立ち尽くしていた。


夏は日が長いから好きだ。夜はなるべく短い方がいい。

帰りの道中、三多介は座席に背を預け、群青とも紫色ともつかない薄闇の空を眺めていた。席は左側だが、東北新幹線の車窓から海が覗くことはない。トンネルとつまらない街並み、田園風景ばかりが後ろに流れていく。

――海なんて、見たくもない。

三多介は海が嫌いだ。塩辛くて、淀んでいて、運ぶ風は町に錆《さび》を生む。

荷物入れに押し込む気にもなれず、骨壺は隣の席に置いてある。誰かが乗ってくるまでは勘弁してもらおう。持ち込んだ缶ビールをごくごくと喉を鳴らして飲む。

三多介はバッグの前ポケットを開けた。結局持ち帰ったのは遺骨とフィルムケースひとつだけだった。フィルムを車窓の夕焼けにかざすと、黒くすんだ四角の中で、あの頃の雪枝が楽しそうに笑っている。

「サンちゃん！　マサくん！」

呼ばれた気がした。海を背にした雪枝の声だ。三多介とマサにとって海は見飽きた日常の象徴だったが、都市部で生まれ育った雪枝はいつも海辺を散歩したがった。雪枝は、三多介とマサのふたつ年上で、三多介たちが中学生になる少し前、二人の住む町に引っ越してきた。

その日、二人は他の友達に交ざって缶蹴りをしていた。途中で友達のひとりが言った。「ぐるぐる屋敷《やしき》、人が越してくるらしい」

三多介とマサの住む通りの隣に立派なお屋敷があることはみんな知っていた。当時では珍しい大きな螺旋階段が目印で、子どもの間では「ぐるぐる屋敷」と呼ばれていた。普段は全く人のいる気配がないが、夜になると二階に明かりが点いている。研究者だか小説家だかの男が一人で住んでいるらしかった。大人たちの間でも、田舎のご近所づきあいなどどこ吹く風といった様子を揶揄されているような空気があった。そのぐるぐる屋敷に新たに住人がやってくる。それが本当なら大ニュースだ。一同は色めき立って駆け出した。

「あんまり興味ないなぁ」

マサだけはさほど乗り気ではない様子だったが、渋々一緒には来ていた。その時、荷物を積んだトラックが三多介たちを追い越していった。みんなが興奮して後を追う。

「マサ、行こう」

三多介が振り向くと、さっきまで後ろにいたマサがいなくなっていた。あれっ？　と慌てて前を向くと、マサは他の全員をごぼう抜きにして先頭を走っていた。三多介は苦笑いを浮かべ、みんなより少し大きな体をゆすりながら後を追った。

息を切らして追いついた時には、みんなすでに木陰に並んでいた。

「おせーよ、サンタ」

「あそこ開いてるのはじめて見た」「謎の男出てこねーかなぁ」と、それぞれが好き勝手言いながら引っ越し作業を眺めている。

「ねえ何で降りてこないの？」

仲間の一人がそう口にした。みんなトラックから新たな住人が出てくるのを今か今かと待っていたのだ。

「そりゃだって普通荷物と人は別で来るから」

マサが軽く言うと、全員が「えっ」とその顔を見た。マサはきょとんとしている。

みんなが口々に落胆の声を漏らして「戻ろうぜ」とその場から去っていく。内心もったいないような気持ちで三多介が動けずにいると、マサが「せっかくだからもう少しいる？」と声を掛けてきた。気が変わったわけではなく、三多介の名残惜しい気持ちを察して言ってくれたのだ。

マサにはこういうところがあった。細やかに周りを見て先回りできる。決めたらすぐ実行できる。どれも鈍くさい三多介には無い素質だった。そのまま道端に座って、行き来する作業者と減っていく荷物をただ見ていた。今思うと、三多介は引っ越しというものに強く惹かれていたのかもしれない。狭い行動範囲と代わり映えしない田舎の光景に子どもなりに停滞感のようなものを抱えていたような気がする。実際、三多介は育った町を出た。実家のことは他の兄妹に任せて、結婚する際は自分が妻の籍に入った。故郷に戻る理由はなるべく少ない方がいいとさえ思っていた。

トラックが去り陽も傾いてくると、二人はどちらからともなく立ち上がった。

歩き始めた時、向かい側から女の子がひとり俯きながら歩いてくるのに気が付いた。中学生だろうか、二人より少し大人びていた。肌は不安になるほど白く、腰のあたりまですらりと伸びた髪をひとつに縛っている。大きな荷物を持っていることを除いても、明らかによそ者だった。

ふと、少女が顔を上げた。ごく自然に、三多介と視線がぶつかった。それが雪枝との初対面で、三多介の初恋の瞬間だった。

4

「いらっしゃい」

無愛想な店主に目礼し、三多介はいつもの掘りごたつ席に陣取った。この店はテレビがあるのがいい。余計なことを考えずにだらだらと飲んでいられる。周囲を見渡すと、まだ昼前だというのに顔を赤くした常連客が数人いる。あや子は朝から張り切って湊人のうちへ出かけていった。今頃てんやわんやしながらも孫の愛らしい挙動に母性をくすぐられているのだろう。

「瓶と搾菜《ザーサイ》」

あいよ、とすぐにビールが出てくる。何か料理を頼もうかと壁のメニュー表を見ていると、珍しい文字が目に入った。

「ドンコなんてあるのか」

搾菜を運んできた店主に声をかける。

「たまたま知り合いから譲り受けたんです」

メニューにあった『三陸産ドンコの煮つけ』を注文する。ドンコと言えば三多介の地元名産の魚で、味噌汁にしたドンコ汁が一般的だった。

「ふっ」

三多介はつい笑った。いつだったか、ヌメヌメと平べったい顔のドンコを初めて見た雪枝が「かわいい」と連呼していたのを思い出した。マサが死んで以来、あの頃の記憶ばかり蘇《よみがえ》ってくる。三多介は左手の甲が少し疼《うず》いたような気がした。

三多介とマサは、すぐに雪枝と仲良くなった。家がわずか道一本の距離だったこともあるが、もともと大人しい方だった二人と、年下相手にも遠慮しない雪枝の性格は凸と凹で、ウマが合った。

「ねえ海行こうよ」

「うん、いいよ」

「えーまた？　今日は時化《しけ》てるから反対」

「サンちゃんってノリ悪いよね。マサくんと違って」

「南の島とかならまだしも、この海の何がそんなにいいんだよ。そんなに好きなら浜に小屋でも建てて暮らせば？」

「いいね！　どうせなら海の上に建てるか。やる時は手伝ってね」

いつも雪枝が何か提案し、マサはニコニコ受け入れた。三多介は「すぐケチをつけるやつ」というレッテルを貼られていた。子どもの頃の二歳差はかなり大きいはずだが、三人の間では不思議とそんな段差は無いみたいだった。

雪枝には他に拠《よ》り所《どころ》がなかった。何らかの事情で身寄りを亡くし、やむなく叔父に引き取られたというのが引っ越しの経緯だったからだ。ただでさえ珍しい時期に都会からやってきた気が強い少女で、正体不明の男と同居しているという噂《うわさ》まで加われば、学校ですんなり溶け込めるわけがないことくらい今ならよくわかる。雪枝はそんな消極的な理由だとは決して言わず、「行く必要がない」と堂々と学校を休むようになった。三多介とマサは学校が終わると真っ直ぐ帰り、部屋で読書していたり、浜辺で時間をつぶしていたりする雪枝と合流して放課後を過ごした。

そんな日々が一年と少し続き、三多介とマサが中学に上がると、雪枝は何事もなかったかのように登校を再開した。

「だって受験あるし」

口ではそう言っていたが、二人がいる心強さみたいなものが背中を押したのは間違いなかった。現に朝は通学路途中の信号機の前で、帰りは昇降口で二人が来るのを待っていた。

周囲の雪枝への評価も徐々に変わっていった。周りがいい加減慣れたというのもあるだろうし、雪枝自身がそこで生きていくことを受け入れはじめたことで、周りも気後れせず踏み込んでいけているようにも見えた。何より三多介にとって大きかったのは、大人びていくにつれて雪枝はとにかくモテるようになっていたことだった。キラキラした大きな眼《め》、ツンとしているようでいて時折少し憂いのある表情も見せる。行動する理由を人に求めず、よって人を好き嫌いで判断しない。同級生から他校の生徒まで、満遍なく想いを寄せられていたと思う。

三多介の心中は複雑だった。学校のマドンナと一番近しい立場にいる優越感と、雪枝の魅力なんて自分はとっくの昔に気付いていたのにという歯がゆさ。そんな三多介の隣で、マサは相変わらず柔和な笑みを作り「雪枝は素敵だからこうなって当然」などと呑気にあくびをしていた。

「いいよな〜マサは。この間四組の子から手紙もらってたろ」

「え、どの子だっけ？」

マサもまた異性に人気があった。運動部にいるわけでもないのに、体育祭やマラソン大会では圧倒的な脚力で派手な活躍を見せていたのだから中学生なら自然なことだろう。しかし雪枝もマサも、誰かと付き合ったりすることは決してなかった。もしかしたら自分に気を遣ってるんじゃないか。三多介は安堵すると同時に苦い気持ちになった。それはやがて「もしかして自分のせいで二人がくっつけないでいるんじゃないか」という疑念に変わっていた。

その後、雪枝が少し離れた高校に進学し、再び三人の環境が変わった。道ですれ違えば長話をするし、近くでお祭りがあればマサと三人で出かけて行った。ただ、自然と以前ほどのペースで会うことは無くなっていった。

今度は三多介とマサの受験が近づいてくる。三多介がマサの受ける高校（雪枝のいる学校だ）に入るには、相当頑張らなければならなかった。自分だけがもう一方の工業高校に進学するのだけは絶対に避けたい。その一心で苦手な勉強に励んだ。雪枝やマサの誘いを断ることも出てきたが、今は我慢だと自らに言い聞かせた。情けないが、正直いっぱいいっぱいだった。だから、雪枝に生じていた急激な変化に気が付けなかったのだ。

三多介にとって人生で最も苦しいと言ってもいい受験期間が終わった。必死の努力が実り、無事に二人と同じ高校への進学が決まったのだ。すぐに二人に報告に駆け付け、海岸を散歩した。

「サンタ、おめでとう。努力と我慢の成果だね」

当然のように合格していたマサも、自分の結果そっちのけで喜んでくれた。

「また一緒か。ほんと代わり映えしないなぁ」

雪枝は口を尖らせていたが、顔を見れば本音はそうじゃないことくらいわかった。

「たった一年だけど、これでまた三人一緒に通えるな」

「雪枝は卒業したらどうするの？」

海を眺めている雪枝の横顔に向かって、マサが尋ねた。

「うーん、考え中」

雪枝は水平線から視線を逸らさない。珍しく歯切れが悪いなと思ったが、進路のことだからと三多介も深入りしなかった。

雪枝が言う。「海はいいなあ。広くて大きくて、開放的で」

するとマサが口を開いた。

「僕は海を見ると、閉塞感あるなぁって思うことの方が多いよ」

え、と声が出た。そう感じていたのは自分だけだと思っていた。他の誰かじゃなくてマサが言ったことが意外だった。

「どうして？　ここからいろんな国とか島とか、どこにでもつながってるって考えるとすごくない？」

マサはそうだなぁと唸《うな》る。

「うまく言えないけど。どこにでもつながってるようで、どこにもつながってない。そんな気がする。時々ね」

雪枝は驚いたように少し黙ったが、次の瞬間、ぱっと顔を上げた。

「あ、見て」

雪枝が海を背にして遠くを指差した。見ると、うっすら上空に虹が架かっている。「サンタへのお祝いかもね」とマサが言った。

朝に出る虹は雨の前兆なのだと、その時は知らなかった。

「わあ〜！」

テレビから聞こえたひと際明るい声に反応して三多介が顔を上げると、若い女性タレントが牧場でアイスクリームを食べていた。初めて見る子だったが、いい笑顔だと思った。娘の出海も旅行先でこういう表情をしているのだろうか。生まれたばかりの孫娘は、将来こんな風に笑っているだろうか。頼むからそうであってくれと強く願った。

箸を手に取り、茶色く染まったドンコの身をほぐして崩す。この肝が美味《うま》い。口に入れると、中から甘じょっぱい汁が染み出てくる。しかし甘味が引いた途端、思っていたより強い肝の苦みが口の中に残った。

色々考えていたからか、今日は全く酔えない。じっと座っているのは落ち着かず、ふと外を歩きたくなった。強い日差しが分厚い雲に隠れ、どこかでせっかちなヒグラシが鳴きはじめていた。

ぴしゃっ、ぴしゃっと打ち水の音がする。

なぜかわからないが、また足がここに向いた。

新しいものも古いものも区別なく、墓石は整然と並んでいる。さやさやと柔らかい風が三多介の髪を揺らす。

三多介は霊園の一画を見渡せる木陰のベンチに腰掛けた。あや子と春華さんはそろそろ一息ついて、お茶でも飲んでいる頃かもしれない。出海は、まだ仕事中か。頭の中では次の旅行の計画でも立てているだろうが。湊人はきっと今日も残業だ。大黒柱として一層外回りに精を出しているに違いない。

——自分は……？

自分はここで一人、ただ物思いにふけっている。誰の役に立つこともなく。そもそもこれまで特別誰かの役に立ったことなどなかった。仕事はコネで入った会社で最後まで勤め上げはしたが、四十年と少し、ただ上から来たものを下に、下から来たものを上に渡していただけだ。愛する妻と結婚し、子どもを二人もうけて育て上げた。それだけで十分立派じゃないか。幸せじゃないか。それはわかっている。でも。

夕暮れの空を見上げた。虚飾などひとつもありはしない、盛岡の質素な部屋が脳裏をよぎる。マサは今の自分を見て何を思うだろうか。自らの人生を捧《ささ》げてまで渡した襷《たすき》が、どこにもゴールすることなく彷徨《さまよ》っている現実に幻滅しただろう。きっと失望のまま死んでいったはずだ。

――どうして、最後に何を言おうとしたのか、訊かずにきてしまったのだろう。

その時。ざっ、ざっと足音がした。顔を上げると、落日の烈《はげ》しい陽光に黒く人影が浮かんでいた。目を細める。

「……マサ？」

あり得ないとわかっていたのに、確かにマサの気配がそこにあったのだ。

「こんにちは。先日はどうも」

水の張った手桶《ておけ》と柄杓《ひしゃく》を両手に持ち、墓守の青年は頭を下げた。

「マサさん。それがご遺骨のお名前ですか」

青年は微笑み、三多介を見据えて真っ直ぐ立っている。

――そうか。彼は、マサに似ている。

顔も仕草も何もかも別物だが、まとっている空気がどこか似通っているのだ。三多介はひとつ息をついた。「少しでいい。昔話に付き合え」

この青年のことはよく知らないが、青年も自分のことは何も知らない。懺悔《ざんげ》するにはうってつけの相手だ。

青年は何も言わずベンチの隣に腰かけた。承諾したということだろう。これまで誰にも話せなかったこと。そしてこれからも誰にも――あや子にも、弁護士の山戸にも話さないであろうこと。

「この歳になるとな。昔のことは忘れるか美談にするかどちらかだ」

どこかでこの時を待っていたような気がする。墓場まで持っていくとはよく言うが、これじゃ意味が違う。三多介は自嘲気味に笑った。「しかし中には、例外というのもある」

5

高校入学を控えた春休みのことだ。三多介たち三人は遥々東京に向かっていた。

「ねえ、行こうよ。どうせ暇でしょ」

いつも思いつきばかり口にするが、これほど強く誘ってくるのは珍しかった。気付いたら「おう」と返事をしていた。衝動的に、かつ子どもだけで遠出をするのは初めてで、高揚と緊張からか手汗が止まらなかった。

三多介は頭を下げて「何を急に」と渋る両親から小遣いをもぎ取った。マサは貯め込んだお小遣いを使い果たして手に入れたという白いハーフサイズカメラを持ってきていた。小型で軽量、フィルムが通常の倍使えるという若者向けの流行《はや》りものだった。「だからもうお金なくて。借金してきちゃった」と笑っていた。

「なにそれ。二人そろって変な格好して」

駅で待ちくたびれていた雪枝に、冷たく言い放たれた。三多介とマサは一応一番おしゃれな（だと思っている）服を着ていたが、雪枝はいつも通りシンプルだった。がたがたと揺れる列車内ではろくに眠ることも出来ず、翌早朝、東京に着いた時には三多介の頭はじーんと痺《しび》れて重たかった。しかし駅構内に入った途端、初めての大都会への感動でそれも吹き飛んでしまった。

「あ！　マサあれ……」

「これからどうしよっか」

雪枝は地元だからわかるが、マサまで落ち着いているのはどういうことだ。三多介は珍しいものを見ていちいち立ち止まっている自分がひどく子供に思えた。

「よしっ！　ついてきて」雪枝は勢いよく立ち上がった。

その後、まず駅を出て上野を散策し、続いて浅草の出店で腹ごしらえをし、ひやかしに訪れた銀座のデパートで三多介がはぐれて迷子になりかけ、東京駅周辺で喫茶店に入った頃にはすっかり日が暮れていた。

「いやぁ、歩き疲れた～」

充実感たっぷりにマサがお気に入りのカメラを撫でた。マサはフィルムを惜しまず一日中写真を撮っていた。雪枝はレンズを向けられると「撮られるの苦手なの」と強く拒んだので、マサは風景ばかりを収めていた。

三多介がこれからどうするか相談を持ち掛けても、雪枝は手元に視線を落としたまま、のろのろとクリームソーダをかき混ぜていた。店内ではどこかで聴いたことのあるクラシック音楽が流れている。

「おーい、雪枝。どこかに泊まる？　それかこのまま寝台に乗っちゃっても」

その時、マサが「あー！」と大声を上げた。

「まずい！　親に着いたら絶対電話しろって言われてたんだった。うわぁ、どうしよう。とりあえず報告だけしてくる」

マサは大慌てで店の公衆電話に駆けていった。普段は鷹揚なマサも、厳しい両親を相手にすると途端に頼りなくなる。受話器を耳に当てて喋っている様子を見ると、相当叱られているようだ。

「マサくん、大変そうだね。満喫したしもう帰ろっか」

雪枝が心配そうにマサの後ろ姿を見つめている。その目を見て、三多介は確信した。やっぱり今日の雪枝は何かがおかしい。いや、この提案をしてきた時点からどこかがいつもとは違っていた。

「なあ、本当は行きたいところがあるんじゃないか」

雪枝は目を見開いた。やっぱりだ。

「連れてってくれ。どこでもいいから。遠慮なんてらしくない」

その時、申し訳なさそうな顔でマサが席に戻って来た。

「ごめん、今すぐ帰ってこいって怒鳴られちゃった」

「マサ、悪い。帰るのは明日にする」

「え?」

三多介は立ち上がり、もう一度マサの家に電話を掛けた。

「ごめんね、サンタくん。約束を守らないあの子が悪いから」と頑ななマサの母に、三多介は何度もお願いをした。向こうからは見えないのに、深々と頭まで下げた。最後は、気心も知れている三多介の頼みに折れる形で渋々承諾してくれた。

「なんでそこまで……」

マサが困惑する。雪枝は心配そうに二人を見ている。

「気に入ったんだ、東京。だからもうちょっといたかっただけ」

三多介は続けた。「雪枝、適当に案内よろしく」

「わかった。ついてきて」

雪枝の口角がきれいな弧を描いた。

その晩三人が向かったのは、観光地とはほど遠い住宅地だった。西に向かって電車に揺られ、さらに駅からしばらく歩いた高台の下にそれはあった。立派な一軒家。門と庭があって壁はレンガで出来ている。ぐるぐる屋敷と同じかそれ以上の建物に見えた。大きな窓から明かりが漏れている。高台から階段を降りれば目の前まで行けそうだったが、雪枝はその家を見下ろせる位置で立ち止まった。

「あれが、私が住んでた家」

雪枝が大きくひとつ息をつく。身寄りは亡くなっているはずだから、今中で暮らしているのはきっと別の誰かなのだろう。マサも三多介も、何も言わなかった。

「うん、よかった」

雪枝は澄んだ瞳で、遠くの明かりを真っ直ぐ見つめていた。

なんだか悪い気がして、三多介は雪枝の横顔から目をそらした。眼下を見渡す。

高台から望む閑静な住宅街は、どこか夜の海に似て見えた。背の低い平屋と背伸びしたアパートが交互に並ぶ様は海面のさざ波のようだ。遠くで響く電車の車輪は波音、窓から漏れる明かりは反射する月の光。だから雪枝は海が好きなのかもしれない。そう思った。

「この間、マサくんが訊いたでしょ。『卒業したらどうするの』って」

雪枝は街並みに背を向けた。

「私、とにかく遠くに行きたい。さっさと高校卒業して、早く町を出たい」

突然のことに、三多介は驚いた。その選択肢は当然あったはずなのに、どうしてかはじめから排除してしまっていた。

「そっか、やっぱり」

マサは、なんとなくそんな気がしていたと言う。

どうして。三多介はそう尋ねたかったが、口に出せなかった。わざわざ昔住んでいた街まで足を運ぶ雪枝の気持ちが、自分に理解し切れるとは到底思えなかった。

「それで二年したら二人も一緒に暮らそうよ。東京でもいいし、もっと海の近くでもいいし、全く別の場所でもいい。私とマサくんとサンちゃん。三人同じアパートで、隣の部屋を借りたりしてさ。道一本のご近所さんから壁一枚のお隣さんになるの。どう？」

これまで重ねられてきた唐突で勝手な思い付きの中で、一番魅力的な響きだった。恋とかそういう対象から自分が外れていることを寂しく感じる隙もないくらい、それしかないと胸が弾んだ。

「いいね」

マサも同じ気持ちだったはずだ。マサがいいねと言った時は、必ず最後まで付き合ってくれるから。

三多介は「いいね」の代わりに言った。「海の近くはもういいよ」

すでに夜は深く、電車はない時間だった。三人はただただ歩き続けた。一晩中、東に向かって。全員寝不足な上に疲労困憊《ひろうこんぱい》のはずだが、歩くことをやめなかった。途中、本当にたくさんの住宅の前を通り過ぎた。小さなアパートの前を通っては「ここはどうだろう」と誰かが指を差した。

「えー。もっときれいなとこにしようよ」

「まずはこれくらいが現実的だろ」

ああでもないこうでもないと喋り続けているうちに、景色は白んでいった。いつの間にか新聞配達のカブのエンジン音が止み、列車の揺れる音が遠くで聞こえていた。実際に歩いていた距離はわずか駅五つ分で、思っていたよりもずっと進んでいなかった。三人はたった一晩、海の底で漂っていただけだった。

そうして、三多介たちは見慣れた町に帰ってきた。潮の匂いが鼻をつく。

「はぁ……絶対怒られる」

「一緒に謝りにいくから」

マサが最後尾で肩を落として歩いている。両親を相手にするといつもこの調子だ。家まであと曲がり角ひとつ。三多介は何気なく後ろを振り返った。雪枝と目が合う。「なに？」

「……もう着くぞ」

「知ってるよ」

家が近づくにつれて口数が減っていることには気付いていた。帰りの列車。途中どこかの駅に停車した際、寝ぼけ眼で隣を見ると、雪枝は眠っていなかった。ただじっと窓の外を見ていた。いつも海を見る時と同じ、三多介が一番好きな意志の宿った目だ。

先頭にいた三多介は、自分の家に続く角をそのまま通り過ぎた。

「え、どこ行くの」後ろで二人が立ち止まる。

「雪枝をうちまで送る」

たかが道一本だが、なんとなくギリギリまで三人でいたかった。

「なにそれ。サンちゃんってよくわかんないよね」

ぐるぐる屋敷が見えてきた。相変わらず人の気配がない。雪枝の叔父さんを見たのは数えるほどしかなかったが、周囲への警戒心が強く内側に閉じた人という印象だった。

目の前には歩く雪枝の背中がある。こんなに細かったっけ、三多介が思うと同時にその背中がぴたっと動きを止めた。ほんの束《つか》の間《ま》のことで、すぐにまた歩き出しはしたのだが、雪枝が一瞬視線を上げたのがわかった。

——なんだ？

三多介が視線をたどると、ぐるぐる屋敷の二階、螺旋階段のすぐ横にある大きな窓が目に入った。よく目を凝らすと、閉じられたカーテンが少しだけ開いていて、その向こうで人影が動いた気がした。「あれ」と思った。今は夕方で、中には人影があった。カーテンを閉めるなら室内灯が点いていそうなものだが、明かりは漏れていない。閉め切った真っ暗な部屋にあの叔父さんがひとりでいるということだろうか。

ぐるぐる屋敷の前に着くと、雪枝が「マサくん、サンちゃん」と名前を呼んだ。

「また行こうね」

雪枝は軽く手を挙げると背を向けて門をくぐった。

「うん、またね」とマサが手を振る。三多介も「おう」と応じて、雪枝が門の中へ入っていく様子を目で追った。

キイッという音を残して門が閉まってすぐ、胸にザラッとした感触が残った。なんだろう今の感じ。考えようとしたその時「さ、次はうちだよ」とマサに肩を叩かれた。そうだ、マサのお母さんに電話のこと謝らなきゃ。途端に、小さな違和感はどこかへ消えてしまった。

その晩布団に入った瞬間、一体何が引っかかっていたのかわかった。自分は、あの門の向こう側を、一度も想像したことがない。これまでぐるぐる屋敷の門の内側に入ったことはなく、雪枝が普段どんな暮らしをしているのか、驚くほど何も知らないことに初めて思い至った。なぜか四六時中海を眺めているような気がしていたのだ。

――今度それとなく訊いてみよう。

三多介は二日ぶりの布団に吸い込まれるように眠りに落ちた。

しかし翌日から、雪枝は急に姿を見せなくなった。海辺にも、公園にも、クラスメイトの家にも、春休み中の高校にまで行ってみたがどこにもいない。勇気を出してぐるぐる屋敷のベルを鳴らしてもみたがいつも通り静まり返ったままだった。

「まだ一週間だけど……今までこんなことなかったよね」

マサが言った。三多介と同じ可能性を考えていることがわかった。あの夜、雪枝は「遠くへ行きたい」とこぼしていた。もしかして何らかの事情でそれを前倒ししなければならなかったのではないか。東京に行こうと言い出した時から明らかに雪枝は普段と様子が違った。そのことについて自分は深く考えなかった。三多介はもどかしい気持ちで門の向こうを見つめた。

突然、マサが言った。「入ってみようか、中」

頭の中を見透かされたようで、三多介はつい驚きの声を上げた。

「ほんの少し、外から様子をうかがうだけ。ね？」

周囲に塀はあるが、隙間を通れば裏側まで回れそうだ。この門ひとつ越えるだけで何かがわかるかもしれない。マサはトーンを落とした声で冷静にそう主張した。

「でも」立派な不法侵入になる。高校入学前の身で、万が一のことがあったら。どうしても躊躇してしまう。

「雪枝のことを一番心配してるのは、サンタでしょ」

その言葉に三多介はハッとした。

「せめて夜にしよう。私はマサにそう提案した」

霊園はすっかり薄暗くなっていた。辺りは静まり返っている。青年は静かに続きを待っている。

「その夜、久しぶりに雪枝の姿を見た。だが、会うことは叶《かな》わなかった。そのまま今日まで、私は彼女と会っていない」

「え……？」

青年が目を見開く。

「ぐるぐる屋敷が、燃えたんだ。私たちが忍び込んだ夜に火事が起きて、逃げ遅れた叔父さんが亡くなった。雪枝はまたも孤独の身となり、大人の手でどこかへ連れていかれた」

「火事って……何があったんですか。それ、偶然ですか？」

この青年はすでに察している。三多介の左手に刻まれた火傷の痕が、チリッと痛んだ気がした。

「こら凪！　またサボって」

その時、遠くから声がした。職員らしき男性がやって来る。凪、というのか。隣の青年の名前をようやく知る。

「いや、これは私が」

仕事中のところを長時間拘束してしまっているのは三多介だった。説明しようと口を開くと青年が手で制した。

「すいません、大切な無縁仏の話で。あの、カンジさん。少し事務所借りてもいいですか。残りの作業と戸締まりはしておくので」

青年は落ち着いた態度を崩さない。カンジと呼ばれた男は三多介に向かって「うちの職員がすいません」と丁寧に頭を下げると、青年の目を正面から見据えた。あっさりとカギを渡す。

「仕事中に悪かった。もう充分だ」

「渡したいものがあるんです」

通された事務所は必要以上に洒落《しゃれ》た空間だった。片付き過ぎていて、三多介はなんだか落ち着かなかった。

「今お茶淹れます」

青年がヤカンを火にかける。三多介は立ったまま、コンロの炎を見つめた。

「もし目の前に幽霊が出たら、僕も今の男鹿さんのように凝視してしまうと思います」

「え……」

「怖いものってなぜか見てしまいますよね」

火のことか。無意識だった。三多介はショルダーバッグを下ろし、椅子に腰かける。ふと、先日マサの家から持ち帰ったフィルムケースをバッグに入れたままだったことを思い出した。これが雪枝だ、と手渡したフィルムを蛍光灯に透かし、青年は目を細めた。「いい笑顔ですね」

「マサの遺品だ。あいつも多分、雪枝のことが好きだったんだ。だからずっと持っていたに違いない」

青年は答えず、フィルムを繰り返し光にかざしてはうーんと唸っている。

「これ、焼けてしまった部分には何が写っていたんでしょうか」

「何がって」

「雪枝さんが笑っているのでわかりづらいですが、なんとなく焼けた左側に意識を向けている感じがしませんか」

改めて見てみる。言われてみればそんな気がしないでもなかったが、今となってはその答えはわからない。

「写真って、現実をありのまま切り取るように思えますけど、実はかなり恣意的なものなんですよね」

「恣意的?」

「むしろ撮る側の心の中を映し出すものだということです」

なるほど。それを聞いて三多介は改めて思った。この写真の美しさはやはりマサが雪枝をそう見ていた確たる証《あかし》だというわけだ。乾いた笑いが出る。

「だから私は写真が嫌いなんだ」


あの夜、火種となったのが「写真」だった。

町が寝静まった頃、二人はそれぞれ家を抜け出し、ぐるぐる屋敷の前で落ち合った。門には錠がかけられていたが、塀をよじ登れば簡単に中に入れた。気付かれないよう足音を消し、まずは周囲を一周する。どの部屋もカーテンが引かれていて、窓の外からは人の気配すら感じられなかった。虫の鳴き声だけが風に乗って漂ってくる。ちょうど門の真裏に小さな庭があって、そこに大きな物置があった。もしかしたらこの中に雪枝がいるんじゃないかとドキドキしながら引き戸を開けたが、中には工具類の他に大量のダンボール箱が押し込まれているだけだった。

留守なのか、寝ているのか。それとも雪枝はやはりもうこの家にはいないのか。手がかりが得られず肩を落としていると、マサがささやき声で言った。上ってみよう、と。眼前には、あの螺旋階段があった。

「外に階段があるってことは、上にスペースがあると思う」

螺旋階段は外から丸見えで、周りから発見される危険が高まってしまう。しかし二人は行くことに決めた。慎重に一段一段踏みしめるようにして上がる。足元の隙間から暗い地面が見えた。ぐるぐると回らされるせいで自分がどこを向いているのかわからなくなる。不安な気持ちが強くなっていくのを感じた。

途中あと少しで上り切るというところで、三多介は足を止めた。螺旋状の手すりの隙間から、夜の海が見えた。海は闇に溶け込んで、視界を黒く塗りつぶしている。近づくものを飲み込む不穏。やっぱり自分は海が嫌いだと思った。

階段が終わると、ふいに開けた空間が目の前に広がった。マサの予想通り、上にルーフバルコニーがあったのだ。バルコニーに面して大きな窓がある。ぴっちり閉められたカーテンの隙間からうっすら白熱球の灯《あか》りが漏れているのがわかった。鼓動が一気に速まる。

——誰かいる。

三多介はマサと目を合わせた。壁に耳を当てると、中からかすかにピアノの音が聞こえた。

クラシック音楽。東京の店で流れていた曲と同じだった。嫌な予感がした。

二人は窓に近づいていく。カーテンがしっかりと閉じられていて中までは見えない。三多介がもどかしく思っていると、反対側の隅でマサが立ち止まっているのがわかった。マサは端から中を覗いたまま身を固くしている。何かが見えているのは明らかだった。

「どうした？　ちょっとどいて」

「……だめ。引き返そう」

マサがようやくか細い声を出した。少し震えている。

「なんでだよ」体をどかそうとしてもマサは頑なに動こうとしない。

「見せてくれ。頼む」

三多介が強く押すと、マサはよろけるようにしてバランスを崩した。手を伸ばし制止してくるのに構わず、その隙に中を覗き込んだ。

単なる壁の一部しか目に入らず、特に何もわからない。

──なんだ、何も見えな……。

途端、三多介は絶句した。壁に立てかけられた大きな姿見が目に入ったからだ。

鏡の中に、真っ白な雪枝がいた。長方形に切り取られた鏡面に、雪枝の白い身体が収まっている。数秒、自分が何を見ているのか理解できなかった。

雪枝は泣いていた。いや、実際には一切の感情が宿っていない無表情だったが、三多介には泣いているのがわかったのだ。

全裸の雪枝の前に、脚立に載せられた黒い箱が置かれていた。

——カメラだ。

そのカメラの手前にはあの叔父さんがいた。外では周囲を睨みつけるような目つきで早足で歩く警戒心の塊。その人が、これまで一度だって見せたことがない満面の笑みを浮かべていた。心から幸せそうな顔だった。

三多介はただ目が離せなかった。一体なにしてるんだ？　なんで裸の雪枝の写真を撮ってるんだ？　混乱したまま、しかしなるべく多くの情報を得ようと体が前のめりになっていく。

「サンタ、前！」

どんっ、と音がした。ずっと音を消すように努めていたせいで、その音がとんでもなく大きく響いて聞こえた。三多介の肘が窓ガラスにぶつかったのだ。

ハッとし、二人は身をひるがえした。焦りながらもそれ以上の物音だけは決して立てないように階段を駆け下りる。そのまま、ひとまず裏庭の物置の陰に身を隠す。二人とも恐ろしさと緊張から激しく息切れしていた。しばらく座り込んでいたが、誰かが屋敷の中を動き回る気配も、他の部屋の電気が点くこともなかった。

——ふざけるな。ふざけるな、ふざけるなふざけるな……！

じわじわと、とてつもない怒りが湧いてきた。

隣でうずくまって顔を覆っていたマサが立ち上がった。物置の戸を引く。マサは中に入り、積まれていたダンボール箱に手をかけると、封を開けた。

「っ！」瞬間、マサが息を飲んだ。

月明かりに照らされて、その手元が三多介にも見える。

中に入っていたのは膨大な数の「雪枝」だった。写真の山だ。すべて、雪枝は一糸まとわぬ姿をしていた。おそらく指示されたのだろう、写真の中で様々なポーズをとっていた。少しはにかんだり、キリッとした表情で髪をかき上げたりしている。けれど、目はどれも泣いていた。雪枝の一番魅力的なあの瞳がどこにもなかった。

「なんだよこれ……」

「さっきここを確認した時、箱に日付があったのが見えたんだ」

マサの言う通り、ダンボールにはマジックペンで日付が書かれている。今二人が開けたのが一番最近の箱のようで、つい先月の数字が記されていた。

まさか。三多介は物置の奥に足を踏み入れた。手前のダンボールを乱暴にどかし、一番奥の箱を確かめる。一番古い日付は約三年前だった。雪枝がここにやってきた頃だ。すっと身体から力が抜ける。

「警察に通報しよう。早く雪枝を助けなきゃ。こうしてる間にもずっと……」

三多介は中を確かめることもしなかった。手が震えている。嫌悪感と憤りで全身の毛が逆立っているのがわかった。

「待って。それは」

マサの意外な返答に、後ろを振り返る。

「は？　忍び込んだことがバレるからか？　そんなこと言ってる場合じゃないだろ！」

声を荒らげた三多介をなだめるように、マサが「しっ！」と口に指を当てる。

「それを雪枝が望んでるかわからない」

言っている意味が理解できなかった。自分で喜んで裸になってるって言うのか？　そんなことがあり得ると思ってるのか？

「通報して済むのなら、これまでもずっとそのチャンスはあったはずだよ。でも雪枝はそれをしなかった」

「そんなのあの変態が怖いからだろ。もしバレたら何をされるか」

「どうだろう。それもあるだろうけど、一番の理由じゃないと思う」

月が雲に隠れ、マサの表情が見えなくなる。

「思い出して。雪枝がなんでここへ来たか。あの子はここしか身寄りがないんだよ」

何を言われても言い返してやろうと身構えていた三多介は、言葉に詰まった。

「越してきてしばらく、色んな人に色んなことを言われてたでしょ。事実じゃないことがまるで事実のように町中の食卓の話題に上る。ここはそういう場所なんだよ。雪枝の唯一の居場所がね。もしさっきのことが明らかになったとして、どうなるか」

頭に血が上った三多介にもマサの言おうとしていることはもう予測できた。帰る場所と、生活の基盤と、積み上げてきたものをいっぺんに失うことになる。スキャンダルは瞬く間に町中を駆け巡るだろう。それは同時に、雪枝が三年にわたって裸の写真を撮られ続けていたというニュースでもあるのだ。あることないこと言われるのは目に見えていた。それに、あんな叔父でもお金だけはあるはずだ。学生の身でそれを失えば生きていけなくなるかもしれないと不安だったに違いない。ただでさえ、一度居場所を失っているのだから。

「いつだったか、雪枝はずっとお小遣いを貯め続けてるって言ってた。きっとあと一年耐えれば、卒業と同時にすべてを捨てて逃げてしまえると思ってるんじゃないかな」

「……なんで今すぐ出ていかないんだよ」

マサが黙る。自分で言っておきながら、三多介はその答えを察していた。多分、自分たちだ。たった二人の親友が、ここにいるからだ。三人で過ごすたった一年の高校生活が待っているからだ。

――ふざけるな。

悔しさに涙が滲《にじ》む。東京の夜、「壁一枚のお隣さんになろう」と雪枝は提案してくれた。本当は壁一枚だって取っ払いたいが、それをしたら雪枝の目はあれほど輝きはしないだろう。かつての自分の家に灯る明かりを見て、「よかった」とつぶやいた横顔。

――ふざけるな。

もう雪枝から何も奪わないでくれ。これ以上傷をつけないでくれ。あと一年なんて見過ごせるわけがない。仮に耐え抜いたとしても、きっと雪枝の美しい目はもう元には戻らない。

三多介は足元に置いてあった灯油タンクを摑んだ。これ以上雪枝があんな目をするくらいなら、自分が代わりにすべてを捨ててやる。

「ちょっと」

マサの制止を押し切って、ドバドバとダンボールに撒《ま》いていく。タンクひとつじゃ足りない。一枚残らず灰にしないと意味がない。

「サンタ、落ち着いて。誰か信頼できる大人の力を借りて……」

「雪枝をこんな目に遭わせたのは大人だ」

三多介の剣幕に、マサは茫然《ぼうぜん》とその場に立ち尽くしていた。結局物置内にあったすべての灯油を撒き終えた。しかし、どうしても火を点ける道具が見当たらなかった。

「くそっ！」

三多介はマサを残し走ってその場を後にした。

「ハア……ハア……」

乱れた息を押し殺して寝静まった自宅に入り、仏壇からマッチ箱のストックをひとつ取り出した。

再び家を出たところで一度振り返る。ごめん。心の中で家族に謝った。頑張って合格した高校もダメになるだろう。それどころか間違いなく捕まる。悲しむ家族の顔を想像したら胸が痛んだが、父にも母にも兄妹たちにも家族がいる。雪枝は今まさに独りぼっちだ。

三多介は踵《きびす》を返した。あの写真は、あんな事実は絶対にこの世に残しておかない。心は決まっていた。

再び駆け出し、いつもの道を一本曲がる。入った時と同じように門を越え裏庭に向かう。

その時、足が止まった。

——は……？

一瞬、何が起きているのかわからなかった。脳が理解することを拒絶した。三多介の視界が、夜中とは思えないほど眩しく輝いている。大きな、これから見るだろうと予想していたよりもはるかに巨大な炎が三多介を見下ろしていた。圧倒的な光で、闇を呑み込んでしまう化け物のようだった。

逆光の中、燃え上がる物置を見上げるようにして立っているシルエットは、紛れもなく親友のものだった。

「僕の足の速さ、忘れてたでしょ」

振り返ったマサは穏やかに笑った。

「今思えば、一番取ってはいけない選択肢だった。炎は想像以上に大きくなり、すぐに屋敷に燃え移った。そしてあろうことか、叔父さんが亡くなってしまった。当然放火は重罪。人を殺《あや》めたのならなおさらだ。マサは少年刑務所へ送られ、長い月日をそこで過ごした。罪を償った後も前科の枷《かせ》を外すことができないままの生活を余儀なくされていた。あの夜にすべてを失ったんだ」

「雪枝さんは……どうなったんですか」

放置されたマグカップはとっくに湯気を放つことをやめていた。

「雪枝は無事だった。マサ本人が救出したんだ。警察に保護されて、その後すぐに関東の後見人の元に送られたと聞いた。高校卒業までの一年だけならと、亡くなった両親の古い知り合い夫婦が同居を了承したそうだ。周りの大人がこんな悲惨な事件があった場所では暮らしたくないだろうと気を利かせたんだ」

沈黙が下りる。青年が口を開きかけてやめたのがわかった。訊きたいことはたくさんあるだろう。誰も真実を話さなかったのか。どうしてマサだけが捕まったのか。三多介はなにをしていたのか。すべて三多介が繰り返し自分に問うてきたことだ。

結果だけ言えば、結局あの写真は一部が燃え残り、あの叔父さんがしていたことは明らかになった。マサは動機について多くを語らず、自分ひとりでやったことだと繰り返した。灯油タンクから三多介の指紋が出たことについては、火を点けたのは自分であり、三多介はそれを止めようとしたのだと主張した。当然三多介も聴取を受けた。そして……。

——すべてマサがやりました、と言ったのだ。

「私はなんの咎《とが》も抱えず、今ものうのうと生きている。妻と二人の子ども、孫まで生まれた。雪枝の叔父を殺したのは私なのに。どうすれば贖罪になるのか、ずっとそればかり考えている」

青年は何も言わずに立ち上がった。そのまま机の引き出しを開け、深く息を吐いた。「あの」

「ニュース番組のインタビューなんかで、よく『あんな罪を犯すような人には見えなかった』って受け答えする人いるじゃないですか」

「……え？　ああ」

当時三多介も耳が腐るほど聞いた言葉だ。あのマサくんがまさか。

「愛想の良い人だったのに、いつも笑顔で挨拶してくれてたのに。その逆もありますよね。なんだか怖い人でした、いつか何かするんじゃないかと思っていました、とかなんとか。どうしてああいう報道がなくならないんでしょう。おかしいと思うんです」

「なにがおかしい？」

無意味だからです。青年はそう言って眉根を寄せた。

「罪って、人を裁くために人が設けたルールですよね。例えば、あまりの寒さで凍え死にそうになって一度だけ空き家に忍び込んだ者と、気心の知れた仲間内で他人の陰口を百万回叩いた者。罪に問われるのはどっちでしょうか」

それくらい曖昧なものだと言いたいのか？　三多介は危うさを感じた。身の回りの物事を疑うことは大事だが、人間として譲ってはならない一線というのは間違いなくある。

青年が続ける。「人が作った罪名に、他人の憶測を結び付けるだけの報道には、肝心の本人がどこにもいません」

「言いたいことはわかるが、ルールや報道がどうであろうと放火や人殺しが許されることはない」

「お二人がしたことを肯定したいわけではありません」青年が右手を頰に押し当てる。「法律や制度は人が作るものだから、完璧ではない。そう考えているのは本当です。けれど人は、それでも尊厳と秩序を守ろうと日々奮闘しているとも思っています。個人に寄り添いながら社会に寄り添う。そうやって、少しずつ前進してると信じたい。でも」

三多介は口をつぐんだ。法による裁きを免れてしまった自分はここで何かを言う資格を持っていない。

「もしも司法には下せない審判があるとしたら、一体誰が結論を出すんですか？」

身体が固まる。司法には下せない審判。それは、なんだ？

「僕は司法を信じるからこそ、そこから漏れてしまうものを、別の物差しで測ろうとする誰かもまた必要だと思います。その誰かは少なくとも、表面的なインタビューに答える匿名の隣人や、『容疑者の部屋には大量のアニメグッズがありました』などと報じるメディアではない」

青年は、どこか自分自身に向けて宣告しているようにも見えた。

「男鹿さんは、自分は誰よりもマサさんに裁かれたがっているのに、自分はマサさんのことを借りてきた物差しでしか測っていないように見えます」

「……なんだと？」

「マサさんがどうして火を放ったのか、男鹿さんは訊いたことがありますか」

え。声を発したつもりだったが、実際は息が漏れただけだった。なぜか青年の声に、棘《とげ》が含まれたように感じた。

「男鹿さんが先に考えるべきなのは、マサさんが本当は何を思っていたのか。そっちなんじゃないでしょうか。自分の贖罪について考えるのは、それからでも遅くないと思います」

心の底を覗かれた。ずっと逃げてきていたことを見抜かれた。何度か面会に訪ねた際も、出所してからも、三多介はきちんと尋ねることができなかった。どんな答えが来ても受け止め切れる自信がなかった。いや、それだけじゃない。それさえ聞かなければ、自分の罪について向き合うことを先延ばしにできると思っていたのかもしれない。

「そんなことは、言われなくてもわかっている」

「そうですか？」

青年が三多介を見つめる。曇りのない眼差し。マサもよくその目で三多介を見ていた。頼む、もうその目で私を見ないでくれ。

「『井《い》の中の蛙《かわず》大海を知らず』」

「……は？」

「これ、上手い例えですよね。了見の狭い者の愚かさと悲哀がよく表現された言い回しです」

「だからなんだ」

「ですが、実際の蛙《かえる》は海に出ると塩分濃度による浸透圧で死にます。海に殺されるんです。蛙が海を通して知るのは、世界の広さでしょうか。それとも狭さでしょうか。僕は、マサさんが海を見て『どこにもつながっていない』と言った気持ちをぼんやり想像することしかできません。けど、男鹿さんは違うんじゃないですか」

苦い気持ちが胸いっぱいに満ちる。この青年にマサを重ね合わせたのは自分の方だというのに、知った風な口を利くなと思ってしまう。ダメだ。今すぐ酒が飲みたい。三多介は耐えられなくなってガタッと勢いよく席を立った。

「……昔話に付き合わせて悪かったな」

「男鹿さん」青年がショルダーバッグの紐を掴む。三多介は足を止め、振り返らずに言った。

「仕方ないだろう。マサはもう」

あんなに小さくなってしまった。あの日も、今も、間に合わなかったのだ。

「渡したいものがあるって言ったでしょう」

青年が三多介の前に回り込み、小さな袋を突き出した。

目の前のそれを訝《いぶか》しげに見つめる。透明の袋の中には、小さく折られた紙と黒い粒がひとつ入っていた。

「そうやって、ズレてしまったまま生きていくつもりですか」

青年は、怯えているように見えた。まるで、なにかに対して引け目を感じているようだった。

6

ざざあ、ざざあ。波音が繰り返し響き渡る。故郷の海を思い浮かべる時、三多介の頭の中では白が最も際立つ。風のない日の穏やかな青の海面よりも、大きなうねりによってかき混ぜられた白い波が先に浮かぶのだ。宮古《みやこ》の海は、その驚くほど真っ白な砂浜によって、記憶の中の海よりもかえって懐かしさを感じさせた。

数日前。霊園を後にした三多介は再び居酒屋に立ち寄り、日本酒を三合空けてから一本電話をかけた。

「ひとつ調べてほしいことがある」

相手が出るなり電話口に向かってそう言った。

「もしかして酔っ払ってます？」

「ああ、でなきゃこうして面倒な相手に電話なんてかけない」

山戸が「ですよね」と笑う。三多介の頼みに驚きながらも快諾してくれた。

運転席の窓を上げると、一気に波音が遠ざかる。三多介は助手席を一瞥した。シートにはマサの遺骨と、住所の書かれたメモがある。雪枝が宮古市にいると連絡を受けた時、三多介は意外に思った。山戸の情報によると、雪枝は約六年前に若年性認知症を患い自ら施設に入ることを決めたそうだ。その際、当時暮らしていた千葉からわざわざ宮古へ越してきたらしい。岩手には辛《つら》い記憶もあるはずなのにわざわざ戻ってくるなんて。

雪枝に、せめてマサの死だけでも伝えねばと思った。それはきっと、墓守の青年に言われた言葉がずっと頭の中にこびりついていたからだ。

やはりもう歳だ。ここまでの移動と運転で疲れ切ってしまった。早く布団に入ろう。予約した海辺の宿を目指して三多介は車を走らせた。

その晩。三多介は、和室で酒を飲んでいた。酔いが回ってくるにつれ、やはり会いに行くべきではないと思い始めた。背中に嫌な汗が滲んでいる。これまでだって本気で捜そうと思えば見つけられたのだろうが、そうしなかった。自分が現れて過去の記憶を蒸し返すような真似はしたくない。一体今さら何を話すというんだ。ずっと逃げてきたくせに、マサがいなくなってから、雪枝が認知症を患ってからのこのこ会いにいこうとするなんて、自分はどれほど卑劣なのだ。酔った頭でひらめいた。訃報なら手紙を出せばいい。

——やはり、明日帰ることにしよう。

しかし、一体誰が自分の帰りなど待っているだろうか。三多介は徳利《とっくり》をごとりと倒し、机に突っ伏した。


さざ波がやけに近く聞こえて、三多介は目を覚ました。今は何時頃だろう。時計を見ると、針は夜中を指していた。体を起こしたところで、自分がわざわざこんなところまで来たことを思い出した。酔いはすっかり醒《さ》めている。窓辺の障子を開けると、一面が夜だった。海はどす黒く、闇そのものみたいに見える。

窓を開け、夏の夜風を部屋に招き入れた。置いてあった蚊取り線香に火を点ける。燃える渦が、苦い記憶と重なった。

酒が切れると眠れない。また酒を開けようかと手をかけた時、三多介は部屋の隅を振り返った。骨壺が、なぜかこちらを見ている気がしたのだ。

男鹿さんが考えるべきなのは。青年の言葉がよぎる。ちくしょう、あんな若造に何がわかる。三多介は小さく舌打ちをして、枕元のバッグから袋を取り出した。袋の中に入っていた紙を月明かりの下で広げた。美しく柔らかい筆跡でつらつらと説明が書いてある。

——朝顔の種だと……？　なんの悪ふざけだ？

あの時、ろくに説明を聞かず、奪うようにして去ってしまったのだ。あまりに現実味のない内容もそうだが、そもそも意味がわからない。最後の書きかけの一行は一体なんだ？　握り潰して捨ててしまおうかと思ったが、寸前で手が止まった。

「そうやって、ズレてしまったまま生きていくつもりですか」

青年の怯えたような顔が頭から離れない。どこか引け目を感じている。山戸の父親がマサを評した言葉だが、あの時の青年は三多介にそう映った。三多介はもう一度ゆっくり説明文を読み返した。

——ズレを正すから『うるう』か。突拍子もない話だ。

暗い海をじっと見つめる。今晩は月が出ているから潮も高い。波の音がよく聞こえてきて、かえって静かだ。どうせ気休めだ。材料など思いついた順でいいだろう。三多介はマサの遺品のフィルムケースから中身を取り出し、ケースだけ持って外へ出た。

砂浜を踏みしめると同時に、塩からい風が鼻を突いた。海辺の夜は夏でも息がしやすい。夜の海陸風は陸から海に向かって吹くから、波打ち際に向かう三多介の背中を押す形になる。

――まぁ、そう急《せ》かすな。

ゆっくりしゃがんで、小さな半透明のケースに砂を詰める。朝顔の種をその中に押し込んだ。寄せる波に反対の手を伸ばし、掌《てのひら》で海水を掬《すく》って上からかける。朝顔を浜の砂に埋めて塩水をかけるなんて、普通なら芽が出るはずがない。おかしな種の力を試すにはうってつけだ。どうせ笑うなら、ちゃんと失敗してから笑い飛ばしてやろう。

三多介は宿に戻り、海の見える窓辺にそれを置いた。骨壷の視線も、外を向いたような気がした。

＊　＊

ざざあ……ざざあ……。

窓辺で、フィルムケースから伸びた蔓が月明かりに照らされていた。蔓はタイムラプス映像のように畳の上を這って進むと、だらりと布団からはみ出ている三多介の左手首にそっと巻きついた。

カチッ……カチッ……。どこかで時計の音が鳴りはじめた。

真っ白いつぼみがむくりと体を起こし、美しく皺を伸ばした。

三多介は、燃える炎の前にいた。

「僕の足の速さ、忘れてたでしょ」

——マサ……！

逆光の中こちらを振り返る若き日の親友。何度も見た夢だが、これまでにないくらいひどくリアルに思える。これが追体験なのか？

「ごめん、先回りしちゃった」

「なんでだよ！　マサ！」

マサの手にはマッチ箱が握られている。自分自身の声がやけに外側から聞こえた。頭の中の三多介は全く手出しのできないよそ者だった。

「サンタ、あのね……」

マサがポケットに手を入れ、何かを取り出そうとした。三多介は咄嗟にその手首を摑む。

「いいから早く逃げるぞ！」

「サンタ、聞いて」

そうだ、この時のマサの目はゾッとするほど落ち着いていた。ポケットに入れた手。当時は深く考えなかったが、もしかして何かを渡そうとしていた？

マサの後ろに目をやる。膨れ上がった炎がすでに屋敷の方にも燃え移ろうとしている。遠くから消防車のサイレンが聞こえた。物凄《ものすご》い煙だった。

「もう誰か通報したんだ。マサ、急ごう！」

三多介の呼びかけに応じず、マサは動かない。静かにため息をひとつつく。

「おい！　マサ！」

「ちょうどよかったよ。きっと家の中にもまだあんな写真がたくさんある。カメラもフィルムも、ひとつ残らず燃えてしまえばいい」

その時気が付いた。親友がかつてないほど憤慨していることに。マサは静かで激しい怒りの中にいる。もしかすると自分よりもはるかに。

「いい？　これは僕がひとりでやった。サンタは止めたけど、僕が振り切って火を放った」

「は？　なに言って」

「早く行って」

「おい！　意味わかんねぇ！　一緒に行くぞ！」

「それは無理。このままだと雪枝が巻き込まれる。早く行かなきゃ」

三多介は絶句した。マサと違って自分が今雪枝のことを完全に頭から除外してしまっていたことに気付いたからだった。雪枝は今服も着ていない。そんなことにも思い至らなかった。

「お、俺も一緒に」

「サンタの役目は明日からの雪枝を守ることだよ」

明日からの雪枝……。

「約束。僕たちが今日見たことは誰にも話さない。それだけ決めて、あとは役割分担だ。丸投げして悪いけど、なんとかして雪枝を現実から救い出してね」

「マサは？　お前に何かあったら俺」

マサは「だから」と言ってはにかんだ。

「僕の足の速さ忘れないでってば。大丈夫、すぐ追いつくよ」

マサは螺旋階段に向かって駆け出した。

「おい！」すぐに追いかけるが、追いつけない。三多介が遠ざかる背中を掴もうと左手を伸ばしたその時、手首で真っ白な花が咲いているのが見えた。皮肉にも思えるほど、白く輝く朝顔の花。こんなもの、記憶にはない。

カチッ……カチッ……。時計の音が、大きくなりはじめる。

「つっ！」

瞬間、手の甲に痛みが走った。炎に触れたのだ。三多介の身体が反射的に手を押さえる。

――そうだ。この火傷をした瞬間、マサが振り返るんだ。

そして三多介に向かって何かを言う。きっと大事な、想いを託すようなひと言。あの時、自分はそれを聞き逃してしまった。

カチッ……カチッ……。時計の針の音がうるさい。

――静かにしてくれ。マサがあの時なにを言ったのか確かめるチャンスなんだ。

記憶の通り、そこでマサが三多介を振り返った。

その時。

カチッ……カチカチカチッ……。音がズレた。

規則的だった音が、その一回分、一秒分だけ、確かに間引かれた。テレビ番組で不自然な編集が入った時のような感覚。光景が、記憶が、なにか外部の力によって今カットされたのだ。

マサは笑みを浮かべただけで、何も言わなかった。

――おい、違う！　なにか言っただろう！　マサ！

マサが再び炎へ向かっていく。背中が遠ざかっていく。

カチッ……カチッ……。リズムを取り戻した時計の音がだんだん掠れていく。そのまま、ぷつりと聞こえなくなった。

火傷した肌の上。白い朝顔が溶けるように、その花びらを閉じた。

＊

7

射《さ》し込《こ》む朝陽《あさひ》を横顔に受け、三多介は目を覚ました。砂の入ったフィルムケースは昨晩と同じ場所に置かれている。

手首に朝顔がくっついていただけで、昔の記憶と変わらない。今更浸る感傷の残滓《ざんし》などありはしないはずなのに。

――ひとつ、おかしな点がある。

最後にマサは三多介に向かってひと言何かを口にしたはずだった。ずっとそれを知りたいと思い続けてきたのだから間違いない。

瞬間、寒気がした。まさか。三多介は袋から説明書を取り出した。
※ごく稀に同じく一秒間の「削除」が行われる場合もあります。

あれほどはっきりしていた記憶が、今はもうぼんやりとしか思い出せなくなっていた。本当にあの時マサは何かを言ったのか？　時が経つにつれて、何も言っていないような気さえしてくる。それは悲運か、あるいは救済か。

マサがあの時なにを考えていたのか。なにかを知る手段がまだ残っているとすれば、方法はもうひとつしかない。

骨壺を助手席に載せ、三多介は車を走らせた。向き合いたくないという気持ちは、不思議とどこかへ消えていた。

数十年ぶりに再会した雪枝は、三多介のことを忘れてしまっていた。それどころか、三多介をマサだと誤認していた。結局あの日、自分の人生を捧げて雪枝を助け出したのはマサだ。それも仕方がない。雪枝がにっこりと口角を上げた。

「お久しぶりね。元気？」

子どものような笑顔だった。いたたまれず、すでに立ち去りたい気持ちだったが、半分投げやりに応じた。

「元気です。何年振りですかね」

「六年ね」雪枝が言う。

――六年？　いや、それどころじゃないだろう。

「全然会いにきてくれないんだもの。マサくんには本当に感謝してるのに」

思いがけず事件のことに話がいったと思い、三多介は身構えた。

「おかげでこんなに素敵なところで暮らせてる。この部屋からは海が見えるのよ」

「おかげ……？」

本人は落ち着いて話しているように見えるが、話の全貌が見えない。

突然、後ろでスタッフの女性が「あっ！」と声を上げた。三多介が驚いて振り向くと女性はペコリと頭を下げた。

「あの、もしかしてあなたがあのマサさんですか？」

「え、あのマサさんって」

「私、雪枝さんが入られて少し経ってからここで働きだしまして。雪枝さんがここに入る資金を肩代わりされたんですよね」

――なんだって？

「そうよ。受け取れないって言ったのだけど、譲らなくて」

「雪枝さんずっとその話するんです。調子が良くない時も、そのことだけは絶対忘れないんですよ」

山戸の顔が思い浮かんだ。自宅の通帳。六年前、一度だけ引き出された貯金。どうして。三多介は思った。どうしてそのことを自分に黙っていたのか。それはやはり……。

「マサは昔からずっとあなたのことが好きだったんですよね」

勢いで言葉が出てしまった。「え？」スタッフの女性が首を傾げる。

「あ、いや」

慌てる三多介をよそに、雪枝が「ふふ」と笑った。

「もう、冗談はやめて。そうじゃないでしょう？」

雪枝はそう言いながら引き出しを開けて、三多介に何かを差し出した。

それは、古ぼけた写真だった。三多介も、半分だけ見覚えがある。

三多介はバッグから、一部が焼け焦げたフィルムを取り出した。二つを並べてみる。構図も、服装も、全く同じものだった。燃えてしまう前に現像していたのだろう。朗らかに笑う雪枝の視線の先に写っているのは、何がそんなに可笑《おか》しいのか、高らかに笑う三多介だった。自分ではめかしこんだつもりのこの服装。東京を旅したあの日の写真だ。

「六年前、私が持っていた方がいいからと、あなたが預けたあなたの宝物よ」

——撮る側の心の中を映し出す……。

写真は恣意的なものだとあの青年は言った。だとしたら、これは？

「あら、いい笑顔。雪枝さん、昔もお綺麗だったんですね。左の男性はご友人ですか？」

スタッフも、目の前の三多介には気が付かない。雪枝がふふっといたずらっぽく笑った。

「マサくんの大好きな人よ」

手が、震えていた。この瞬間、ようやく自分の罪に重さが宿った。突如痛みが質量を伴って、鈍く胸を突き刺した。

きっとこのフィルムは、あの時マサのポケットの中にあったのだ。炎がその意味を変えてしまう前の状態で。本当に何もかもが間に合わなかった。

マサが最後に何かを言っていたのか。もしそうなら何と言ったのか。その答えに辿り着くことはもう絶対に出来ない。そのことだけは、はっきりと確信していた。

——マサが守ろうとしたのは……。

8

船体がゆらゆらと揺れて、波はきらきらと日差しを反射する。頭上を数羽のウミネコが飛び交っている。

三多介は今、海上にいた。手には色鮮やかな花びらの入った籠がある。中に入っているのは粉末になった骨だ。数十年ぶりに帰ってきたこの故郷の海へマサの遺骨を散骨すると決め、宮古を出た足で大船渡まで来たのだった。

「ゆっくりお別れなさってください」

付き添いで来た山戸が慇懃《いんぎん》に言った。山戸くん、と三多介は海を見つめたまま声をかけた。

「頼み事ばかりで悪いが、もうひとつお願いがある」

「はい」

「あの火事で亡くなった叔父さんの、眠っている場所が知りたい」

山戸は静かに二度うなずいた。

結局、雪枝は最後まで三多介を思い出すことはなかった。

あの事件以来三多介がしたことと言えば、嘘をついて自分を守ったことだけだ。直接追及はしてこなかったが、おそらく家族も察していただろう。息子の手に見覚えのない火傷の痕ができたことに気付いていないはずがなかった。つくづく甘い親だと思うが、きっとこちらが話そうとすれば聞く準備だけはしてくれていたのだろう。それでも三多介は真実を話さなかった。マサと約束したにもかかわらず、明日の雪枝を追いかけようともしなかった。三多介は逃げ続けた。結局のところ、理由はひとつだけだ。

いつも思い出すのは、燃える屋敷から煤《すす》にまみれたマサが雪枝を抱えて出てくる場面だった。あの時、雪枝が完全に「マサのものになった」と思った。そんなことで、たった一人の親友との約束を捨てた。貧相で未熟な劣等感、そして、裏切りだった。

――なにをすれば贖罪になるか、そればかりを考えていた。

それこそが、自分の「ズレ」だったのではないか。金を渡して、骨を引き受けて、そんなことで渦から抜け出そうとしていた。死ぬまで、いや死んでもなおこのことを苦く噛みしめること以外に、するべきことはないのだろう。この散骨は決別のためにするのではない。問い続けるためにするのだ。この輝く海を、これから風に舞う粒子を、網膜に焼き付けろ。そして、永遠に葬ってはならない。

帰ったらやること。あや子や出海にこれまでのことをきちんと謝ること。湊人と春華さんから孫の話を聞かせてもらうこと。最後に、もう一度あの霊園へ行くこと。そして青年に尋ねよう。君は今、何に引け目を感じているんだ、と。

――マサ、すまない。性懲りもなくて。

三多介は真っ白な粉末を輝く海へと放り投げた。

第四章

いろみずの種

―colorful―

1

なんでうちが選ばれちゃったんだろう。小野木《おのぎ》ひまりはため息をついた。

「ひまりさん、おはよう。今日は早いね」

お墓のお兄さんが優しく声をかけてくれる。メガネをかけたお兄さんは毎日朝早くから掃除をしている。

「おはようござい……あ」

ひまりがお辞儀をすると、背中がスカッと軽くなった。頭の上からバラバラと教科書が地面に落ちる。面倒くさがりのひまりは、いつもランドセルのフタを閉め忘れてお母さんに注意される。

「わわ」

お兄さんがすぐにほうきを置いて拾ってくれる。自分のものみたいにきちんと向きを揃えながら。こういうところが結構好き。ひまりさんって呼んでくれるのもお兄さんだけだ。大人になったような感じがして、なんだか気分がいい。もうひとりいるお墓のおじさんは話が通じないからイヤだ。

「ありがとうございました」

御礼を言うと、視界に人影が見えた。みかげ先生だ。すっと立って、離れたところからこちらに微笑みかけている。

「今日もいるの？　御影麻希《みかげまき》さん」

お兄さんが声を潜めた。わざわざこうしてひそひそと言うのは、怖がっているからだろう。お兄さんはお化けが何より苦手らしい。先生を見つめたままひまりはうなずいた。

「そ、そっかぁ……」

お兄さんは、弟がオムライスの中にグリーンピースを発見した時みたいな顔をした。怖がりでちょっと頼りないけれど、ひまりの話を唯一信じてくれている。亡くなったみかげ先生の姿がひまりにだけ見えているという話を。


みかげ先生はひまりの担任の先生だった。

ある日、朝のチャイムが鳴ってもみかげ先生は教室に現れず、代わりに深刻な顔をした徳山《とくやま》先生が入ってきた。徳山先生、通称「とくやん」は学年主任というやつだ。とくやんが教室に来るのは大抵よくないことが起きた時で、教室の空気がぴりっとする。

「御影先生がお亡くなりになりました」

教室がざわっとしたけれど、みんなもう五年生だから、驚きながらも話を聞く姿勢は崩さなかった。怒ると怖いとくやんがいたからというのもあるだろうけど。

先生はすごく若かったし、昨日までは特に変わりなく見えたのに。ひまりたちは黙禱《もくとう》というものをして、何ごともなかったように（実際はみんなそわそわしていたのだけれど）授業を受けた。予定していたリコーダーのテストが延期になって、友達のみちなちゃんは喜んでいた。

それから一ヵ月が経ち、とくやんがそのまま担任に、子どもが産まれてお休みしていたはるちゃん先生が副担任になった。厳しいとくやんと、明るくて生徒から大人気のはるちゃんが来てプラマイゼロだな、とシュンくんが言っていた。

そうして、みかげ先生のことはクラスのみんなも周りの大人たちも特に話題にしなくなっていた。ひまりもそれは同じだったけれど、ある朝いきなりみかげ先生が目の前に現れたのだった。

初めてお墓の前に立つ女性の後ろ姿を見た時、ひまりは驚くよりも前に「やばっ!」と思った。毎日決まった通学路を無視して、お墓を突っ切って学校に通っていることがバレると思ったからだ。身構えたが、すぐにおかしいとハッとした。よく考えたらみかげ先生がいるわけがない。あれはきっと背格好が似ているだけの別人だ。

胸を撫でおろしかけた時、女性が振り返った。

「うええっ!?」

その顔はやっぱりみかげ先生だった。実年齢より若く見える、ふわふわした丸顔。ちょっと媚《こ》びた感じのたれ目と、黒の髪留めでハーフアップにした長い髪。なんだか前より健康的でキレイになったように見えた。

ぱっちり目が合う。先生はひまりを見てはにかんだ。途端に二の腕がぞぞぞっと粟立《あわだ》つ。

「ひっ……!」

ひまりは走って引き返した。

――え、お化けってこと? それともほんとは生きてたってこと?

はてなが頭の中いっぱいになり、何も考えられなかった。

——きっとなにかの間違いだ。

ぐるぐるしたまま本来の通学路を早足で学校へ向かっていると、前を歩いているみちなちゃんとシュンくんを見つけた。

「ね、ねえ！　さっきみかげ先生みた！」

声を掛け、息を切らしながら自分が見たものを説明すると、シュンくんは小さく「は？　きもちわりぃ」と言って眉をひそめた。みちなちゃんは小さい声で「ウケる」と言ってシュンくんの後ろに付いて歩き出した。

「あ……うん、ごめん」

ひまりは急に冷静になってきて、なんだか恥ずかしくなってその場に立ち尽くした。

その日の夜、うちに帰って同じ話をお母さんにもした。お母さんは「ちょっと……やめてよ」と言って五歳の弟を連れてお風呂にいってしまった。

やっぱりあれは見間違いだったのだろうか。それともやっぱりみかげ先生が死んだというのは誰かのついた嘘で、実は今も普通に生きていたりするんだろうか。一人残されたダイニングで、なんとなく部屋をぐるりと見回した。壁に目をやると、ひまりが描いた絵が何枚か貼られているのが目に入った。

恐竜や宇宙の絵。迷路みたいな森の絵。オリジナル生物の絵。どれも全部みんなから「ほんとに上手」と褒められた自信作ばかりだ。けれどどれも、ひまりが今よりも小さかった頃に描いた絵だった。

——今はもっと上手になってると思うんだけどなぁ。

なんとなく手を動かしたくなったら絵を描く。それはひまりの習慣だった。ただ、最近は出来た絵を見せても誰もあまり喜んでくれなくなった気がする。そういえば。この間お父さんに言われた。

「どうしてひまりは女の子の絵を描かないんだ？　プリンセスとか好きじゃないのか？」

どうしてと言われても、描かない理由なんて別にない。でも……。

――もしかしたらプリンセスの絵なら喜んでくれるのかな。

クラスの子たちが憧れているお姫様はみんな立派なお城に住んでいて、隣にはカッコいい王子様がいる。お城と王子様も描けば、お父さんだけじゃなくてお母さんも喜んでくれるかもしれない。

でも、今まで全く考えたことがなかったから、王子様のイメージが湧かない。すらっとして優しくて……隣のクラスのやまとくんみたいな感じ？　でも、やまとくんみたいなスポーツマンじゃなくて、もっと色白なイメージ。

「あ」丸いメガネがぱっと思い浮かんだ。当てはまる人が一人いた。

ひまりは明日の放課後、スケッチブックと鉛筆を持ってお墓に行くことに決めた。ついでに、自分が見たものが本当だったのか確かめてこよう。

翌日。お墓に着いたひまりがお兄さんを探してきょろきょろしていると、誰もいないところにぽつんと立っている女性の姿が目に入った。

――みかげ先生だ。

前回と同じ場所に立っている。やっぱり少しギョッとしたが、今日のひまりは落ち着いていた。お化けにしてははっきりと姿が見え過ぎているから、きっと死んでなんていなかったんだと判断した。こちらを見つめるたれ目をじっと見返すと、先生に近づいた。

「先生、こんなところで何してるの？」

みかげ先生はじっとひまりを見下ろしたまま、何も言わずにこにこしている。ひまりは足元をチラッと見た。先生がいつも履いてた淡いグレーの靴。地面についた足がはっきりと見える。大丈夫、やっぱり生きてる。

「どうして学校やめちゃったの？」

みかげ先生は何も言わない。ただ、ゆっくりと首を横に振った。

「でも生きててよかった。学校だと死んだことにされちゃってるよ」

ひまりが笑うと、みかげ先生がまた首を振る。その表情を見て、自分の背中がうっすらと冷たくなったように感じた。

こうやって話をする時、先生はいつも腰を落とし、ひまりの目線に合わせて喋ってくれていた。でも今はずっと真っ直ぐ立ったままだ。

「……なんで喋らないの？」

嫌な感じがして、その場から逃げてしまおうかと思ったその時、ひまりの後ろで靴が地面を擦る音が聞こえた。

「ひ、ひ、ひまりさん？」

ビクッと肩が上がる。振り返るとお兄さんがいた。難しい文章問題を当てられたクラスメイトみたいに口をぱくぱくと動かしている。

「だ、誰と喋ってるの？」

「だれって」

ひまりはもう一度振り返った。みかげ先生は変わらず立っている。みかげ先生です。そう言おうと口を開きかけた時、先生のすぐ隣のお墓の文字が目に入った。

——「御影家之墓」？

いきなり喉を締め付けられたみたいになる。言葉が出てこない。

「そこに誰か人がいるんだね……」

「み、見えてないんですか？」

——やっぱりお化けじゃん！

お兄さんがへっぴり腰で手招きをする。「おいで」

ひまりが震える手を伸ばすと、その手を摑んで勢いよく引き寄せた。こんな状況じゃなければちょっとキュンとしちゃっていたかもしれない。お兄さんはひまりを抱えてじりじりと後ずさりをした。

「なんでこんなにゆっくり」

「せ、背中向けるの怖いから」

みかげ先生はこちらを見つめたまま動かなかった。そうだ、学校でもいつもこんな顔でみんなを見ていたっけ、と思う。遠ざかる先生の姿を見ていると、さっきまでの気味悪さはどこかへいってしまって、代わりになぜか胸が苦しくなった。

先生は、あそこから動けないのかもしれない。

「保護者の人、心配してるんじゃないかな」

「まだお母さん帰ってきてないので。弟も保育園だし」

このお墓の真ん中に建物があるのは知っていたけれど、入ったのは初めてだった。外はパッとしないのに中はびっくりするほどピカピカで、植物もたくさん置いてある。校長室をすごくおしゃれにした感じ。椅子に座って室内を見渡すと気持ちが落ち着いてきた。お兄さんは氷の入ったグラスで宝石みたいな色のぶどうジュースを出してくれた。ひまりは口を付けてそれを飲む。すっぱいのに甘くて、いつも飲んでるジュースとは何かが違った。

「おいしい」

お兄さんがニコッとする。笑うと目じりに皺が寄るらしい。じーっと観察していると、お兄さんはひまりの正面に腰かけた。「知ってる人？」

「え」

「さっき、誰かいたんだよね。僕には見えなかったけど」

まさかこんな風に当たり前みたいに話してくれるとは思わなかった。シュンくんみたいに「きもちわりぃ」って顔をしかめてもおかしくないのに。

「うん、みかげ先生。うちの学校の先生でした」

「そっか、やっぱり」

お兄さんが言うには、ひまりがいたお墓はみかげ先生の家族が代々みんな入ってるところで、つい最近若くして亡くなった一人娘の麻希さん（みかげ先生のことだ）の骨が納められたばかりだったらしい。

「ほんとに死んじゃってたんだ」

「どんな感じだったの？　なにか言われたりした？」

「ううん、なにもしゃべらなくて、ただ笑ってました」

お兄さんが首を傾げる。「笑ってたの？」

「いつもああやって笑うんです。シュンくんが先生のこと『とかげ』って呼んだり、みちなちゃんたちが授業中にトイレに行ったまま帰ってこなかったりした時。笑ってるんだけど悲しそうで、でも……」

うーん。言葉ではうまく言えない。ひまりはランドセルからスケッチブックを取り出した。

お兄さんが覗き込んでくる。

ひまりは、頭の中にある先生を紙の上に描いてみた。隣にお墓があって、足はしっかり地面についていて……。

「こんな感じです」

ささっと描いちゃったからちょっとバランス悪いけど、大体は伝わる出来だ。

「うわぁ。ひまりさんの絵、すごく素敵だね」

「え、あ、ありがとう……ございます」

素敵なんてはじめて言われた。みんな「うまいね」か「すごいね」しか言わないのに。なんだか照れくさい。

「見えないものが一番怖いって本当だね。先生がどんな顔してたのか、よくわかった」

お兄さんはひとつため息をついた。

「この顔はもしかしたら……怒ってるんじゃないかな」

ハッとした。たしかに、みかげ先生はいつも怒っていた。静かに、穏やかに。

シュンくんもみちなちゃんも先生にあの顔をさせるのがそんなに楽しいのか、いつもわざと先生を困らせていた。授業中に大きな音を立てたり、別のクラスに変な噂を流したり。靴の中に虫を入れたりしたこともあった。みかげ先生が担任になって、みんな「ラッキー」だと言っていた。優しいから嬉しい、と。あれは、これで自分たちは好き放題できるという意味だったんだと思う。

先生は初めの頃はとくやんみたいに厳しく注意もしていたけれど、いつからかどんな時もただあの笑顔を浮かべるだけになっていた。

「とかげさ、なんか最近汚くなったよね」

少し前、みちなちゃんたちが教室の後ろで話しているのが聞こえたことがあった。ひまりはひどいなと思ったけれど、同時に納得もした。最初の頃のつやつやできゃぴきゃぴした雰囲気が消えて、いつも疲れた顔をするようになっていたからだ。ひまりはその様子をずっと見ていたけれど、見ていただけだった。「先生は大人だから」とずっと思っていた。

帰り際、少しだけ遠回りして「御影家之墓」に立ち寄った。

「先生、うちのこと怒ってるの？」

夏の夕陽に照らされているみかげ先生に声をかけると、先生はまたなにも言わずゆっくりと首を振るだけだった。

――じゃあなんでうちには先生が見えるの？

2

それから毎朝、ひまりはこれまでと同じようにお墓を通って登校を続けていた。一日一回、遠くからみかげ先生を見る。目が合う時もあれば、ひまりに気付かずに前をじっと見ているだけの時もある。できれば会いたくないけれど、自分の視界から一切外してしまうとそれはそれで落ち着かない。お兄さんが「背中を向けるのが怖い」と言っていた意味がよくわかった。

ちゃんといなくなっているのを確かめたい。その一心だった。唯一信じてくれるお兄さんと話ができる安心感もあると思う。

昨日、お兄さんをモデルにした王子様とお姫様の絵を描いたら、お父さんとお母さんが想像以上に喜んでくれた。

「今までで一番上手じゃないか。お父さんはひまりのこういう絵をもっと見たいな」

「女の子らしくていい絵ね。次はカラフルに塗ってみたらどう？」

正直、いつもの絵に比べると出来はいまいちだと思っていたし、どうして女の子らしいといい絵になるのかはよくわからなかったけれど、二人に褒められて素直に嬉しかった。その絵は数年ぶりにリビングの壁に仲間入りを果たした。

次は絵の具を使ってもっと大きな絵を描こう。お部屋が汚れると怒られるから、ひまりは学校の図工室を借りることにした。

次の日も早起きをしていつも通りみかげ先生の存在を確かめた後、学校へ向かった。図工室の扉を開けると、中で「もっち」が赤ペンを持って丸付けをしていた。

——なんか、懐かしい。

目の前の光景に、不思議な気持ちになった。ホッとするような気分。去年まではよくお昼休みや放課後に図工室を借りていたけれど、最近はずっと来ていなかった。あの頃、ひまりがこうしてドアを開けると、大抵もっちが、たまにみかげ先生が、中にいた。

「もっち先生、おはようございます」

「おはよう。どうしたの、こんな早くから」

「ここで絵を描いてもいいですか？」

持ってきた絵の具を机に置くと、もっちは無言でうなずいて目線を手元に戻した。

望月《もちづき》先生、通称「もっち」は、数年前ひまりが低学年の時に赴任してきた若い男の先生だ。美術大学を卒業したらしく、暇さえあればいつも図工室にいる。ひまりは前に一度「いつもここでなにしてるんですか」と訊いたことがあった。もっちは「職員室より落ち着くだけ」と頭を掻きながら、折れちゃいそうな細い手で机にこびりついた絵の具をごしごしと拭いていた。

ジャー。蛇口をひねって絵の具用のバケツに水をためる。チューブを絞ってパレットにピンクを出すと、ひまりの好きなツンとくる匂いがした。さぁ描こうと絵筆を取った時、もっちが無表情でこっちを見ていることに気が付いた。

「あ、邪魔ですか」

ひまりが隅に移動しようとすると、もっちは「違う違う」と慌てたように手を振った。

「小野木さんがここへ来るの、ずいぶん久しぶりだなと思って」

「今のクラスになってからはみちなちゃんたちと一緒だからです。みちなちゃん、絵を描くより外で遊ぶ方が好きだし、そっちも楽しいので」

半分本当で半分嘘だった。ひまりは外も好きだけど本当は図工室の方が好きだった。みちなちゃんたちを誘おうと考えたこともあったけれど、何度か陰でもっちの服装を「キモい」と言っていたことがあったから、その気がなくなってしまったのだ。

「みちなちゃんたち……ああ、高砂《たかさご》さんと野々宮《ののみや》さんと沼田《ぬまた》さん。高砂さんはたしかにいつも……活発だもんね」

もっちは今日もサイズの大きい個性的な柄シャツを着ているけれど、ひまりはキモいとは思わなかった。すごく似合ってるしオシャレだと思う。でも、みちなちゃんを否定するようなことは言わない方が正解だと知っていたから、ひまりはその度に小さく「かもね」と答えるようにしていた。野々宮さんや沼田さん――レイナちゃんやサエちゃん――はみちなちゃんが何を言っても「だよね」「わかる」と強く同意するけれど、ひまりは自分がそう思わない時はそっと「かもね」と言う。それが自分だけのささやかな決めごとだった。

「小野木さんとってもいい絵を描くから、また来てくれてよかった。もしよければ今度絵を見せてよ」

もっちはそう言うと、手元の作業を再開した。静かな部屋にきゅっきゅっとペンが走る音がする。音が少し長い時は正解、短い時はたぶんペケだ。

――「いい絵」ってどんなのだろう。

やっぱりカラフルでかわいいお姫様かな。ひまりはパレットのピンク色を水で溶かした。ここに赤とか青を足した方が楽しそうではあるけれど、ピンク一色の方がプリンセスっぽい。ひまりはそのままドレスを描きはじめた。

その時、また「きゅっ」ともっちの赤ペンが短く鳴った。

3

――やっちゃった……。

雨の日だった。その日の六時間目、道徳の授業でひまりは失敗をしてしまった。授業は、教科書に書かれた文章を読んでお題について自分の考えを発表するという内容だった。今日のお題は「友達が悪いことをして警察に追われていると知った時、あなたならどうしますか」というようなものだった。

はじめにみちなちゃんが手を挙げた。

「悪いことは悪いと伝えて自首させるべきです。その方が本人のためになるからです。それができないなら本当の友達とは言えないと思います」

それを聞いたシュンくんが「かっけー」とつぶやくと、みんながざわざわとしはじめた。

「しっかりしてる」「さすが」など、感心が混じったざわつきだった。その後は誰も手を挙げたがらず、出席番号が日付と同じという理由で須藤鞠香《すどうまりか》さんが当てられた。須藤さんは勉強も遊びもいつもちょっと面倒くさそうで、常に人と距離を取っている物静かな子だ。

須藤さんがやれやれというように立ち上がり、みんなが聞き耳を立てる。

「わたしは別にどうもしません」

ぼそっとそれだけ言って須藤さんはすぐに座った。少し間があって、シュンくんが今度は「つめてー」と半笑いで言った。またしてもそれが合図のように、みんながざわつき出した。「ないわ」「どうでもいいってこと?」「すどま友達いねえから」など、今度は明らかに否定的な空気が教室中に満ちていた。

その時、ドンッという音が響いた。途端に教室内が静まり返る。

「茶化すな」

こういう時は生徒に任せてじっと隅で見守っていることの多いとくやんが、机を叩いたのだ。珍しいことだった。

「いいか、おまえたちはもっとちゃんと考えなきゃだめだ。横ばかり見るな。そんなことに大事なエネルギーを使うな。今だけは楽な方に逃げないでくれ」

とくやんは真っ直ぐ顔を上げ、全員の表情を順番に見るようにしながらゆっくりと喋った。

それからクラスみんなで討論する流れになった。ただ、表面上はみんな真面目に話してはいたけれど、実際は誰一人須藤さんの意見に言及する人はいなかった。須藤さん自身もまるで興味なさそうに頬杖をついたまま前の椅子をぼーっと眺めていた。

「須藤の意見についてはどう思った?　言語化できるやついるか」

とくやんが何人かの生徒にそう訊いて回る。何人かが一言二言だけ言ってその場を誤魔化した。

「どうもしないなんて、相手のことを考えられてないしひどいと思う」サエちゃんが言った。

「自首させるとか、かばうとか、できることはあるよね。みちなの意見が正解だよ」レイナちゃんが続く。

――正解？

「いつか大事な親友ができればわかるんじゃねえ、須藤も」

最後にシュンくんが須藤さんを慰めるように優しく言い放った。いつもひとりでしか行動しないせいで今回は気の毒にも不正解を選んでしまったけれど、大丈夫、これくらい取り戻せる。そういう、無邪気な侮辱だった。みちなちゃんとその周りの何人かが捨て猫を見るように須藤さんを見ている。

「あのな……」

とくやんが言いかけて、言葉を探すように少し黙った。

ひまりは強く違和感を覚えた。どうしてみんな須藤さんがなにを考えてあの意見を言ったのかをもっと聞こうとしないんだろう。ひまりはそれが聞きたかった。たぶん他には誰も気付いていなかったと思う。それくらいほんのわずか、ひまりは小首を傾げた。その瞬間をとくやんに見られてしまった。

「小野木はどうだ？」

しまったと思ったが遅かった。後ろの席のひまりをみんなが振り返って見る。須藤さんの頭だけが前を向いたままだった。

「ええっと……」

どうしよう。みちなちゃんが澄ました顔でじっと視線を向けているのが視界の端に映った。脳みそがギュイーンと回りはじめる。なにか、なにか無難なことを言わなきゃ。

「うちも、みんなの言う通りだと思います」

言うと、それが当たり前みたいに全員が軽くうなずいて、揃って再び前を向いた。須藤さんは頬杖をついたままだったけれど、さっきより少し俯いていた。とくやんがひまりを見つめたまま、ふうっと息をついた。「そうか、わかっ」

「あっでも」

口が勝手に動いた。やっと終わらせようとしてくれたとくやんの声を遮ってまで、一体自分はなにを言おうとしているんだろう。しかし、言葉を止めることはできなかった。心臓がドキドキする。

須藤さんの後頭部を見た時、なぜか一瞬、暑い中ひとりお墓の前で立っているみかげ先生の姿が思い浮かんだのだ。

「こうしなきゃいけないとか、これが正解とか、そういうのはあんまりあってほしくないかも、ってちょっとだけ思いました。はは」

ひまりの笑い声が教室に空《むな》しく響いた。やってしまった。完全に余計なひと言だ。とくやんだけがひまりを見て軽く笑った。

「それを言っちゃあおしまいだろ〜」

シュンくんがアメリカのテレビドラマみたいに両手を挙げてそう言うと、みんなが笑い出した。空気が緩む。

――よかった、ギリギリセーフ……。

けれど、その時ひまりの耳に入ってきた。ほんの小さな、舌打ちみたいな音だった。

とくやんが手を叩いてみんなを黙らせる。それから「横田《よこた》」と名前を呼んだ。横田はシュンくんの名字だ。

「なにがおしまいなんだ？　なんでそれを言ったらおしまいになるのか教えてくれ」

とくやんの目は、シュンくんを捉えて動かない。

「あ、いえ。冗談でした。さーせん」

シュンくんがぺこりと頭を下げる。その時、授業の終わりを告げるチャイムが鳴った。

「……来週も、その翌週も、その次も、全員でたくさん考えるぞ」

とくやんが目を離してすぐ、シュンくんは隣の子に向かってペロッと舌を出していた。

帰りの会が済み、みんなが次々と教室から出ていく。

――みちなちゃん、怒ってないかな……。

みちなちゃんの席に行こうと落ち着かない気持ちでランドセルを背負うと、シュンくんがすれ違いざまに「ひまじん」と言って去っていった。それに続く形で、こうたくんと大野《おおの》くんが「ひまじーん」「小野木ひまじん」と横切っていった。

久しぶりに言われて反応できなかった。五年生になってすぐの頃、ひまりはクラスで「ひまじん」というあだ名で呼ばれていた。名前をもじっているのもあるし、習い事もクラブ活動もせずいつも絵ばっかり描いているからというのがその由来らしかった。みちなちゃんと仲良くなるにつれて言われなくなっていたけれど、やっぱりさっきの発言がまずかったらしい。

「みちなちゃん、今日はピアノの日だよね。途中まで一緒に帰ろ」

ひまりが気を取り直してみちなちゃんの席に行くと、すでにレイナちゃんとサエちゃんが机を囲んでいた。二人とも何も言わない。みちなちゃんが口を開く。

「あ、ひまり。ほらまだいるよ、すどま」

みちなちゃんがあごで示した方を見ると、荷物を仕舞っている須藤さんがいた。

「私ピアノあるし、今日はすどまと帰りなよ」

ひまりは自分の顔が強張るのがわかった。頭が真っ白になる。

「ご、ごめん、さっきのはそういうつもりじゃなかったんだけど」

「ううん、いいの。でも今日一緒に帰れないのはホントだからさ。須藤さーん」

みちなちゃんが呼び掛けると、須藤さんが仕方なくという感じでこっちを向いた。「……なに？」

「ひまりが今日一緒に帰ってほしいって。お願いできないかな？」

須藤さんは何度かまばたきをして、そのまま少し黙った。と思うと、スタスタと歩み寄ってきた。ひまりたちの前で立ち止まる。

「小野木さん、さっきはありがとう」

「え？　いや」

「私と高砂さんのレベルがあまりに釣り合ってなくて、あのままじゃディベートにならないからって無理してくれたんでしょ」

須藤さんは表情を変えない。こんなにすらすらと話す姿を初めて見た。みちなちゃんがチラッとひまりを見る。みちなちゃんは背が高いから、そばに立つとひまりを見下ろすような恰好《かっこう》になる。

「あ、そういえば」

須藤さんが何かを思い出すように手を叩いた。

「前に飼育委員で一緒になった時、小野木さんずっと話してたよね。高砂さんは大人っぽくて頭も良くて可愛いって。あんな風に完璧になりたい〜って。覚えてる？」

須藤さんがじっとひまりの目を見た。近くで見ると、長くて綺麗なまつげだった。

ひまりは一度、こくりとうなずいた。

「……うん、覚えてる」

「その時思ったんだよね。小野木さんってほんとに心から高砂さんのことが好きなんだなって。羨ましいよ。仲良しっていいね」

須藤さんは柔らかい口調でそう言うと「じゃあまた明日ね」とそのまま教室を出ていった。

みちなちゃんは去っていくその背中を横目で見送った後、ひまりの方に向き直った。

「ねえ、そういうのさ、直接言ってくれればいいのに」

明らかにさっきまでとは表情が変わっていた。わかってる。決して本気で喜んでいるわけじゃない。今の話で今日のことは一応帳消しにしてあげる、という許しの合図だった。

「いやあ、なんか恥ずかしくって」

ひまりは笑って鼻の頭をぽりぽりと掻いた。動揺しているのがバレないように。

「てか、すどまってあんなに早口で喋るんだ」

みちなちゃんが整った眉毛を大きく上げて「なんか怖くなかった？」と言った。レイナちゃんとサエちゃんが「ね」「怖かった」とすかさず相槌を打つ。

「ね？」みちなちゃんがひまりを見た。

ひまりは、小さく「……うん」と答えた。

「あ、ねえねえ。ひまりすっごい絵上手だからさ、今度私の絵描いてくれない？　綺麗なドレス姿がいいな。いい感じだったらアプリのアイコンにもするし。お願いっ」

「うん、いいよ。でもうまく描けるかなぁ」

結局その日はみちなちゃんのピアノの時間まで四人で教室に残ってお喋りをした。雨音を聞きながら、もうすぐはじまる夏休みは一緒にお祭りに行こうお泊まり会をしようと、みんなでノートに計画を書いた。

ひまりだけがひとつも案を出せなかった。


その夜、ひまりは出された焼き魚を残した。

「なんかおやつでも食べたの」

お母さんが眉間にしわをよせる。好き嫌いも少なくいつもご飯をたくさん食べるひまりがこうして食べ残すのは珍しかった。

「ううん、なんか喉が」

「うそ、骨？」

「たぶん違う」

「風邪引いたかな。どれ」

ひまりのおでこにお母さんの冷たい手のひらが当たる。

「熱はなさそうね。一応クーラー切ろうか」

お母さんがリモコンに手を伸ばすと、弟が「えーあついー」と言った。お母さんが困ったような顔でひまりの方を見た。そんな目でこっちを見なくてもわかってる。

「いいよ、あっちの部屋行くから」

食器をまとめて下げ、普段家族で寝ている和室へ向かった。仰向けで畳に寝転がって目を閉じる。引き戸の向こうでがちゃがちゃと弟が立てる食器の音がする。

「すどまってあんなに早口で喋るんだ。なんか怖くなかった？」

みちなちゃんのはてなは質問じゃない。須藤さんが咄嗟についてくれた嘘がなければ、ひまりは「ひまじん」に戻っていたと思う。

自分が発した小さな「うん」がべったり喉元に張り付いていがいがしていた。


次の日は土曜日だったけれど、いつもより早く目が覚めてしまった。まだ蟬《せみ》も鳴き出さない時間。和室からそっと出ると、冷蔵庫から水を出してごくごく飲んだ。喉のいがいがはマシにはなっていたものの、まだ違和感がある。

ひまりはパジャマ姿のままダイニングの椅子に座り、みちなちゃんに頼まれた似顔絵を描きはじめた。月曜日にすぐ持って行った方が喜んでもらえるだろう。隣にはサエちゃんとレイナちゃんも描いておこう、と考えながら手を動かす。

しばらくして、みんなが起きてきた。弟の希望で、ひまり以外の三人は近所のショッピングモールにヒーローショーを観にいくことにしたらしい。なんとなく「留守番する」とひまりが言うと、すんなり「あ、そう」と言われた。一緒に行こうと強く誘われなかったのは、たぶん風邪気味ということになっていたからだと思う。弟と一緒に出掛けても、ひまりの行きたいところに行けるわけじゃないから別にいい。

「お、今日も描いてるのか」

出がけにお父さんとお母さんがひまりの手元を見て言った。ドレス姿の三人のお姫様がお花畑の中に立っている。

「みちなちゃんだよ」

「友達?」

うなずくと、二人は顔を近づけて絵を覗き込んだ。

「ひまりはどれ?　真ん中の子ではなさそうだけど……右?」

「右はレイナちゃんで左はサエちゃん」

「ひまりはいないんだな」

「みんな可愛くていい絵ね」

また、いい絵。ひまりが口を開きかけると、玄関から弟の急かす声がした。「ねーえー、おそいー！」

二人は「はいはい、今行くから」と立ち上がる。

ガチャリ。外から鍵がかかる音が普段より大きく響いた。

うるさい。ひまりは小さくそうつぶやいた。


みんなが出てしばらくして、ひまりは家を出てお墓に向かった。台所から持ち出した塩を持って。

今日は休みだから人がいつもより多い。線香の匂いが強くした。お墓の並ぶあたりには日差しを遮るものがほとんどなくて、つい顔をしかめてしまうほど眩しい。遠くに黒一色の服を着た人たちが見える。黒は光を吸収するって理科で習った。きっとみんなすごい暑いんだろうな、と思った。

進んでいくと、いつもの場所に、いつものようにしてみかげ先生が立っていた。

前になにかのテレビで、お塩を撒けばお化けは消えるというのを見た。みかげ先生が現れてから、なにかがおかしい。今まで気にならなかったことがなんとなく引っ掛かるようになった。道徳の時だって、一瞬先生のことを思い出したせいであんなことを言ってしまったのだ。ひまりは、このままじゃなにかがよくない方に変わっていきそうな気がしていた。毎日眺めるだけじゃいなくなってくれないなら、自分の手で消すしかない。

ひまりが目の前に立っても、相変わらず先生はなにも言わない。あの笑顔を貼り付けてこちらをじっと見下ろすだけだ。

たぶん怒ってるんじゃないかな。お兄さんの言葉を思い出す。

「先生はなにがしたいの？　なんでうちが怒られるの？」

困ったように細められたたれ目を睨みつけた。先生にいじわるしてたのはみちなちゃんやシュンくんたちなのに。

「身を守るために隠れるのってそんなに悪いことなの」

先生の目がひまりを見返す。なにかを言おうと少し口を開いて、閉じた。そして……いつもみたいにゆっくりと左右に首を振った。

「それやめてよ！」

ひまりは抱えていた袋に手を突っ込むと、塩を摑んで投げつけた。

しかし宙に放り出された塩は先生の身体に当たることはなく、お墓や地面にばらばらと撒き散らされるだけだ。

「どっかいって！　もう出てこないで！」

なんで消えないの。話が違う。ひまりが叫ぶと、周りの人たちがどうしたどうしたとざわつきはじめた。

「ひまりさんっ」

再び手を振りかざしたその時、お兄さんが飛び出してきた。

あっ！　と手を止めようとしたけれど間に合わず、塩がお兄さんの顔面に直撃した。

「イテッ！」

お兄さんはメガネを外して目元を拭った。舌を出している。「……しょっぱい」

「ご、ごめんなさい」

「ちょっとおいで」

お兄さんは周囲の人に「すみません、失礼しました」と頭を下げると、ひまりを連れて端っこの木陰まで移動した。頭上でジジッと蟬が飛んでいく。

「これはつまり悪霊退散ってこと？」

お兄さんはひまりの背中に手を当ててくれた。おかげで少し呼吸が楽になる。

「……あの。前にうちの絵を素敵って言ってくれましたよね」

「うん。素敵だったよ」

「素敵って『いい絵』ってことでしょ？」

「ううん、違うよ」

「え。じゃあいい絵ってなんですか？」

お兄さんは俯いて自分のほっぺたに右手の指を押しつけた。

「そんなのないんじゃないかな」

ひまりはつい「えー」と不満の声を上げた。

「でもみんなよく言ってます」

「それは単に好きだとかすごいとかいう意味だよ。いい悪いなんて本当はない。『私にとっていい』とか『僕にとって悪い』ならあるかもね」

その時、ひまりの頭の中にみちなちゃんと須藤さんの顔が並んで思い浮かんだ。

「じゃあ、『いい人』は？」

「いないと思うよ」

「うそだぁ。悪い人はいるんだから、いい人もいますよね？」

「どうして悪い人はいると思うの？」

どうしてって……。先生もお父さんお母さんもみんな言ってるから。「世の中には悪い人がいるから気を付けなさい」って。ドラマとか漫画にも悪役ってよく出てくるし。犯罪者だって毎日ニュースに出てる。ひまりがそう伝えると、お兄さんは「それは『悪いことを考えてる人』や『悪いことをした人』だよ」と言った。

「え、一緒じゃん」

「例えば、悪いことと良いことをぴったり半分ずつ考えてる人はどうなるのかな。悪い人？普通の人？」

「そんな人……」

「『悪い人』はいると、僕もずっと思ってた。でもね、『悪い人』がどこかに潜んでいるわけじゃなくて、『悪いことを考える人』がどこにでもいるだけなんだと今は思う。確実にいるのは、いい人と悪い人ではなくて、被害者と加害者。確実にあるのは、善意と悪意。悪意はそこら中にある。善意がそこら中にあるのと同じように。ひとりの人間の中でも、全部が混ざってる」

ひまりは納得できず、うーんと唇を噛む。わかるようで、わからない。

「じゃあさ、ひまりさんはいい人？　御影麻希さんはどう？　ひまりさんがさっき塩を投げたのは、御影さんが悪い人だから？」

それは、それだけは違うような気がする。けれど、いきなりそんな難しい質問をされても答えられない。

「みかげ先生は……わかんない。けど、被害者、だと思います」

今度はお兄さんが首を傾げる。「どうしてそう思うの」

「先生が死んじゃったの、たぶんうちのクラスのせいだから。とくやんもお母さんも誰もなにも言わないし、言っちゃいけないみたいになってる。でも、みんなたぶん気付いてます。先生、教室に来るたびに、どんどんおかしくなってった」

ひまりは喋りながら、ハッとした。

「あれ、じゃあやっぱりうちも加害者だ。みちなちゃんとシュンくんと同じ。『悪いことを考えてる人』の近くにいたもん。悪意がすぐそばにあったけど、なにもしなかった。だから先生はうちの前に出てきたんだ。ずっとそのことを怒ってるんだ」

「先生本人がそう言ったの？」

ううん。ひまりが口を開こうとすると、喉がキュウッと狭くなった。じわっと目から涙が滲んでくる。

「だって、先生はなにも言ってくれない。怒ってるのってきいてもただ首を振って、あの顔で笑ってるだけ」

泣きたくない。泣いてしまったら自分が被害者みたいでずるい。そう思ったけれど我慢できない。涙がぽろぽろと零《こぼ》れてしまう。

「先生、なにか言いたいことがあるはずなのに。そのためにうちを選んだはずなのに」

ひまりが言うと、お兄さんは一瞬固まった。びっくりしたような顔をしていたけれど、すぐにひまりの目を見てうなずいた。

「ありがとう。話してくれて」

お兄さんはひまりの頭をぽんぽんと優しく叩いて、ハンカチを渡してくれた。

「大丈夫。僕にはわかる。きっとひまりさんは大丈夫だよ」

そう言ったお兄さんは、お化けを怖がる時とは違ってなんだか堂々としていて、いつもよりほんのちょっと王子様っぽかった。大丈夫なんだと、素直に思えた。

それから少しして、お兄さんが仕事に戻ると言っていなくなると、ひまりは「あれ」と思った。足元に何かが落ちている。さっきまでお兄さんがいた場所だから、ハンカチを取り出す時に落としたのか。

ひまりはしゃがんで、小さな透明の袋を拾い上げた。

——なにこれ？

中には黒い粒みたいなのがひとつだけ入っている。

顔を上げると、お兄さんの背中はまだ遠くに見えていた。追いかけて返しに行こうかと思ったけれど、なんとなく足が動かなかった。ハンカチと一緒に返せばいいやと思ったのもあるけれど、それだけじゃない。

お兄さんはやっぱり王子様ではないかもしれない。むしろ……。後ろ姿を見ていると、そんなことを思った。

4

予定より帰りが遅くなってしまった。焦った気持ちで玄関を開けたものの、家の中はシーンとしていた。部屋中が夏の日差しをたっぷり蓄えてひどく蒸し暑い。ひまりはクーラーもつけずにダイニングに座って、お兄さんが落とした袋を改めて見てみた。中に、折りたたまれた紙が入っている。

手紙かな。お兄さんが書いたやつ？　……見たらダメだよね。そう思いながらも、どうしても好奇心には勝てなかった。さっき見たお兄さんの背中が、頭から離れなかった。

ひまりは紙を取り出して広げた。

「……うるう？」

手書きの文字が並んでたけれど、手紙ではなさそうだった。どういう意味だろう。説明書のようなものだとは理解したけれど、書いてあることが難しくて読んでもよくわからない。

とりあえず中に入っている黒い粒が朝顔の種らしいとわかった。手のひらに載せてみる。一年生の夏休みに学校で育てたっけ。そういえばあの時使った青い鉢植えってまだあるのかな。確かめようと窓を開けてベランダに出る。すると。

——あ。

ちょうどベランダの真下の駐車場に車が到着したところだった。運転席からお父さん、後ろからお母さんと弟が出てくる。みんなすごく笑顔だ。弟は、これだけは自分で持つんだと周りに主張するように、大きな紙袋を大事そうに抱えている。きっとまたねだって何かおもちゃを買ってもらったんだろう。弟は欲しいものを欲しいと真っ直ぐ口に出せる。

ひまりはそっと窓を閉めた。別に大した意味はない。ただなんとなく、三人が家に帰ってくる瞬間に同じ空間にはいたくないと思った。袋に戻した種をポケットにしまい和室に入ると、そのままゴロンと寝転んで目を閉じた。

「ひまり。晩ごはんできてるよ」

肩を叩かれて目を覚ました。

涼しい風が和室に流れ込み、汗ばんだ首元を冷やす。三人の帰宅直後、どっと賑やかになった部屋の物音を聞いているうちに本当に眠ってしまっていたようだ。すでにみんな食べ終わった後だった。

ちょっとだけ口をつけ、すぐに食事を終わらせた。少し寝たことで頭がすっきりしていた。このままみちなちゃんたちの絵を仕上げてしまおう。汚して怒られるかもしれないけれど、さっきベランダから見た三人の様子を思い出すと、そんなことはどうでもいいと思った。

内側が三分割された絵の具用バケツに水を張り、絵の続きに取りかかった。みちなちゃんは濃いピンク。レイナちゃんは薄いピンク。サエちゃんは水色。三者三様のドレスを着たお姫様がお城のお花畑で微笑んでいる美しい光景。

――よし。後は周りの花を塗って……。

これなら絶対喜んでくれる。ひまりが筆先で置くように色を載せていると、お風呂上がりの弟が後ろから手を出してきた。「この色ださい」

　弟が指さしたのは今まさに色塗り途中のお花畑だった。ドレス姿の三人が引き立つように
と、あえて選んだ紫色だった。

「これ？　きれいでしょ」

　弟は濡れた髪のまま、「えー」と不満げな声を出す。「ださいもーん」

「ださくないよ！」

「なになに」

　お母さんが「どうしたの」と近づいてくる。

「ああ。お花はやっぱり赤かしらね。ほら、バラとかチューリップのイメージがあるから」

　お母さんはそう言うと、「まだそれ描くならお父さんに先に入ってもらうね」と言い残して
洗面所に戻っていった。

「ほらーださいじゃん」

　弟は笑うと、走ってお母さんの後を追いかけていった。

　――バラだってチューリップだって、赤以外にもたくさんあるのに。

　ひまりは無言で絵筆をバケツにつっこんだ。先に水の底に沈んでいたピンクや水色と混ざら
ないように、まだ水がきれいなエリアを使った。最後まで使われなかった紫がかわいそうな気
がした。絵の具が筆から染み出してじわりと水中に解かれる。新たに真っ赤なチューブを絞る
と、それを紫の上に重ねるように塗りつぶしていった。

　やっぱり周りの赤がうるさい。改めて出来上がった絵の全体を見て、これまでで一番ひどい

絵だと思ったけれど、とにかくこれで完成だ。自分を納得させ顔を上げると、もう日付が変わる時間だった。

——早くお風呂入らなきゃ。

夕方寝てしまったせいで全く眠くない。お母さんは弟を寝かしつけるために布団に入ったまま出てこないから、きっと一緒に寝てしまったんだろう。お父さんもソファで寝落ちしてしまっている。

ひとまず片付けを後回しにし、脱衣所で服を脱ごうとした瞬間、ふと思った。

——なんで、絵を描いてたんだっけ。

どうして今そんなことを思ったのかわからないけれど、なんとなく胸の中がさみしい感じがした。絵を描くのが楽しくないのははじめてだった。

その時、なにかが手に触れた。ポケットに入れたままだった朝顔の種だ。

「大丈夫。僕にはわかる。きっとひまりさんは大丈夫だよ」

お兄さんの柔らかい声、背中をさすってくれた手のひらの感覚。

ひまりは、中に入っていた説明書をもう一度読み返した。最後は書きかけみたいだし、細かいことはやっぱりわからないけれど、とにかく書いている通りにやってみよう。きっとお兄さんは許してくれる。

三つの材料。植物を育てると思うと面倒だけれど、作品をつくると考えればワクワクする。あれとあれを組み合わせたらどうなるだろう。こういうことを考えるのがひまりは好きだった。常識的なものじゃなくていいと書いてあるのが嬉しい。

——感情が宿ったもの。

だったらと、まずは絵に関係するものにしようと決めた。脱衣所を出て、置きっぱなしにしていたパレットを手に持つ。

いつもなんとなくこの広いところは避けて一番小さなスペースばかりを使っていたから、汚れ方に偏りがある。朝顔が悲しい思いをしないように、綺麗で広々とした場所を「鉢」にしよう。

机には、先ほど描き終えたばかりのみちなちゃんたちの絵がある。改めて見る。色も変だ。自分もいない。これを自分の絵だと思いたくない。

ひまりは思い切って、それをビリビリと破った。どんどん細かく刻んでいって、色とりどりの紙の屑《くず》に変えていく。パレットの一番広いエリアに朝顔の種を置いてから、種を覆い隠すように紙吹雪の「土」で山を作った。

——あとは、「水」。

ひまりはバケツを摑んだ。

ドバッと溢れてしまわないよう気を付けながら、ゆっくりと傾ける。

「ごめんね」

花になれなかった紫。使うなら、一度は洗い落としてしまったこの色がよかった。紫色が薄く溶け出した色水を、紙吹雪の上にほんの少し垂らした。じわっと、カラフルな紙を濡らして広がっていく。

ひまりはお風呂にも入らず、そのままパレットごと枕元に置いてタオルケットをかぶった。

カチッ……カチッ……。

＊

どこか遠くで時計が鳴っている。

ひまりは学校の図工室にいた。普段は隣の席にいる人と向かい合って座っている。目の前にいるのはシュンくんだ。手元には絵の具セットが広げられている。

頭がぼんやりしていて、状況がつかめない。過去の追体験って書いてあったけれど、これは夢とは違うのだろうか。全身が自分のものじゃないみたいな不思議な感じだ。ひまりはその感覚を久しぶりだと思った。

まだ小学校に入る前。ひまりがテレビを観ているお父さんの膝に座ると、お父さんは流れてくる音楽やセリフにあわせてひまりの手足に勝手にダンスをさせたり、アクションの真似をさせたりして遊んでくれた。お母さんがそれを見て笑うのが嬉しくて、ひまりも大笑いしながら身を任せていた。今は弟がよく同じことをやっている。

この夢のどこかで、一秒が「挿入」される。たった一秒だから、見逃さないように気を付けなきゃ。そんなことを考えていると、向こうに人影が見えた。

――みかげ先生……。

目の下にクマがないし、髪もぼさぼさじゃない。服にしわもない。

先生が笑う。こんな顔、しばらくしてなかった。ひまりはその顔を見て、これは先生が担任になってすぐの記憶だとわかった。あの頃はまだ先生は、なんというかシャキッとしていた。

「じゃあみんな好きな色を塗ってみて。なんでもいいよ」

先生が言うと、目の前に座っていたシュンくんが筆を摑んだ。

「俺きいろにしよっと」

シュンくんの手元には紙ねんどでできた「三角形」がある。

クラス替えがあってすぐ、紙ねんどで「かたち」を作る図工の授業があった。好きな図形の立体を作って、乾いてから好きな色で塗るだけの簡単な課題だった。

「なにそれ、へんなの」

シュンくんが指をさした。その声に反応して、後ろからみちなちゃんが覗き込んでくる。

「あはは。それじゃすぐ倒れるじゃん。失敗したの？」

みちなちゃんがひまりの「平行四辺形」を指でつっつくと、乾いて軽くなったそれは簡単に倒れた。

「え、あ……そうかも」

ひまりの口が勝手に答える。不安定に歪《ゆが》んでるのが面白くて、ひまりはあえてこの形を作ったのだけれど、みんなからは失敗に見えるんだと驚いた記憶がある。シュンくんとみちなちゃんは目を合わせてくすっと笑い、自分の作業に戻る。

「あれ、小野木さん。どうしたの」

ひまりが倒れた平行四辺形をぼーっと見つめていると、歩いて回っていたみかげ先生が声を掛けてきた。

「何色にしようか迷っちゃって」

そう答えるひまりを、今のひまりが離れて見ている。

先生がしゃがんで膝をつく。みかげ先生は生徒と話す時はいつもこうしてくれていた。どんなに綺麗なスカートを穿いている日も。

「好きな色はある？」

あの平行四辺形はあんまり気に入らなかったからすぐに捨ててしまったけれど、たしか最後は水色を選んだはずだった。心の中で「窓」とタイトルをつけた。紙ねんどの素材を活《い》かして色を塗らないところも作って、まだら模様で雲を表現したのだ。

「好きな色、別にないんです。おかしいですよね」

みかげ先生は首を振った。「おかしくないよ」

その時、ひまりの視界で何かがキラッと光った。

それは図工室の窓にぶら下がっていた、紫っぽいガラスの風鈴だった。風鈴は窓から入った昼下がりの日差しを折り曲げて、床に小さく透きとおる影を浮かび上がらせていた。その影が風に吹かれてゆらゆらと揺れる。本体の紫色が少しだけ移ってしまったような、そんな色の影だった。

「あれ」

ひまりの左人差し指がそれを差す。すると、自分の手首に朝顔が巻き付いているのが目に入った。朝顔が、床の影とちょうど隣り合った。ふたつは同じ色をしていた。すごくきれいだった。

「色じゃないですけど、ああいうのが好きです。ああいう、光が好きです」

みかげ先生はたれた目を細めて、口を開こうとした。その時。

「ポエムかよ」

誰かがつぶやいた。すぐに周りから「ぶふっ」と噴き出すような声が聞こえる。「ひまじん」という声も続いて聞こえた。二度目なのに、やっぱり嫌な気持ちになった。

「今言ったの、誰かな」

みかげ先生は立ち上がった。周りのみんなはさっと視線を下げた。

「あのね、色って光なのよ」

小野木さんはむしろ本質をついてるんだよ。先生はそう言ってくれたけれど、特に空気は変わらなかった。それどころか先生ごとクスクスと笑うような雰囲気になってしまった。シュンくんも、みちなちゃんも、他にも何人か肩を揺らしてる人がいた。話している内容の正しさは関係ないのだ。ひまりは「ひまじん」で、みかげ先生は「ラッキー」だから。

カチカチという音が、だんだん大きくなってくる。

先生はひとつため息をつくと、もう一度しゃがんだ。俯いているひまりの耳元にささやいた。

「明日の放課後、ここに来てくれる？」

よく覚えていた。先生はそう言って授業に戻ったのだ。けれどひまりは視線を下げたままそれには答えなかった。

その直後だった。

カチッ。

ひまりは、きた、と思った。束の間、時が止まったような錯覚に陥った。うるさかった時計の音が、一秒間だけ止まったのだ。

その一秒間、他の音は一切途絶えていたのに、ひまりの耳が確かにひとつだけ音色を拾った。

ちりりん。

風鈴が揺れる音。ひまりの身体が、それに反射してぱっと顔を上げた。そして……。

みかげ先生の顔が目に入った。先生は、あの貼り付けたような笑みを浮かべていた。

ぞっとした。

カチッ……カチッ……。あっという間のことで、すぐに時計の音とがやがやした教室の物音が戻ってくる。時計の音は、今度はフェードアウトするようにゆっくりボリュームを下げていく。

この次の日、ひまりは図工室に行かなかった。なんとなく行ったら最後、本当にこの先ずっと「ひまじん」になってしまうようで怖かったから。

——でも。今の先生の顔。

記憶にはない一秒間。先生があの表情をしはじめたのは、もっと後のことだと思っていた。

——先生は、ずっと怒ってたんだ。

図工室を訪ねればよかった。先生が、どんな言葉をかけてくれるつもりだったのか確かめたかった。過去は変えられなくてもいい。せめて、先生の声をもう少し聞いていたい。先生の姿を見ていたい。

机に置かれた自分の手が見えた。手首に巻き付いたきれいな紫色の朝顔……。

――うそっ⁉

その花がいつの間にかすっかりしぼんでしまっている。動物が夜身体を丸めて眠るように、そうなるのが当たり前みたいに。

カチッ………カチッ………。まだかすかに聞こえていた時計の音が、今にも消えてしまいそうだ。

――もう時間切れ？　いやだ、まだ。まって！

ひまりの意識が叫んでも、体はぴくりとも動いてくれない。そのまま、ぷつりと意識が途切れた。

＊　＊　＊　＊　＊　＊　＊　＊　＊

5

「ううん……」

上半身を起こすとタオルケットが足元で丸まっていた。

家族はまだみんな眠っている。押し入れ側を向いたお母さんの背中。部屋の奥では、ソファで寝ていたはずのお父さんも大きくいびきをかいていた。弟もすぅすぅと寝息を立てている。

みんなは今どんな夢を見ているのかな。そんなことを思った。

そうだ、と身をひねって枕元を見ると、紙屑を載せたパレットがそのまま置かれていた。明るいところではすごくふざけた作品に見えて、ひまりはほんの少し笑ってしまった。

上から覗き込んだ時、あることに気が付いた。

——なにこれ？


休みの学校は意外とにぎやかだった。グラウンドでは少年野球チームが練習をしていて、元気な声が聞こえる。フェンス越しに見ていると、汗を拭っていた隣のクラスのやまとくんと目が合った。やまとくんは「おお、小野木も来てたのか！　えらいな」と白い歯を見せた。

ひまりは「なにが？」と思ったが、爽やかに言われて悪い気はしなかったので、とりあえず笑って返しておいた。

校舎は朝から開放されているみたいだった。習い事をしていないひまりには空気自体が新鮮で、なんだか気持ちよかった。日差しを受けてきらきらした廊下を進む。

ちりりん。またあの音がした。図工室のドアが少し開いている。隙間から中を覗くと、紫の風鈴が揺れていた。もっちが窓辺に立ってじっと外を見ている。迷ったけれど、ひまりはノックして中に入った。

「あれ、どうしたの。今日お休みだよ」

「先生こそ」

ひまりが言うと、もっちは「家より落ち着くだけ」と頭を掻いた。

「わざわざ絵を描きにきたの？　熱心だね」

「いえ、違います」

じゃあなんで、ともっちが首を傾げる。

「実は、みかげ先生に言われてたんです。ここへ来てって、ずいぶん前に。忘れたふりをしているうちに、ほんとに忘れちゃってました」

「え、いつ？」

ひまりは窓辺を指差した。「あの風鈴」

「風鈴？」

「あれがはじめてここに飾られた日です」

小さく眉をひそめてから、もっちは視線を左上に動かした。そしてハッと顔を上げ、ほっとしたみたいに息を吐いた。

「そっか、小野木さんのためだったんだね」

なるほど、そうだったのか。もっちは一人で納得している。

「ちょっと待ってて」

そう言って隣の準備室に入ったと思うと、ピアニカくらいある大きな木の箱を持って出てきた。

「僕もね、あの風鈴を吊《つ》るした日に麻希さんに言われたんだ」

麻希さん？　ポカンとするひまりをよそにもっちは箱を開けた。ひまりは近づいて、中を覗き込んだ。

——わぁ、きれい。

大げさではなく、一瞬、虹を見たと思った。ぴしっと並んだ色とりどりのチューブ。中に入っていたのは絵の具だった。

もっちが椅子に腰かけ、ゆっくりと話し出した。

「ここね、もともとは麻希さんのお気に入りの場所だったんだ。途中から僕がお邪魔するようになったけど、麻希さんは拒まなかった。仕事も山ほどしたし、仕事以外の話もたくさんした。けれど段々、僕がひとりで使う時間が増えた」

そういえば、よくみかげ先生の姿も見かけた。段々図工室に来られなくなった理由はきっと、いや、間違いなく自分たちが先生を追い詰めていたからだ。

「まだ麻希さんがその……元気だった頃。言われたことがあった」

もっちが窓辺に目をやる。

「『画材屋さんに連れていってほしい』って。旅行のお土産にあの風鈴をくれた日だったからよく覚えてる。思いつめたような顔をしてたしね」

もっちは美大出身で絵を描く道具に詳しいからだ。

「絵の具がほしいって言うから、授業に使うのって訊いたら違うけどとにかく必要だからって。『色を塗るためじゃなくて、光を描くためにあるような絵の具がいい』って」

「光……」

「これは水彩絵の具でね、小野木さんたちが授業で使っているものとはちょっと違う。光をうまく捉えないと描きたいものが描けない」

光が好き。いつの間にかその気持ちもどこかに閉じ込めてしまっていた。自分の好きが好きな自分を、嫌いになっていた。

「麻希さんがいなくなってしばらくして、準備室でこの絵の具を見つけた。封はまだ開いてなかった。おかしいなってずっと思ってたんだよね」

「どうしてみかげ先生はただずっと置いておいたんですか？」

「それはわからない。でもわかる気もする。人は道具を選ぶけど、道具だって人を選ぶんだ。最後に選ばれるのは小野木さん自身であってほしかったんだと思うよ。麻希さんは、御影先生は、立派な先生じゃなかったかもしれないけど、やっぱりいい教師だった」

いい教師。もっちは独り言みたいに言った。「いい教師ってなに」とは今はもう思わなかった。

ひまりはゆっくりと、箱から「紫」のチューブを手に取った。空いた隣のスペースにはまた別の「紫」が入っている。青も赤も緑も、学校のアクリル絵の具とは違って、似た色に見えて別の名前がついたものがたくさん並んでいた。

「こんなにいっぱいあるんですね」

もっちはこくりとうなずいた。「まだまだ、こんな数じゃ済まないよ」

もっちが背中を向ける。二階の窓から見える木々は、夏の日差しを思う存分浴びて大きく伸びをしていた。

「小野木さん次第で無限に増える。混ぜたり溶かしたりしてみて、小野木さんが好きだと思える色を作るといい」

気のせいかもしれないけれど、もっちの声は少し掠れて聞こえた。

「麻希さんも、きっとそんな感じのことを伝えたかったたんじゃないかな。僕にはわからないけれど。結局僕は最後まで麻希さんの理解者に届かなかった」

僕はもうあの子たちの顔を見たいとさえ思えない。もっちが外に向かって放ったそのか細い声は、一斉に鳴く蟬の声にかき消された。

「もっち、みかげ先生に会いにいってあげて」

たぶん、もっちだって行きたくても行けなかったんだ。心のどこかでずっと「加害者」だったから。

「コラ、敬語使うの忘れてるよ」

もっちは子どもみたいに笑った。窓からやわらかい風が吹き込んで、紫の影がちりんと揺れた。


昇降口を出ると、日はすっかり高くなっていた。空にはもくもくと入道雲が湧いている。

ひまりが暑さに顔をしかめた時、グラウンドの奥に須藤さんの姿が見えた。須藤さんはスコップと野菜の入った袋を両手に持って歩いている。なにしてるんだろうと思いかけて、思い当たった。

「あ、うさぎ……？」

あの先には飼育小屋がある。ひまりも須藤さんも、今はもう飼育委員ではないけれど、きっと休みの日はいつもこうして面倒を見に来ているんだろう。そういう足取りだった。

さっき「えらいな」と言った爽やかな笑顔を思い出す。

——やまとくんは毎週、その須藤さんを見ていたんだ。

気付いてくれる人もいる。ひまりは大きく息を吸い込んだ。これからはパレットの一番広いところも目いっぱい使おう。その方がきっともっとむずかしくて、楽しい。

ひまりは、須藤さんの背中に向かって駆け出した。

6

思った通り、みかげ先生はもうお墓にいなかった。いつもの場所にも、その近くにも、どこにも。今までが見間違いだったみたいに、なんの気配もなくなってしまった。

胸がチクリとした。ごめんなさいって、ありがとうって、言えなかった。

——でも。

何回も言おう。遅いかもしれないけど。それでも言いたい。ありがとう、ごめんなさい。

ひまりは「御影家之墓」に向かって頭を下げた。握りっぱなしだった紫のチューブは手の中ですっかりあったまっていた。

ところで。ひまりはきょろきょろと周りを見渡した。

——おかしいな。お兄さんまでいない。

窓からこっそり事務所を覗く。やっぱりいない。外もぐるっと探したのに。もうひとりのおじさんがひとりであくびをしながら仕事しているだけ。

ひまりはポケットの中に手を入れて、ハンカチとビニール袋が入っていることを確かめた。

——まさか、お兄さんもお化けだったとか……？

「よお。ここは子どもが来て楽しいところじゃないぞ」

ひまりはビクッとした。おじさんとばっちり目が合った。

「凪に会いに来たのか？」

おじさんは手を止めて体ごとこちらを向く。そうだ、あのお兄さん、凪さんって言うんだ。

「あいつ、しばらく休み」

なんだ、と肩を落とす。

「伝言あったら連絡しとくけど」

ひまりは視線を下げてもう一度ポケットを見た。

——『うるう』。あの種はきっとすごく大切なものだ。

「あの、伝言ではないんですけど」

ひまりは首をひねるおじさんをよそに続けた。「今すぐ届けたいものがあるんです」

お兄さんは、たぶん王子様じゃない。

第五章

雨粒の種
―*alien*―

庭の隅に、鉢植えが三つ並んでいる。うち二つは青いプラスチック製の安普請で、簡易的な黄色の支柱が刺さっている。残りの一つは種類が違う。シンプルな茶色い丸形の鉢。三つともボロボロで色褪《いろあ》せていて、乾いた土がこびりついている点は共通している。

中央の茶色い鉢で、ひどく美しい青色の蝶が翅を休めていた。

蝶の備える「複眼」では、人間より多くの色が見える。視力では劣るものの、より豊かに、人間では見えなかったものが見えるのだ。

蝶は鉢から離れ、高く舞い上がった。

静謐《せいひつ》に満ちたこの町にもたくさんの色がある。眼下に広がる山の木々や坂道。郵便ポストとガードレール。小さな駅と大きな博物館。その間を縫うように張り巡らされた水路と、古びたダム。

蝶が高度を下げると、ダムの前でひとり立っている女性がいた。明るいサーモンピンクのシャツに白いスラックス。シルバーの耳飾りが真っ直ぐ垂れている。蝶は、その耳飾りに向かって近づいていった。朝の澄んだ空気の中を、ひらひらと不規則に、迷うことなく。

ふと、女性が振り返り、今度は女性の青い瞳が蝶の姿を捉えた。

「モルフォ蝶……?」

驚く女性の手首に青い翅が止まる。女性にただひとつ足りなかった色を蝶が補うかのように、ぴたりとそこに収まった。

女性が顎を引き、鮮やかな翅を見つめる。

「まさか、どうして」

言いかけて、途中で口をつぐむ。肩を震わせ、静かに涙を流した。

1

日置《ひおき》凪《なぎ》は、皿を見下ろしてため息をついた。

食卓には白米、わかめのみそ汁、焼き鮭、だし巻き卵といった模範的かつ理想的な朝食が並んでいる。唯一、この真っ青な茄子《なす》の浅漬けを除いて。

「もう立派なアナウンサーだな」

莞爾《かんじ》さんが咀嚼しながらテレビを箸で指した。彫りの深い目を細める。久瀬《くぜ》莞爾さんは凪の同僚であり同居人、そして古くからの知り合いでもある。家でも「かわたれ」でも四六時中一緒だ。

「まだ学生ですよ」

焼き鮭をつつきながら応じる。またはじまった、と眉をひそめた。昔からの顔なじみということもあり、気兼ねなく話せる数少ない相手だが、莞爾さんはいつも凪のお喋りに乗ってこない。マイペースで人の話を聞いているんだか聞いていないんだかわからないようなところがあった。毎朝観ている番組だというのに、何回かに一回はこうして同じことを言う。

「いやぁ、あの二葉《ふたば》ちゃんとは思えない。堂々としてる」

二葉ちゃんこと楢《なら》二葉は、朝の情報番組内でお天気コーナーを担当している。まだ大学生だが、何人か女性アナウンサーも輩出している芸能プロダクションに所属していて、いわゆるタレントの卵なのだろう。二十一歳。出身は凪と莞爾さんの故郷と同じ町。さらに、凪とは実家が隣同士だ。同じ年に生まれ、幼稚園から高校までを同級生として過ごした。

ある日何気なくテレビを点けると、見覚えのある泣きぼくろがあった。一瞬ぽかんとしたが、すぐに変な声が出たのをよく覚えている。

「この時間帯だと全国の老若男女の評判が必要だろ。すごいと思わないか」

「性格のキツさが画面に出ちゃってるのに、不思議ですね。しかも二葉の担当曜日はよく予報が外れます」

「それは気象予報士の力不足だ。それに、毎朝このチャンネルに合わせてるのはお前だろ」

「この番組がニュースに対して一番客観的なので」

「俺は二葉ちゃんを見るために観てる。訂正。俺も」

すかさず睨んだ凪の視線を莞爾さんは高らかに笑い飛ばして立ち上がった。あっという間に空いた皿をまとめて、大股で古ぼけたシンクへ向かう。

気を取り直して食事を再開する。茄子の浅漬けは鮭の皿の端に載っている。凪が何度苦手だと言っても莞爾さんは「これが大人の味だ」と構わず出してくる。食べ物とは思えないこの青色がどうしても受け付けられない。凪は浅漬けには手をつけず、残った卵焼きを口の中に放り込み、改めて視線をテレビ画面に戻した。

印象的な目元の泣きぼくろ。少し太い眉毛と黒々とした顎までの髪は、小さい頃からずっと変わっていない。変化というと前髪がなくなったくらいだ。四角い枠の中に収められた笑顔だけが、知らない人のものに見えた。

事務所の蛇口をきゅっと締め、凪は如雨露《じょうろ》を傾けた。パキラ、アイビー、ウンベラータ……。室内を一周して、乾いている植物がいれば適量の水を遣っていく。仕事前の日課だ。サーッと水が飛び出す音が鳴る。雨音みたいだな、と耳を澄ます。

——昨日、本当は傘があった。

いつもバッグに仕舞ってある、青い折りたたみ傘だ。

昨日のお昼頃、凪の働く「かわたれ霊園」の管理事務所を一人の女性が雨宿りに訪れた。綿来千晶さんはまめに通ってくれるありがたい方で、よく覚えていた。

目立つことだけは絶対に避けたい、という意志の見える地味な服装に、控えめに肩の上でひとつに結ばれた長い髪。透き通った瞼《まぶた》とスッとした鼻筋が印象的な人だったが、常に少し俯いているため、面と向かって話すまではそのことに気が付かなかった。

凪はその場で貸せる傘がないことを伝えた。それは嘘ではなかった。あの傘は雨を防ぐために持ち歩いているわけではない。それに、昨日通り雨がきても凪は驚かなかった。天気予報で「曇りときどき晴れ」と明言していたのがよく予報を外す二葉だったからだ。

——最後に二葉と連絡を取ったの、いつだっけ。

如雨露を片付けて、事務所の外に出る。

頭上でチーチチと鳥が鳴く。凪は大きく伸びをした。この霊園はとにかく見通しがいい。そこが特に気に入っていた。目の前に整列した墓石は、ある程度規模や格に差はあれど、役割は一律だ。それはいいことだと思う。

そんなことを考えていた時。視界が、青をとらえた。

——……きれいな色。

異様に鮮やかな青い蝶だった。蝶は凪の肩付近を横切って飛んでいく。凪はひらひらと舞うその姿を目で追いかけた。

少し先で、ランドセルを背負った女の子が俯きがちに歩いていた。手には大きなスケッチブックを持っている。蝶はその少女に近づいていき、小さな肩に止まった。

「あ」

つい声を出すと、女の子が顔を上げた。自分が声をかけられたと思ったのだろう。「あ、いえ。おはようございます」

女の子はじっと凪の顔を見つめた後、ぺこりと頭を下げた。

「……おはようございます」

気付くと、蝶はいなくなっていた。

2

凪がまだ泳げなかった頃、水の底は無音の世界だと想像していた。けれど、泳げるようになった今、むしろ逆だと思うようになった。水中は、地上にいる時よりもずっと頭の中がうるさい。

びっしり並んだ結露の向こうに夜が透けている。凪は仕事終わりにいつものプールで泳いでいた。

水面から顔を出し無機質な天井を見つめる。大きく右腕を回す。次は左。今度は右、また左、右……。背泳ぎは自分のつむじの方向にしか進めない。しっかり上を見ていないと、真っ直ぐ進んでいるつもりでも徐々に曲がっていき、意図していなかった場所にたどり着いてしまう。

「にいちゃん、ずいぶん上達したな」

凪が壁にタッチして止まると、隣のコースでアシカのごとく華麗に泳いでいたおじさんが声をかけてきた。

「おかげさまで」

凪は苦笑した。ここに通いはじめて間もない頃、必死にバタついているうちにこのおじさんに頭突きをしてしまったことがあるのだ。おじさんはゴーグルを外し、顔の水滴を気持ちよさそうに手のひらで拭うと、歯を見せた。

「足つくぞって言ってんのに、来る度に溺れてたもんなぁ。ほんとよく頑張ったよ。どっこいしょっと」

おじさんはザバッと水から上がり、「おつかれさん」と足早に脱衣所に消えていった。凪と話すと長くなるとわかっているからだろう。

「……どっこいしょ、の語源ってなんだろう」

——あとで調べよっと。

着替えを済ませて施設の通路を歩いていると、数名の男女が集まって喋っていた。

「片山《かたやま》さんって、ズラじゃない？」

「やっぱり？　俺もプログラム中ずっとおかしいなって思ってた」

「あの年齢であの艶は異常だろ。確定、確定」

「周りから見て不自然でも自分じゃ気が付かないのよ。ほら、ああいうのってエスカレートしていっちゃうから」

——この人たち、まだやってるのか。

一時間ほど前に凪がここを通った際にも、同じメンバーで雑談をしていた。その時は、産休に入るヨガの先生について「あの年齢で出産は遅すぎるんじゃないか」というような会話だった。

すれ違いざま、凪の足が止まる。意に反して、反射的に止まってしまう。

「あの」

頭では余計なことをするなと自分の意識が警告していたが、言葉を止めることができない。自分がここで黙っていられないことは自分が一番よく知っていた。

「みなさんも同じだと思いますよ」

そこにいた一同が「は？」と凪を見る。

「いえ、あの。エスカレートの話なんですけど」

四人組のうち一人が「なにが？」と眉間にしわを寄せる。

「エスカレーターってあるじゃないですか。動く階段。あれ、僕ずっと『エスカレート』っていう言葉から付けられた名称だと思い込んでたんですよ。違うって知ってました？」

一同が困惑気味に首を傾げる。「いや……」

「実際は『梯子《はしご》で登る』という意味の『エスカレード』という単語に、当時すでにあったエレベーターを組み合わせた造語らしいです。日本人がよく使う『エスカレート』が、逆にエスカレーターから派生した言葉なんだそうです」

「へえ……で？　なにが言いたいんだ」

「不思議だと思いませんか？　だって、エスカレーターって、上るだけじゃなくて、下るためのものでもありますよね。だんだん良くなる、とか、徐々に落ち着く、みたいな意味で使ってもよさそうなのに。よくない意味ばかりで使われる」

「別に不思議じゃないわ。そう決まってるからでしょ」

「いいえ、誰も決めてません。ある意味、みなさんがそうしたんです。使う側がそういう風に言葉を扱うから、そうなっていくんです」

凪以外の全員がぽかんとする。凪はズレたメガネを直して目の前の女性を見据えた。

「先ほど、自分一人じゃエスカレートしていることに気が付けないっておっしゃってましたよね」

女性の表情には明確な敵意が宿る。「言ったけど」

「僕は、むしろ集団でいる時ほど、エスカレートに気付けないと思います。ちょうど今のみなさんのように」

凪は黙っている四人をあえて意に介さず、続けた。「みなさんは四人もいるのに、誰か一人でも下りのエスカレーターに乗り換えようと言えない」

いつの間にか右手の指を自分の右頬に押し付けていることを自覚した。考えながら喋る時にいつも出てしまう癖だ。

「出産にしても、カツラにしても。人が何かを守ったり何かを獲得しようとしたりしているのを、寄ってたかって好き勝手言うのは野暮です。僕は、人といる時こそ客観的でいたいです。みなさんも、せめて場所くらい変えた方がいいと思います」

凪はここまで一気に喋ってから、ひとつ息をついた。

「口を挟んでしまった僕も野暮なんですけど……。お互い気を付けましょう。では、お邪魔しました」

凪は踵を返し、その場から立ち去った。後ろで男性が「おい待て」と語気を強めたが、別の女性がそれを制した。

「あの子、いつもああしてよくわからないこと言って回ってるおかしな子よ。無視、無視」

歩き去って角を曲がった途端、凪は肩を落とした。

——どうしても、藍原《あいはら》さんみたいには話せない。

たくさん喋ると、その分たくさん反省することになる。そしてまた、反省のために使う言葉が増えるのだ。けれど後悔はしていなかった。他人への偏見や嘲笑には何の価値もない。そういうものに対しては敏感すぎるくらいでいいようと、あの日以来決めている。

グッズが大量に入った大きな紙袋に手を突っ込み、ガサゴソと物色する。「莞爾さん、はい。お土産です」

莞爾さんは半分閉じた目でそれを受け取った。ものすごく眠そうだ。莞爾さんは今朝、最近凝っている「友だち百人チャレンジ」の一環で、早朝のゴミ拾いに参加してきたらしい。その名の通り友人を百人作る個人活動で、他にも地域のボランティアやクラブ活動にちょこちょこと顔を出して回っている。今は進捗三割ほどだという。その先に一体なにを見ているのかまでは凪は知らない。

「また美術館いったの？」

「ガイドさんの解説ツアーに参加してみました」

莞爾さんは凪が渡したマグネットの封を開け、しげしげと眺めた。

「このリンゴ、綺麗だけどあんまり旨そうじゃないな。まだ熟れてないのか？」

買う相手を間違えたと頭を抱える凪に気付く様子もなく、莞爾さんはそれをバチンと冷蔵庫に貼り付けた。冷蔵庫の格が上がったと誇らしげに腕を組んでいる。

「うちの近所にもあったよな。でっかい博物館。子どもの頃、暇さえあればあそこに連れていかれてうんざりしてたんだよ」

「博物館は美術館とはまた別物ですよ」

「そういや、草平《そうへい》は結構楽しそうにしてた気がするな」

久瀬草平は莞爾さんの弟で、凪の中高の同級生だ。帰宅部で図書委員の凪と、野球部で生徒会の草平。凪とは共通項がほとんどなかったが、なぜか波長が合った。頻繁に一緒に遊ぶというほどの仲ではないが、学校ではなんとなく一緒に行動することが多く、長期休みに入ると久瀬家に泊まりにいくこともあった。お互いにどこか他人に対して一線を引いているようなところがあって、その距離の長さがちょうどシーソーの上で釣り合っている。そんな関係性だった。草平は実家が経営している地元のバッティングセンターを継いで、農業の手伝いなどもしているらしい。凪が今その兄である莞爾さんと一緒に暮らしているのも、元は草平の提案だ。

「草平は今も行ったりしてんのかな。あの博物館」

あの建物を思い出す時は決まって雨の記憶になる。藍原さんの透き通った声が、雨音でかき消される。

凪は自室に戻り、透明の袋を手に取った。小さく折りたたまれたメモと、半月形の黒い粒が入っている。かつて藍原さんにもらった『うるう』の種は、一見なんの変哲もない朝顔の種だ。はじめは十粒あったが、今は四粒しか残っていない。

いつだったか、六度目に植えてみた『うるうの朝顔』は、またしても花を開かなかった。毎回、まどろむ意識の中で朝顔が消える夢だけを見た。芽を出し、蔓を伸ばすが、最後までは開かない。翌朝になると失敗作となった数々の「土」と「器」だけが無惨に残され、種自体は消えてしまっている。

花が咲かない種を、種と呼んでいいのか。やり方が違うのかもしれないが、三つの材料など思いつくものはもうすべて試した。そもそも『うるうの朝顔』など単なる荒唐無稽な言い伝えで、信じている凪が愚かなだけかもしれない。

——あれは嘘だったのだろうか。

脳裏に藍原さんの控えめな笑顔がよぎる。彼女がそんな嘘をつく方が、凪にとっては到底信じられないことだった。

——それなら、どうして開かないのだろう。

その時、コンコンとドアがノックされた。

凪は種をポケットに隠す。「どうぞ」

「そろそろだぞ。来月のシフト」

ドアの向こうで莞爾さんの声がする。

「あ、すみません。すっかり忘れてました。けど、来月もお任せします」

いつも通りそう答えたが、莞爾さんの応答はない。じっとドアの前に立っている気配だけがある。「……莞爾さん？」

「最近、草平とは連絡とってるのか」

莞爾さんは決して中に入ってこようとはしない。

「まぁ、ぼちぼちです」

どうしてそんなこと、と思いながら凪は答えた。草平はこまめに連絡をくれていたが、何度かラリーが続く程度で取り立てて話すほどのやりとりはなかった。

「そうか。シフトな、提出期限延長してやるから、たまには自分で考えて出せ」

それだけ言うと、足音は遠ざかっていった。その冷たい声色に困惑したが、確かにいつも任せすぎていたかもしれないと思い直した。よかれと思ってのこととはいえ、ある程度休みの希望がないと組みづらいのかもしれない。

ふと、ポケットの種に手が触れる。そこではたと気づいた。

——来月はもう七月か。

だから莞爾さんはああ言ったのだ。来月の半ばには、藍原さんの命日がある。

＊　＊　＊　＊

3

園内を掃除していた凪がため息をつくと、一匹の猫が寄ってきた。最近姿を見せるようになったベージュの野良猫だ。

猫は目を細めて凪の顔を見つめていたが、ふと意中の白猫の姿を見つけると、ダッと身を翻して駆けていった。

あの種を寝起きする場所に置いておくから使いたくなるのだと、凪は今日袋ごと霊園まで持ってきた。いくら役に立たないお守りみたいなものだとしても、藍原さんが遺《のこ》したものを捨てることはできない。凪は種をデスクの引き出しに仕舞った。

「関東が梅雨入りして半月ほどが経過しました」

今朝の天気予報で二葉が言っていた。あとひと月もすればあっという間に蟬が鳴き出し、カンカン照りの日々となるだろう。藍原さんのいない夏が、また始まるのだ。

初めて藍原さんを連れてきたのは、草平だった。凪、二葉、草平はそれぞれ別のクラスにいた。

「紹介したいクラスメイトがいるから週末うちに来てくれ。二人と気が合うと思う」

ある日草平からそんな誘いがあり、凪と二葉は顔を見合わせた。

当日、凪は草平の自宅の前で自転車にまたがり待っていた。到着して十分経っても、誰も姿を現さない。暇を持て余してペダルを後ろ向きにガチャガチャと漕いでいると、窓が開いて草平のお母さんが顔を出した。

「あら、凪くん。草平待ってるの？　あの子ずいぶん前に出たわよ」

うちに来てくれって、まさか。凪は口を尖らせてバッティングセンターへ向かった。

建物が見えてくると同時に、カーンッと気持ちの良い音が聞こえてくる。少しして、ボールがネットを擦り、シュルシュルと音を立てて落ちた。

――この打球。二葉が打ってるな。

中に入ると、案の定二葉が打席に入っていた。「高速」と表示された左打席で、堂々とした構えから鋭いライナー性の打球を飛ばしている。相変わらず運動神経が抜群だ。目を奪われていると、二葉が凪を一瞥した。

「おせーよ、遅刻魔」

「いや、五分前には久瀬家にいた。これは遅刻とは言わない。というか僕は別に遅刻魔じゃない」

「草平ー。遅刻魔がきたよー」

凪の言葉を無視し、二葉は奥に向かって叫んだ。つられて奥を見ると、「低速」打席の後ろに草平が立っているのが見えた。

草平は凪に気づくと、「よっ」と軽く手を挙げた。

「あのさ、『うち』って言ったら自宅でしょ」

その時、バンッとボールがネットにぶつかって、ようやくもう一人知らない女性が打席に入っているのに気が付いた。

女性は、明るい青のワンピースを着ていた。肌は黒い。細く長い手足がバットを振ると、豊かなストレートヘアが跳ねる。彼女の構えは明らかに不慣れで、バットを握る手も上下逆になっている。

「うわ〜!」

ひどく重そうに空振りをした。タイミングも見当違いだ。

「あれ、もう終わりか。楽しかったぁ」

「楽しかった……?」

女性がネットをくぐって打席から出てくる。草平が、「これが例の」という目で凪にうなずいた。


普段から人をよく見ている草平が言うだけあって、三人はすぐに意気投合した。藍原さんと二葉に至っては数日後にはお互いを「あーちゃん」「ふたちゃん」と呼び合うほどだった。

凪と二葉は腐れ縁。冗談やいがみ合いのプロレスをしながらでないと会話を進められない間柄だったが、物腰の柔らかい藍原さんは二葉の激しさみたいなものや凪のややこしさみたいなものをうまく中和してくれていた。

二葉はバスケ部と陸上部を掛け持ちしていたこともあり、ともに帰宅部の凪と藍原さんが空いた時間を二人で過ごすことも増えた。

藍原さんの家は高校の近くの喫茶店だった。店内には植物や新聞、漫画などがたくさん置いてあるが、いつもスッキリ整理整頓されているお店だった。店主である藍原さんのお父さんは物静かな人で、いつもニコニコと店内を掃除して回っている。

藍原さんのお母さんは、町の大きな博物館で学芸員として働いていた。その博物館は実は全国でも有数の貴重な資料を多く所蔵している施設らしく、藍原さんのお母さんもそこで働くために遥々この町へ来たそうだ。お母さんゆずりなのか、藍原さんも知的好奇心が強くて賢い人だった。

「パフェの語源はパーフェクトって意味らしいよ」

「とうもろこしの粒つぶは絶対偶数なんだって」

「コアラはユーカリの毒のせいで一日寝てるって知ってた?」

藍原さんはよくそういう豆知識を織り交ぜながら話した。ただ、照れくさくなるのか言った後は決まって「本で読んだことだけど」と付け加える。楽しそうに喋ったかと思うと、気が付けば聞き役に回っていて、諭すようなことも言わず中身のない相槌も打たず、お父さんと同じニコニコ顔で「うんうん」と話を聞いているのだった。

凪と藍原さんは放課後によく喫茶店で喋って時間をつぶした。とりとめない話をしているうちに日が暮れる。店内にカランカランとベルが響いたかと思うと、部活帰りの二葉が入ってくるというのがおなじみの流れだった。

「つかれたー」

席に着くやいなや、二葉がバッグも四肢も投げ出す。大概はこの後に「ちくしょー」と続いて、顧問や先輩部員に対する不平不満が始まる。顧問が気に入らない部員を一時間も怒鳴りつけたとか、先輩が自分より上手い後輩の陰口を叩いていたとか、そういう話だ。二葉は曲がったことは決して受け入れない。ごくたまに機嫌がいい時もあり、そういう時は入ってくる表情だけで一目瞭然だった。ドアについたベルの鳴り方さえいつもより明るく聞こえた。

「ねえあーちゃん、聞いて」

「なあに？　ふたちゃん」

二葉が嬉しそうに投げかけて、藍原さんもまた楽しそうに応じる。

「また先輩を紅白戦でコテンパンにしたの？」

凪が口を挟むと二葉は「フンッ」とそっぽを向く。

「別にあんたは聞かなくていい」

「聞きたくなくても聞こえるんだけど」

そんなやりとりをしていると、カウンターの奥から藍原さんのお父さんが「なにか食べていく？」と声を掛けてくれる。

凪が遠慮しようと挙げた手を二葉が無理やり下ろす。

「ナポリタン！　大盛りで！」

「わたしもー」

もし記憶が一冊のアルバムのようになっているなら、凪はここに栞《しおり》を挟んでいると思う。あの時間にはもう、いくら戻りたくても戻れない。

——唯一、『うるう』を除いては。

ズレを正す。「ズレ」。藍原さんがもういないこと以上のズレがあるか。それは凪にとっての、いや、この世界にとってのズレじゃないか。凪はそう考えてすらいた。

あの朝顔がうまく咲けば、もしかしたら奇跡が起きて彼女は戻ってくるかもしれない。どうせ荒唐無稽なおとぎ話なら、それくらい望んだっていいだろう。

4

午後、綿来さんが事務所を訪ねてきた。この間凪が渡したお茶のお礼にと、チョコレートを持ってきてくれたのだ。かえって気を遣わせてしまったと恐縮したが、綿来さんの俯いた表情がいつもより曇っているようで気になった。

「チョコレートって、昔は薬だったらしいですよ」

それは、いつだったか藍原さんが教えてくれたことだった。しばらくすると綿来さんが、亡くなったお母さんの話を切り出した。凪の目の前でたまたま表面張力が尽きる最後の一滴が落ちた。そんな様子だった。

束の間、莞爾さんが戻ってきた。お願いされていた仕事の資料を取りにきたのだ。資料はたしか引き出しに……。

開けると、中の種が目に入った。

人が亡くなった誰かのことを話す時に、どうでもいいことなんてない。凪が咄嗟にそう言ったのは、凪自身がそうだったからだ。

——この人は、僕と同じだ。

一瞬、綿来さんの透き通るまぶたが藍原さんに重なって見えた。

「凪くんはやさしいよね」

今思えば、あれは凪が見た藍原さんの最後の笑顔だった。

「自分のこと以上に、誰かのことをたくさん喋るでしょ。それは、やさしいからだと思う。やさしい人ほど言葉は遠回りをして、嵩張《かさば》っていく気がする」

藍原さんはあの日雨音に包まれた博物館で、今の綿来さんと同じことを凪に言ってくれた。だからなのだろう。これまで思い付かなかったとある考えがよぎった。

——この人になら、『うるうの朝顔』は開くかもしれない。

凪は、一度閉めた引き出しを再び開けた。

綿来さんに話したところで、気味が悪いと一蹴されるかもしれない。大切なお守りが、まがい物だったと証明されるかもしれない。やっぱり自分には資格がないのだと思い知らされるだけかもしれない。悪い想像はいくらでもできたが、一度浮かんだ可能性を捨てることはどうしてもできなかった。

凪は綿来千晶に種を渡し、『うるぅの朝顔』は残り三つとなった。

＊　＊　＊

数日後。凪が外作業を終えて戻ると、事務所に人影があった。

——綿来さん？

心臓が激しく打つ。種を渡して以来、綿来さんはどうなっただろうと、そればかりが頭を占めていた。

改めてよく見ると、綿来さんではなく、つい先ほど敷地内で見かけた若い男性だとわかる。ベージュの猫がその足元に自分のおしりを擦《こす》り付《つ》けるようにうろちょろしている。男性の手元には、凪が置きっぱなしにしていたお気に入りの展覧会の図録があった。食い入るように見つめている。

その男性、国見頼さんは映画会社に勤めているらしい。作品の製作を行う部署で働いているようで、凪の目には輝いて映った。

耳元と襟足を短く刈り上げた髪に、シンプルな紺のTシャツ。真面目そうな雰囲気だが、とにかく人当たりが柔らかくて、なにより聞き上手だった。年下の凪に対しても知らないことは逐一質問をしてくれて、すべての話に本当に興味がありそうにうなずいてくれる。

凪は仕事中というのも完全に忘れてたくさん喋った。いつもよりさらに口数が増えたのは、自分の中で渦巻いていた『うるぅ』の結果を知る怖さを紛らわせたかったからかもしれない。

「宝くじでも当たったのか」

帰宅後、莞爾さんに仕事の報告をしていると、そう言われた。

「実は、友達ができました。久しぶりに」

「おお！　今度紹介してくれ。これで一人追加っと」

本当に久しぶりの気分だった。あの頃、二葉や藍原さんといる時は、いつもこれくらい気持ちが軽かった気がする。一方で、決定的に何かが違うという感覚も同時にあった。これはきっと、決して埋められない空白なのだと思う。


翌日の日曜日。日は高く、蒸し暑さがこれからピークを迎える時間帯。ついにその時がきた。綿来さんが再び凪を訪ねてきたのだ。話を聞きたいが、聞きたくない。相反する感情で頭の中がこんがらがっていた。綿来さんの表情は、どこか憑《つ》き物《もの》が落ちたようだった。いつも俯きがちだった視線も、今日は真っ直ぐ凪を見つめている。

『うるう』が存在するとわかった時、凪はゆっくりひとつ息を吐いた。安堵と落胆が同時に訪れる。

『うるう』の中で、綿来さんの意識は自らが子どもの頃の記憶に入り込んだという。

「あれは、わたしが心のどこかで一番見返したいと思っていた場面だったと思います」

そしてその途中にたった「一秒」だけ、記憶にない時間が追加されたと。眠りから覚めた時、ずっと心に刺さっていた小さな棘のようなものが抜けた気がしたと綿来さんは表現した。

「朝になると、朝顔の痕跡はなにもありませんでした」

――咲いてもやっぱり種は消えるのか。

手応えのなかったおとぎ話が、にわかに現実のものに変わった。

「本当に、ありがとうございました」

綿来さんはひとりだけ夏の暑さを免除されたような清々しさで頭を下げた。けれど、なにか「ズレ」が正されたというほどの劇的な変化が起きたようには見えなかった。奇妙な種のことや、凪がこれを持っている理由など、色々と聞きたいことはあるはずなのに、凪の欲しい情報だけを提供して帰っていったのは、きっと気遣いなのだろう。

凪は強く唇を結んだ。藍原さんの死後、なにかがズレているのは間違いないのに。自分がなぜかあの朝顔に拒まれ続けているのだ。

人を選ぶのか、それとも「材料」の問題か。種はあと三つに減ってしまった。三回以内に花が開かなければ、藍原さんと再会できない。彼女には、会って訊かなきゃいけないことがあるのだ。お墓の向こうで、街並みが陽炎《かげろう》に揺れていた。

5

その少女が小野木ひまりさんという名前だと知ったのは、はじめて青い蝶が止まるのを目撃した日から少ししてからだった。本来の通学路を外れて登校しているらしく、凪が平日朝の掃除をしていると必ず通りかかるので、挨拶するようになった。会う度に通学路の件を注意しようか迷ったが、一人きりでとぼとぼと歩いている姿を見ると、どうしてもできなかった。なにかあれば学校に連絡しようと思っていた。ひまりさんと距離が縮まったきっかけは、よりによって凪が大の苦手な「幽霊」だった。

ある日仕事中に、ひまりさんがお墓に向かってひとりで喋っている状況に出くわした。はじめはギョッとしたが、そのお墓が御影家のものだとわかると凪は一人納得をした。

なるべく踏み込まないようにはしていても、ある程度故人についての情報は耳に入ってくる。最近亡くなられた御影麻希さんはすぐそばの小学校の先生だったと聞いていた。ひまりさんは御影さんの生徒だったのだろう。きっと先生のことが大好きだったのだと思いかけたが、やはり様子がおかしい。

「でも生きててよかった。学校だと死んだことにされちゃってるよ」

それを聞いた瞬間、凪の背筋がゾッとした。この子には、なにかが見えている。あまりの恐怖でパニックになりかけたが、目の前のひまりさんを放置することはできない。凪はなんとか四肢を動かし、声をかけた。

ひまりさんはある時からずっと亡くなった御影麻希さんの姿が見えているらしい。切実な話しぶりを見ていれば嘘や冗談ではないことはわかったが、平気かどうかはまた別問題だ。

帰り際、なんでお墓で働いてるんですか、とひまりさんに訊かれた。そんなにお化けが怖いのに、と。

凪は微笑んだ。昔、藍原さんとも似た話をしたことがある。

「どうしてそんなに幽霊が怖いの？」

藍原さんが訊く。なぜだったたか、たまたまそんな話になった。

「え、藍原さんは怖くないの？」

「そりゃ怖いよ。いないはずのものがいたら怖いでしょ」

「僕も一緒だよ」

「うーん、違う気がする。例えば、とびきり可愛い天使みたいなマルチーズの幽霊が家の前にいたらどう？」

「見ず知らずの？」

「うん、見ず知らずの天使マルチーズ」

「天使マルチーズなら大丈夫かも」

「ほら、やっぱり違う。私は天使マルチーズだとしても怖いもん。なんなら余計怖い」

言っている意味がわからなかった。その時、カランコロンと音がして、二葉が店に入ってきた。たしかその日は上機嫌な日だった。

「おかえり！　ねえ、ふたちゃんは幽霊怖い？」

「幽霊？　別に怖くないけど。なんで？」

「凪くんは怖いんだって」

「ビビりめ」

「藍原さんもでしょ」

藍原さんがいなくなった今、なんとなくわかった。自分は幽霊の存在が怖いのではなく、その奥にある不在が怖いのだ。いたはずの誰かが自分の知らないものに変わってしまう。怖いのは幽霊じゃなくて、死が自分事になることなんだ。

　だから、藍原さんの幽霊にだけは、絶対に会いたくない。


　凪が買い物を終えて帰ってくると、玄関に一人分、見慣れない靴があった。先に帰った莞爾さんと、よく似た声が聞こえてくる。凪はドアを開けるなり言った。「久しぶり」

「おう、久しぶり。相変わらず美肌だな」

　草平が軽く右手を上げた。焼けた肌に白い八重歯が覗いている。

「草平は黒すぎない？」

「農作業してるからな」

「二葉ちゃんに会って来て、そのついでに寄ったんだと」

　単刀直入に莞爾さんが言った。草平が苦笑いする。

「二葉は元気そうだった？」

「おう。楢のやつ、垢抜けてた。相変わらず口は悪かったけど、学生時代の暴れん坊の面影はうまく消してた。連絡取ってないの？」

　凪は作りかけていた笑顔を解いた。凪が二葉と連絡を取っていないことなんて、二葉と話して気付いているはずなのに、あえて察しの悪い振りをしている。

「夕飯、草平の分も作るよ。泊まってくの？　莞爾さん、布団もうひと組ありましたよね」

　凪は質問には答えず二人に背を向け、袋から食材を出していく。

「いや、今日このまま帰る。時間ないから晩飯も途中で済ませるわ」

「おいおい、そんなに急がなくても」

莞爾さんが言いかけたが、草平が「いや」とそれを制した。

「凪。お前にひと言だけ言いにきたんだよ」

凪は動きを止めた。やっぱりそうか。今までこんな風に押しかけるように訪ねてくることはなかった。草平は単に気遣いを捨てたのだ。黙る凪をよそに、草平は続けた。「そろそろ来いよ」

「言ってる意味わかるだろ。とにかく来い」

「……考えとく」

凪が背を向けたまま答えると、草平は「そうか」と荷物を持って立ち上がった。

「うちに来たら特別に一打席サービスしてやるよ」

草平はガチャリとドアを開けて出ていった。アパートの階段を下りる足音が遠ざかっていく。

少しの沈黙があって、莞爾さんがふっと笑う。

「あいつ、兄の家を一体なんだと思ってんだろうな」

凪は袋から玉ねぎをひとつ取り出して、手を止めた。

「一打席って。あんなサビれたバッティングセンターにつられてわざわざ行く人いると思ってるんですかね」

「一応、俺の実家でもあるんだが」

「そうでした、すみません」

そのまま手を動かそうと思っても、玉ねぎを握ったままなぜか力が入らない。

「よし、今日の飯は俺が作る。明日の当番と交代しよう」

「大丈夫です」

「いいから貸せ」

莞爾さんが凪の手を摑んだ瞬間、猛烈な苛立ちがこみ上げてきた。

「大丈夫だって！」

凪は、莞爾さんの手を勢いよく振り払った。

「……すいません。大丈夫なんです、ほんとに。ありがとうございます」

莞爾さんは深く息をつくと、凪の肩に手を置いた。

「だったらなおさら代わって風呂掃除してくれ。俺は家事の中であれが一番嫌いなんだ。終わったらそのまま先入っていいぞ」

凪は渋々風呂場に向かう。莞爾さんが風呂掃除を嫌っているのは本当だが、真意はもちろん、凪を台所から遠ざけるためだろう。逆の立場でも、今の自分に包丁は握らせたくない。

三年前、凪がここに来ることになった直接的なきっかけ。草平がいなければ自分はなにをしでかしていたのか、それを考えると今でもゾッとする。まだ手のひらにあの感覚が残っている。決して人など殺せないような糸切りバサミだった。ギリギリ残っていた理性が、家の中に数ある凶器の中からあれを選ばせたのかもしれない。凪はそれを握りしめて、近所の子どもたちの元に向かっていた。何も考えていなかった。ただ無心で足を動かした。そうして、いつも彼らがたむろしている空き地まであと少しというところで、後ろから草平に羽交い締めにされた。

「おい、なに考えてんだ！　凪！」

草平は何度かそう叫んだ。その時になって、凪はようやく自分がこれから人を傷つけようとしていたんだと呆然とした。小刻みに震える手のひらは真っ赤になっていた。

シャワーヘッドから勢いよく水が飛び出して、乾いた浴槽を濡らしていく。壁に掛けたスポンジを摑もうとし、何の気なく指を鼻先に持ってくる。かすかな玉ねぎの香りがツンと眼球の奥に届いた。

6

大学生になった藍原さんが、凪の隣に腰掛けた。彼女は少し大人っぽくなっていて、ほんのり化粧もしている。

「凪くん課題終わったんだね。わたしあの講義苦手で……よければノート見せてくれない？」

藍原さんが顔の前で両手を合わせる。藍原さんの分のコーヒーを注文しながら、いいよ、と凪が答える。その時、二人のいるカフェのガラス戸が開いて、二葉が入ってくる。

バッグと四肢を投げ出して座る二葉に、凪が話しかける。おつかれ、遅刻魔。

「うるさい。ちょっとサークルのむかつく先輩と揉めてた」

まだ怒り心頭の二葉を、藍原さんがニコニコとなだめる。凪はそれを見て、変わらないなと笑う。

そこで、目が覚めた。

凪は霊園事務所にいた。デスクで今日残した書類仕事をしているうちに眠ってしまっていたらしい。なんて残酷な夢だ、と思う。

昨晩、草平とのことやひまりさんのことをぐるぐると考えてしまい、今日は寝不足で全く仕事にならなかった。莞爾さんは何も言わなかったが、仕事は仕事だ。最低限は片づけて帰らなければと一人残業していたのだった。

凪はコップ一杯の水を飲んだ。水道で顔を洗い、室内を見渡す。

――あの店に似てる。

凪がはじめてここに来た時、最初のひと月をかけて事務所を整理整頓した。高校を卒業したばかりの子どもが知り合いのコネで入れてもらって、何か役に立たなければと思った。

今にして思えば、本当はただあの喫茶店みたいな空間をここに作りたかったのだとわかる。知らない土地に来て、不安で、居場所がほしかったのだ。それで気が済むのならと、みんな好きにさせてくれていたのだろう。周囲に許されながら、そのことに気づかずにいられる状態。凪は紛れもなく子どもだった。そしてそれは今も大きくは変わっていない。この三年間、自分は一体何をしていたのだろう。これから一体何をして生きていくのだろう。藍原さんから借りたままのあの青い折りたたみ傘は、今もカバンの中で眠っている。

ある程度仕事を片付け、凪は事務所を後にした。

暗闇の中、静けさが際立っている。ひまりさんのこともあり、一人で夜の霊園を歩くのはさすがに怖かった。ビビりめ。二葉の声が脳裏をよぎる。凪は「うるさい」と小さく声に出した。自分だって雷と機械と初対面に弱いくせに。

二葉は凪と違って着実に前に進んでいるように見えた。有名大学に進学し、今では全国ネットでお天気お姉さんだ。きっとこの先も華々しい未来を歩んでいくんだろう。地元を出たのは凪と同じでも、その意味は百八十度違った。

二葉は、藍原さんの死から立ち直るのも驚くほど早かった。凪は苦い気持ちになる。二葉のことを考えると、いつももやもやするのだ。ただ、そのおかげで夜のお墓を歩く恐怖から多少気が紛れた。

門を施錠して振り返った途端、飛び上がった。

「ヒイッ！」

人影がある。いよいよ自分にも見えてしまったと背筋が凍る。

「あれ？」

よく見ると、頼さんだった。

頼さんも凪に気が付く。どこか様子がおかしい。泣いてる？　凪は頼さんの隣に腰かけた。

案の定、堰《せき》を切ったように頼さんが話しはじめた。好きな人のこと。その人が配偶者を亡くしていること。相手のためと自分のため。その狭間《はざま》で、何が正しいか道しるべを見失ってしまっているようだ。

「『ズレ』を正す方法を教えてほしい」

突然言われて身体が固まった。しかし戸惑いが消えると、頭のどこかで冷静に思った。

――それもありかもしれない。

綿来さんの話だけでは情報が足りないのは事実だ。凪は結果を報告することを条件に、頼さんに新たな「サンプル」になってもらうことにした。種がまたひとつ減るのは当然痛いし、せっかく仲良くなれた頼さんに訝しく思われるのは怖かったが、なりふり構っていられない。

こうして国見頼に種が渡り、『うるうの朝顔』は残り二つになった。

＊＊

「おう、あとはやっとくから先帰っていいぞ」

夕方、莞爾さんが言った。本当はまだ作業が残っていたが、仕事に身が入っていない凪を見かねたのだろう。申し訳なく思ったが、今日は素直に帰宅させてもらうことにした。

綿来さんの時よりもさらに、気もそぞろだった。頼さんは条件を満たせるのか。そればかり考えてしまっていた。

帰り支度を済まし、西日が照り返す園内を横切ろうとすると、ベンチで大口を開けて寝ている男性が目に入った。おじさんとおじいさんの間くらいの、肩幅の広い人だ。近づいてみると、真っ赤な顔をしかめていびきをかいている。かすかにアルコールの匂いがする。

この様子ではしばらく起きそうにない。放置しておくと後で莞爾さんが困るだろう。凪はため息をひとつついて、男性の肩を叩いた。

目を覚ました男性は、先ほどまでの無防備な寝顔とは打って変わって、凪をぎろりと睨みつけた。おでこに「頑固」と太字で書いてあってもおかしくない。

去り際、無縁仏（引き取り手のいない故人のことだ）について訊かれた。凪もここで働きはじめて知ったことだが、無縁仏というのは案外多い。世の中にはひとりきりで死んでいく人がこんなにたくさんいるのかと驚いた。この人にも、そういう事情があるのだろう。

帰宅後、莞爾さんにその話をした。

「酔っぱらって墓で昼寝かぁ」

「居場所がないんですかね」

凪が言うと、莞爾さんがうーんと唸る。

「どうしました？」

「居場所ってなんでなくなるんだろうな」

莞爾さんは、なにを考えているのか、脱いだ靴下を裏返したりしている。

「俺さ、居場所って要するに人のことじゃないかって思うことがあるんだよ。実はみんな他人の中に居場所を持ってんじゃないかって」

そうかもしれない。だから、誰かの居場所を奪うのもいつも人なんだ。自分の中だけに居場所があれば、きっとみんなもっと幸せに生きていける。

「莞爾さんは居場所を探してるんですか？」

友達百人チャレンジをはじめた理由。それは、自分を受け入れてくれたこととどれくらい関係があるのだろうかと思った。

「いや、どっちかと言うと俺が居場所になりたいよ」

莞爾さんがあくびしながら言った。じゃあ一人分の居場所には、すでになってますね。言うか言うまいか逡巡していたその時、凪のスマホが通知音を鳴らした。鼓動が大きくなる。メッ

セージは頼さんからだった。【明日は勤務日？】

頼さんもまた、『うるう』を体験したと言った。

「映画を観ただけですか？」

「それももう何度も観ている作品を、だよ」

頼さんは笑った。呆れた声とは裏腹に、穏やかな表情だった。

「でも、あの一秒が今の僕には必要だった。僕が勝手にそう解釈しただけかもしれないけど」

頼さんは凪が出したお茶を一口飲むと、「答えたくなければもちろん言わなくてもいいんだけど」と前置きをした。「あの種は、一体なに？」

凪は少し迷ったが、口を開いた。向こうからのお願い事とはいえ、サンプルとして利用してしまった後ろめたさがあった。

「友人から譲り受けたものです」

脳裏に、藍原さんの横顔がよぎる。

「その友人の母親は、とある大きな博物館の学芸員でした。専門は昆虫学で、世界中を飛び回って資料を収集していました」

頼さんは黙ってうなずいている。

「その人によると、そうした採集の過程で、時折こういった科学では説明できない、不思議なものが手に入ることがあるそうです。いわくつきの巻物とか、伝説の石とか、あながち笑い話じゃないんですね。然《しか》るべき形から外れたものは必ず発生するんだと」

「然るべき形……」

「朝顔は、高緯度地域を除けばわりと世界中どこにでも咲く花です」

「へえ、そうなの。勝手に日本の花だと思ってた」

日本にはもともと遣唐使の時代に中国経由で渡ってきたと言われている。それも藍原さんの受け売りだが。

『うるうの朝顔』は、友人の母親が南米から持ち帰ったものです。その地域では、そこにしか生息しないとある蝶のりんぷんが、開いた朝顔に取り込まれることで、突然変異が起こるという言い伝えがあったそうです」

「うわあ。インディ・ジョーンズの世界だね」

鼻で笑われても仕方ないと思っていたが、頼さんは目を輝かせた。

「この話、映画化とか考えないでくださいね」

笑って言うと、頼さんは「なんで」と目を開いた。

「大切な秘密を抱えておきなさい」

「ん？」

「その友人が母親から繰り返し言われていたことです。『生きていくには、なにかひとつでも大切な秘密を抱えておきなさい。その秘密と同じくらい大切な人が出来た時、それを分け合いなさい』。友人はそう言って、僕にこの種のことを話してくれました」

「そっか。その人は凪くんがすごく大切だったんだ」

もしも私がいなくなったら、この種をあげる。藍原さんはあの雨の日に、凪にそう告げた。

違います。違うんです。凪がそう言おうとした時、頼さんが破顔した。

「ありがとう」

凪は驚く。「え？」

「あの種は凪くんの大切な秘密でもあったんでしょ。だから、それを僕に分けてくれてありがとう」

凪は拳をぎゅっと握りしめた。そうじゃない。自分が朝顔を咲かせられないから、綿来さんと頼さんの二人を体よく利用して試させただけだ。二人の話を聞いて、凪のこれまでのやり方に不備があったわけではないと悟っていた。

「頼さんが羨ましいです」

凪は明らかに『うるうの朝顔』に歓迎されていないのだ。


その夜、凪は沈んだ気持ちのまま草平に電話を掛けた。ワンコールして相手が出る。きっとうちを訪ねて以来、凪からの連絡を待っていただろう。

「やっぱりまだ行けない、ごめん」

凪が電話口に告げると、草平はひとつ息を吐いた。

「なにか秘密があるんだろ。それはいい、別に聞き出すつもりもない。だけど、なあ」

声色は落ち着いていたが、痺れを切らしているのは十二分に伝わってきた。

「俺は怒ってるんだよ。なにより肝心な、本人の気持ちをなにも考えてないお前にな」

「どういう意味だよ」

「ずっと同じところに留まっているくせに、いつまで気付かないでいるつもりなんだ」

「……わかるように言ってよ」

「考えろ。考えるのは得意だろ」

草平はそれだけ言って通話を切った。

四年という月日の長さは人それぞれだ。人の死をどう捉えるかも人それぞれだ。だけど、「ズレ」を正すまでは、藍原さんと話をするまでは帰れない。今自分があの町に戻れば、きっと誰かを傷つけてしまう。

7

またあのしかめ面のおじさんを見かけた。お酒が入っていないからだろうか、前より弱々しく見える。日が傾きはじめた頃、ベンチでぽつんと俯いている姿を見て直感した。例の無縁仏のことを考えているな、と。なにかできるアドバイスがあるかもしれない。凪はゆっくりと近づいていった。おじさんは顔を上げ、目を細めて凪を見た。

「……マサ?」

彼の目は、過去を見ていた。男鹿三多介さんは、昔話をはじめた。

——救ってほしいのはこっちなのに。

近頃自分は、なぜか他人の話ばかり聞いている。自分の未熟さを棚に上げて、まるで牧師のような顔をして、偉そうな言葉を並べている。これまでと変わらない、口先ばかりで無力なままで。

凪は男鹿さんが苦しそうに話す姿を横目で見ながら、心のどこかで決めていた。この人にも種を渡そう、と。種の残りの数や、自分のためのサンプルになるなどという事情は一切考えなかった。ただ純粋に、なんでもいいから力になりたいと思った。

——この人は、未来の僕かもしれない。

男鹿さんの抱えていた秘密は、とても重たいものだった。決して許されることではない。人を殺した二人に同情することは倫理的にあってはならない。それでも、男鹿さんの気持ちが、怒りが、悲しみが凪にはよくわかってしまった。男鹿さんは加害者だが、被害者でもある。決して善人ではないが、悪人ではない。

凪は昨日電話口で草平に言われた言葉を思い出した。なにより肝心な、本人の気持ちをなにも考えてない。その言葉は芯を食っていて、だからこそ腹が立ったのだ。本人の気持ち——藍原さんが何を考えていたのか。そんなこと、一番知りたいのは自分に決まってるじゃないか。だから藍原さんに会いたいんじゃないか。だからずっと『うるう』に縋《すが》り付《つ》いているんじゃないか。それでつい、その苛立ちをそのまま男鹿さんにぶつけてしまった。

「男鹿さんが先に考えるべきなのは、マサさんが本当は何を思っていたのか。そっちなんじゃないでしょうか」

『うるうの朝顔』は男鹿三多介に渡り、種は残り一つになった。

*

夏が本格的に腰を上げ、日々ぐんぐんと気温を上昇させていく。通勤途中、近くの小学校から賑やかな歓声とホイッスルが聞こえた。

「娘にな、ずっと『子どもを作れ』と言い続けてたんだ」

故郷から帰ってきた男鹿さんは木陰のベンチに腰掛けるなりそう切り出した。凪がぽかんとしていると、男鹿さんは手に持っていた紙袋を差し出した。凪はお礼を言って頭を下げる。中には岩手のお土産が入っていた。

「子どもを作れ、ですか。それはさすがにちょっと」

「帰ってきてすぐ、初めて妻に頭を下げたんだ。これまで勝手ばかりしてきたことをひとつひとつ詫《わ》びるつもりだった。そしたら妻に出鼻をくじかれた。私をなめるな、そんなことはいいからまず娘に謝れ、と。当たり前のことがわかっていなかったよ。私の出る幕じゃないんだな」

人には人の人生がある、と男鹿さんはつぶやいた。

「今度娘夫婦と温泉に行くことになった。許してもらえるかはわからんが、ちゃんと、心から謝ってこようと思う」

男鹿さんは左手の甲をさするような仕草をした。見ると、火傷の痕があった。

「綺麗な白い朝顔だったよ」

顔を合わせてからずっと、どっちだろうと思っていた。綿来さんや頼さんにあった清々《すがすが》しさみたいなものが男鹿さんには全く見られなかったから。むしろ、余計深く沈み込んでいるようにすら見えた。自分の独りよがりに巻き込んでしまったのかもしれないと、胸が痛んだ。

男鹿さんは『うるう』で見たものと、「一秒の削除」が行われたらしいことを話してくれた。稀に起きるという削除が、挿入と違ってどういう意味を持つのか。それは凪には判断できなかった。

「やっと、マサさんに会えたんですね」

「これで君に仕事してもらわずに済む」

凪は笑った。無縁仏となった遺骨を手放したのだろう。霊園としては残念ながら売り逃しだ。

「『ズレ』は、正されましたか」

「ある意味ではそうかもな。些細なことだが、肝心なことだ」

——些細で、肝心。それが「ズレ」？

それで、本題だが。男鹿さんは話題を変えた。

「君は、何に引け目を感じているんだ？」

「引け目？」

男鹿さんは扇子を取り出し、目を閉じて仰ぎはじめた。「この暑さだ、手短に話せ」

凪はしばらくそのムスッとした横顔を見つめていたが、頑なにそのまま動こうとしないことがわかると苦笑いを浮かべた。一応借りを返そうということらしい。超のつくほど不器用で、温かい人だと思った。

「借りたまま、ずっと返せていない傘があるんです」

秘密を分け合うのがまさかこの人になるとは。

「僕の故郷には、大きな博物館と、小さなダムがあります。町中至るところに水路が走っていて、大きな湖へとつながっています。ダムは古くて貯水機能があまりないので、長雨の時は容積が足りなくなって放流をすることがあるんです」

男鹿さんはじっとしたまま動かない。

「四年前、その放流に巻き込まれて大切な人が死にました。今も僕が肌身離さず持ち歩いている傘は、その人から借りたものです」

男鹿さんは変わらず何も言わないが、薄く目を開けていた。


その日まで、一週間ほど弱い雨が降り続いていた。梅雨とはいえ、農業をしている草平の家をはじめ、同級生たちもみんなうんざりしていた。ただ、藍原さんが亡くなったその日は、わずか数時間、雨が止んだ時間があった。週末で二葉は朝から部活に出かけていった。凪はひとり家で暇を持て余していた。

部屋の窓から久々に雨上がりの景色が覗いて、気分が上がった。

凪は普段から傘を持ち歩くのがあまり好きではなかったが、ちょうど数日前に藍原さんから借りていた折りたたみ傘があったので、それを持っていくことにした。

長雨が本格化する前日の昼休み。お弁当を食べながら、雨予報にもかかわらず傘を持たずに家を出てきてしまったと藍原さんに話した。

「凪くんって、どうしていつも傘持ってないの？」

「手が塞がるのが苦手だから」

「荷物がひとつ増えるんだから仕方ないじゃない」

「濡れることを受け入れさえすれば荷物は増えずに済むし、むしろお風呂が気持ちよくなるよ」

藍原さんは呆れて笑った。その日の下校の際、凪の下駄《げた》箱に折りたたみ傘が置かれていた。さっきの話を聞いて気を遣って貸してくれたのだろう。

借り物を二度も使うのは気が引けたが、折りたたみは他に持っていない。藍原さんなら許してくれるはずだと、その傘を持って外に出た。特に目的地はなかったが、徒歩ですぐ行ける場所は博物館くらいで、久しぶりに行ってみようかと足が向いた。

立派な入り口をくぐって中に入ると、建物全体が静まり返っていた。面白い特別展でもやってないかな。きょろきょろしていると、遠目に藍原さんの後ろ姿が見えた。

——ちょうどよかった、この傘も返しちゃおう。

ついでに一緒に回ろうかと常設展のチケットを購入して後を追うと、藍原さんは誰もいない展示の前に背筋を伸ばして立っていた。

なんとなく、声をかけられなかった。

藍原さんの横顔が普段の雰囲気とかけ離れていたからだ。ひどく冷たい無表情で、実にありきたりな人類の進化の過程を再現した模型をじっと見ている。

その時、遠くでかすかに雨音が聞こえることに気が付いた。その音が、かえって二人きりの空間の静謐さを際立たせた。また降りはじめたのか、そう肩を落とした時。

「凪くん？」

ハッとして顔を上げると、藍原さんがこちらを見ていた。先ほどまでとは違って眉は弧を描き、目尻は優しく皺を作っていた。どうしてかそれが、怒っている表情に思えた。

「藍原さんも暇つぶし？　さっき入り口でたまたま見かけたから」

凪が言うと、藍原さんが思いついたように「あ」と声を上げた。

「ねえ、ちょっと来て」

そう言って、凪の手を引く。そのまま職員用の扉を開け、迷う素振りもなく突き進んでいく。

「ちょっとちょっと、まずくない？」

「もし見つかってもお母さんが入れたって思われるだけだよ」

いくら母親が職員だからって勝手に入っていいのだろうかと不安になったが、藍原さんの顔からあの怒ったような表情が消えていたので、まあいいかと諦めた。

凪が連れてこられたのは、「資料室」のプレートがかかった、小さな部屋だった。ドアを開けると、独特なにおいが鼻をつく。埃っぽいような、カビくさいような、不思議と落ち着くにおいだ。標本や模型、書籍が並んだ棚。壁には過去の特別展のポスターが張りつけられていた。

「いいね、ここ」

部屋の隅に、小さなソファとテーブルが置かれている。

「でしょ。よく来てるの。お母さんの仕事を待ったり、勝手に来たり。意外と職員さんも使わないみたいで一人になれる。内緒ね」

凪はうなずいたが、どうして自分がそんな場所に連れてこられたのか、わからなかった。

「見せたいものがあるの」

藍原さんは壁際に置かれた小さなデスクに歩み寄り、引き出しに手を掛けた。逡巡したように一瞬動きを止めたが、そのまま開けた。そうして藍原さんが凪に見せたのが、袋に入った朝顔の種だった。

「朝顔って、ほとんど世界中で咲くんだよ」

「え？　そうなんだ」

「本で読んだ。日本には海を越えて中国から来たんだって。植物も生物も、知らないだけできっとそういうものばっかりなんだろうね」

藍原さんは心なしかいつもより早口で喋った。

「みんな、混ざってるのにね」

彼女はつぶやいた。

「え？」凪が訊き返すと、それには答えず続ける。

「うるうって、わかる？」

「『うるう年』の？」

「そう。うるうは、余分って意味だよ。つまりは仲間外れ。正しいものを正しく保つために、その身を捧げる存在なの」

「言葉が強くないかな」

「これは、『うるうの朝顔』という花の種」

「……なんて?」

「幽霊が苦手な凪くんなら、信じてくれそうだから」

そう前置きをして、藍原さんは『うるうの朝顔』について説明をした。南米で突然変異で生まれた不思議な種らしいということ。人の「ズレ」をひとつ正してくれるものらしいこと。この種はお母さんに隠れてくすねたこと。

不思議な話だったが、真実に聞こえた。

「そんな言い伝えがあるなんてびっくりだけど、一番驚いたのは、藍原さんが意外と手癖が悪いってことかな」

凪が笑うと、藍原さんは舌を出した。

「あのね、凪くんが意外に思うことなんて、山ほどあるんだよ。そのうちひとつを今特別に教えてあげただけ」

「それはどうも」

「生きていくには、なにかひとつでも大切な秘密を抱えておきなさい。そしてその秘密と同じくらい大切な人が出来た時、それを分け合いなさい、だよ」

「それはなに?」

「なんだろう、しつけ? 約束かな。小さい頃から、お母さんがずっと言うの。あなたには必要なことだからって」

藍原さんはじっと凪を見て、部屋にあったペンと紙を取った。元はポルトガル語で書かれていたという朝顔の育て方を教えてあげると言い、その場で文字に起こしていった。

「もしも私がいなくなったら、この種をあげる」

あの引き出しに入れておくからね。鼻歌でも口ずさむみたいだった。さっきひとりで展示を眺めていた表情を思い出すと不安になって、凪は低いトーンで尋ねた。「いなくなるって、なに」

「もしもの話。転校とかするかもしれないし」

藍原さんは凪の方を見もせずに紙に向かってペンを走らせている。すべて書き終えたのか、一旦手を止めたが……。

「あ、そうだ。最後にもう一つ大事なこと。『種をすべて……』」

再びペンを動かしはじめたその時。大きな音が空気を切り裂いた。

ダムの緊急放流を知らせるサイレンだった。警報が町中のスピーカーから流れはじめる。緊急放流時は、水辺には一切近づかず、なるべく早く近くの建物に入ること。ここで暮らしている者は誰もが教えられることだったが、実際体験するのは初めてだった。

「怖い音」

凪がつぶやくと、藍原さんは窓の外を見ながら言った。

「雨、まだ弱いから今のうちに帰っちゃおう」

傘はまた次返せばいいか、と頭の片隅で考えていた。

「悪いけどまた借りるね」

藍原さんは大きな目をぱちくりさせていた。

家に帰って傘を畳み終えた時、再びサイレンが鳴った。

「数時間後、うちに電話が入りました。それは、藍原さんが川で流されたという知らせでした」

男鹿さんが眉間のしわを深める。

「僕と別れた後、歩いている藍原さんにひとりの小学生が泣きながら駆け寄ったそうです。友達が川の中州に取り残されて動けない、と」

その知らせの後、すぐにもう一本電話が入った。取り残された男の子が川べりの木にしがみついていたところを救助されたということだった。

ちょっと待て。藍原さんは？　凪はたまらず家を飛び出した。身体を雨にさらしながら走って川辺に向かうと、遠くに人だかりが見えた。藍原さんの両親が、救助隊に肩を抱かれていた。

翌朝は、憎たらしいほど快晴だった。キラキラと朝日を反射する湖で、からっぽになって浮かぶ藍原さんだったものが発見された。

「男の子を助けたのは、藍原さんでした」

男鹿さんが、たっぷり沈黙してからぽつりと零した。君は私の方だったか。独り言のようだったので訊き返すのはやめた。

「時間、とっくに過ぎてますね。仕事に戻ります」

久しぶりに、いや、初めて他人にこの話をした。気分は落ち着いていたが、今話したことはただの事実に過ぎない。凪の抱える一番の秘密は他にある。

お土産と、話まで聞いていただいてありがとうございました。凪が立ち上がった時、男鹿さんが「夜更けな」と言った。

「はい？」

「奇妙な夢を見る前夜の話だ。骨壺がこちらを見ているように感じたんだ。きっとマサが、分からずやの私に業を煮やしたんだなと思った。マサが私をあの夢に呼び寄せた。そう受け取ることにした。君の話も娘の件と同じように私の出る幕ではないが……」

その通りだ。凪の本当の引け目については……やっぱりまだ話せない。

「人がかがむのは大抵、大事なものを拾う時じゃないか。今はそんなことを思っている」

男鹿さんはゆっくりと立ち上がった。グレーのスラックス、そのおしり部分には、くっきりと汗の染みが広がっていた。「君は、間に合うことだけを考えればいい」

8

あの時種を落としたのは、咄嗟の思い付きだった。

事務所で先ほどの会話を反芻《はんすう》していた時、前を横切るひまりさんの姿が目に入った。気になって後を追うと、お墓に向かって何かを投げようと振りかぶっているところだった。

凪はぶつけられた塩をぺろっと舐めた。ひまりさんが言った。

「先生、なにか言いたいことがあるはずなのに。そのためにうちを選んだはずなのに」

——ひまりさんを、選んだ？

雷に打たれたみたいだった。自然とそれが男鹿さんの言葉とつながったのだ。マサが私を呼び寄せた。

その時、凪の頭にとある仮説が浮かんだ。

——まさか。本当にそうなのだとしたら？

もしかしたら前提が、間違っていたのかもしれない。

「きっとひまりさんは大丈夫だよ」

それは自分自身に向けた、ある種の願掛けだった。凪は衝動的にポケットから種を取り出し、わざと足元に落とした。

今の凪にはもうその種は必要なかった。むしろ手放すことが、必要なことだと思った。

最後の『うるうの朝顔』が、凪の手を離れ、小野木ひまりの元に渡った。

＊　＊　＊　＊　＊　＊　＊　＊

一日の最後、戸締まりを終えた。凪はひとりきりになった薄闇の霊園で、ベンチに腰掛けた。風が凪の頬を冷やす。

目の前には、墓石がずらっと並んでいる。不思議と今は全く恐怖を感じない。墓石たちがしーっと口に指を当て、結託して身を潜めているようにすら感じられる。

——もしも、『うるうの朝顔』が、生者と死者の共同作業で咲くものだとしたら。

それが昼間、凪が思いついた仮説だった。もしも、これまで見えていた「ズレ」がすべてではなかったら。半分だけだったら。

凪はこの数週間で出会った人たちのことを順番に思い出した。

綿来千晶さんの場合。本人の話を聞く限り、母親との関係が大きな影響を与えていることは明らかだった。生者側が綿来さんなら、死者側はその母親だ。『うるう』を経て、綿来さんは幼い頃から抱えていた母親への気持ちに区切りをつけた。綿来さんが明かりの点いた「一秒」で目撃したという母親の姿は、亡き母親自身が、綿来さんに見せたかったものだとしたら。そんな最後の親心だったとしたら。

男鹿三多介さんの場合。生者側は男鹿さん、死者側はマサさんだ。男鹿さんが『うるう』で見たのは、放火の夜の記憶だった。どの「一秒」が、ということを男鹿さんはすでに忘れてしまっていたが、「挿入」ではなく「削除」の方が行われたということだけは断言していた。その一秒間を間引くことが、一体どれほど重要な意味を持っていたかは、裁かれなかった罪の清算を諦めた男鹿さん自身にだってわからないのだろう。しかし、もう一人の当事者であるマサさんにだけはわかるのではないか。マサさんが自らその「一秒」を葬り去ることを選んだのだとしたら。

一方、国見頼さんの場合は、一見死者とは無関係に見える。自分自身がずっと嫌いだった「一歩踏み込めない自分」との決別。それが生者側・頼さんが解釈した恩恵だった。では死者側は？　おそらく頼さんが想いを寄せる女性の亡くなった旦那さんではないかと凪は推測した。後日話した際、その女性がハッキリと「立ち直ることはできない」と言ったと、頼さんから聞いた。亡くなった旦那さんが、残された妻のことをどう思って見ていたのか。この先妻に少しでも笑って生きてもらうためになにができるか……死後もずっと考え続けていたのではないか。遠回りなやり方だが、『うるう』を通して、献花台まで足を運ぶほど共鳴した頼さんの力を借りようとしたと考えることはできないか。

そもそも「死者の意図が介在している」なんて荒唐無稽なことを考えたのは、ある意味ではすべて小野木ひまりさんが原因だった。彼女がある日、なぜか御影麻希さんの幽霊を見るようになったことで、死者の存在が文字通り可視化されたのだ。恐れてばかりいた故人の存在に向き合わされたことによって、これまでの凪であれば決して頭をよぎることのなかった可能性に行き着いた。死者の意志なんて普通なら信じないが、『人の「ズレ」を正す朝顔』なんてものを自分の手で配っておきながら、今更なにかをあり得ないなんて切り捨てることはできない。

近々、おそらく今夜。凪が落とした種を拾ったひまりさんは、おそらく御影さんによって『うるう』に呼ばれ、特別な「一秒」を体験するだろう。そのために、御影さんは姿を現したはずだから。

凪は苦笑いを浮かべた。自分はきっとはじめから、大きな勘違いをしてしまっていた。

「ズレ」というのは、ふたつのものの間に生じるものだ。生者と死者。ふたつは表裏。二度と正すことのできない本当の「ズレ」を抱えているのは、むしろ死者の方ではないか。『うるうの朝顔』は、最後に死者に「一秒」を自由に使える権利を与えるのではないだろうか。だとすると。死者が表側で、今まで見えていた生者の側はむしろ裏だということになる。『うるう』の本作用は死者の「ズレ」を正すこと。それを正すと、結果的にその裏にある生者の「ズレ」も正される。生者が前を向けるのは、あくまでその副産物なのかもしれない。

この仮説が正しいとしたら。凪が『うるう』に行けない原因は。何度試しても花が開かない原因は。それはきっと、藍原さん自身がそれを望んでいないからだ。

そしてそれ自体もきっと、藍原さんからのメッセージだ。

凪は帰宅するなり、台所で夕飯の支度をしていた莞爾さんの背中に向かって言った。

「突然すみません。休みをいただきたいです」

莞爾さんは手を止めて振り返り、横目で凪を見ると、すぐに作業に戻った。口角が、少し上がっていた。

「言ってなかったっけ。明日からしばらく休みにしてあるよ」

今自分に必要なのは、朝顔の種じゃない。やらなきゃならないことははじめからずっとここにあった。できることもここにあった。今は、間に合うことだけを考えればいい。

9

久しぶりに訪れた故郷は、雨が降っていた。

驚くほど記憶のままだ。ぼやけた街並みも、葉脈のように走った水路も小雨を浴びている。

傘は、あの青い折りたたみ傘しか持ってきていない。凪は雨には構わず歩き出した。

夏になると、水路に沿うようにして並んだ笹《ささ》がざわざわと葉を揺らす。街の静寂を際立たせるこの音が、凪は好きだった。

昔からよくこの葉っぱで笹舟を作り、二葉と水路に流してスピードを競った。高校生になってからも藍原さんを交えて何度か三人でやったことがある。藍原さんの作る笹舟は形が綺麗だった。二葉は葉っぱ選びだけは上手くて、形は歪でも速いものばかりだった。

凪は路線バスに乗り換えた。

少し寄り道だ。実家の最寄りの三つ手前で降車ボタンを押す。プシューとのんきな空気音を残してバスが発《た》つと、代わりに金属音が耳に届いた。

バッティングセンターに入ると、客の姿はなく、草平がひとり打席に入っていた。草平は客が来たのかとチラッと視線を向けたが、再び構えてボールを待つ。

「店員さん、タダで打ちに来たんですけど」

凪が言うと、草平は鼻で笑った。鋭い打球を飛ばして口を開く。

「一打席だけだからな」

「相変わらず繁盛してるみたいだね」

「おう、雨の日は特にな」

草平は何も問《と》い質《ただ》してはこなかった。他には誰もいない店内で、二人してベンチに座る。草平が受付裏の冷凍庫から出してきたチューブ型アイスを口に含むと、冷たくて懐かしい味が広がった。

「ほれ」

草平が壁を指差した。そこには「年間ホームラン数ランキング」と書かれた模造紙が貼ってある。よく見ると、その一番上に手書き文字で「楢 二葉さん」とあった。

「……なんで」

「いいスイングしてるからなぁ」

いや、そうじゃなくて。一度、草平が大きく伸びをした。

「毎月ここへ打ちに来てるんだよ。わざわざ大学も、お天気の仕事も調整して」

凪は絶句した。

「言ったろ。中身は何も変わってない。楢はずっとそういう闘い方しか出来ないだけだ。毎月ここへ来てるっていうのがどういうことか、凪ならわかるだろ」

草平はアイスの中身を吸う作業に戻った。

毎月。つまり二葉は藍原さんの月命日の度にここまで通っているということか？　それは凪にとっては信じられないことだった。

——だってあの頃……。

二葉が当時藍原さんの訃報をどういう状況で受け取ったかは知らない。凪もそれどころではなかったからだ。しかし数日が経ち、葬儀で顔を合わせた際、二葉は凪に笑いかけた。「あーちゃんが助けた子が無事でよかった」と言って。

呆然とする凪に対して、二葉は続けた。「あんたもね」

なんでそんなこと言うんだ、と胸がぎゅうっと苦しくなった。そういう綺麗事や作り笑いは、二葉が一番嫌っていたものじゃないか。

「あーちゃんが死ぬくらいなら、あの子が死ねばよかったのに」「あんたがあーちゃんを一人にしなければ」。二葉ならそう責めてくれると思っていた。凪は、最後のよりどころを失った気がした。

——そうして、話そうと思っていた秘密を、封じ込めたのだ。

それから凪は二葉と直接話すことはなくなった。代わりに、以前に増してよく笑う二葉の姿を見かけるようになった。その夏、二葉はバスケで県の代表選手に選ばれ全国大会でも活躍をした。秋のうちに推薦で都心の有名大学への入学を決めた。そんな順風満帆の日々に、どう見ても藍原さんはいなかった。

あれ以来道を外した自分とは大違いだ。凪はどうしてもあの生き生きと輝く笑顔を認めることができなかった。わかっている。二葉はなにも悪くない。口を利かなくなったのも、連絡を絶ったのも、そんな捻《ね》じれた自分と向き合いたくなかったからだ。

「ずっと、なかったことにしようとしてると思ってた」

草平は、ゆっくりとひとつ息を吐いた。

「藍原が将来何になりたかったか知ってるか？」

凪は首を振った。そんな話はしたことがなかった。

「俺、たまたま聞いたことあってな。アナウンサーだったんだよ。情報を楽しく人に伝える仕事がしたいって。すごい腑に落ちた」

確かにそれはぴったりだったかもしれない。

「それに、私がアナウンサーになったらちょっと面白くない？　って言ってた」

凪は笑った。名前のことを言っているのだろう。

「二葉も知ってたのかな」

話を聞いてすぐ思った。もしも二葉もそれを知っていたなら、二葉は今、藍原さんの途切れたレールを引き直すように道を選んでいるんじゃないか。凪の言葉を聞くと、草平が「そう！」と勢いよくこちらを向いた。

「俺もずっと気になってて、この間会って訊いてみたんだよ。でも違った。そもそも楢は藍原の夢を知らなかった。楢がなりたいのは、アナウンサーじゃなくて気象予報士らしい。そのために今現場で猛勉強中なんだと」

「気象予報士……」

「ここからは単なる俺の予想だけど。楢はたぶん、水害とかそういう危険から人を守りたいんだと思う」

あの二葉が、藍原さんの死後も溌溂と日々を謳歌《おうか》していた二葉が、そんなことを考えているというのか。

「兄ちゃんに聞いたけど、凪もカナヅチ克服するためにプール通ってるんだろ。大なり小なり、みんな左右されてる」

草平は空になったアイスのビニールを咥えて、よいしょと立ち上がった。「というか、一緒に生きてんだよ、今も」

ゴミ箱に空のビニールを捨て、再び打席に入った。

「荷担、って言葉があるだろ」

「『悪事に荷担する』の時の荷担？」

「そうそう。よくその使われ方するけどな、あれほんとは普通に前向きな意味の言葉らしいぞ」

草平は「どうだ、藍原のマネ」とドヤ顔を見せた。

「凪、荷担だ。重たいものほど誰かと一緒に持とう」

カランッとバットを抜き出し、大きく一度スイングをした。打ってたらホームランだったな、とつぶやく。明らかに照れくささを誤魔化していて、凪はついにやついてしまった。草平はネットの向こうで振り返った。

「実は俺、あの事故の翌日に藍原のこと呼び出してたんだよ」

「え」

呼び出しって、つまり……？　驚く凪を見て、草平はネットの向こうで噴き出した。

「な。よく見てるようで、単純なことほど見てないんだ、お前は」

——本当に、その通りだ。

「明日、一緒に藍原さんのお墓に行ってくれないか」

草平は一瞬黙って、再び背を向けた。「俺は夕方行くよ」


凪は雨に打たれながら、一番の目的地へと到着した。

ずっと、藍原さんともう一度会いたいと思っていた。どうしても訊きたいことがあった。そのために凪は、当てになるかわからない『うるう』の力を借りようとしてきた。

そうじゃなかった。自分は、藍原さんが遺したものと向き合う必要があった。だからここへ来た。これ以上事実から目を背けてはいけない。見慣れたドアの前に立ち、深呼吸をした。

ドアを開けると、カランコロンと久々に聴く音色が響き渡った。

「久しぶり。よく来たね」

男女二人がカウンターを挟んで向き合っている。お久しぶりです、と凪は深く頭を下げた。

「ちょっと凪くん、びしょ濡れじゃないか」

藍原さんの父・文人《ふみと》さんが慌ててタオルを出してくれた。頭を下げて受け取る。

店内には、事前にお願いしていた通り、藍原さんの両親二人だけだった。凪は二人を交互に見た。たった四年で、随分老けたように見える。

「今あったかい飲み物用意するよ。コーヒーでいい？」

凪の前にカップとソーサーがカタッと置かれた。

「妻は相変わらず海外を飛び回ってる」

文人さんは隣に目をやる。シルバーの耳飾りが少し揺れた。

明るいサーモンピンクのシャツに白いスラックス。洒脱《しゃだつ》な服装が朴訥《ぼくとつ》とした店内の雰囲気にあまり合っていない。

「久しぶりね、凪くん」

藍原さんの母・ジュリアさんが凪に微笑みかけた。エキゾチックに輝く大きな青い瞳が真っ直ぐ凪を捉える。きめ細やかな栗色《くりいろ》の肌と、豊かな長い黒髪。その容姿は変わらず藍原さんによく似ていた。

「ずっと顔も見せず、本当にすみませんでした」

文人さんが慌てて手を振る。「いやいや、謝るようなことじゃ」

「違うんです。本当は話さなくちゃいけないことがあったんです」

「重要な話なんでしょう？　時間がかかってもいいから、全部聞かせて」

ジュリアさんが促した。凪はカップの黒い水面を見つめて話しはじめた。「ひとつ、言えずにいたことがあります」

雨音がボリュームを上げる。

「藍原さん……アナさんは、お二人に秘密で博物館の資料室に通っていました」

四年前の明日――藍原さんの命日となったあの日。小さな資料室で、藍原さんは言った。もしも自分がいなくなったら、引き出しの中の種をあげる、と。

藍原さんの死が判《わか》って少しした頃、凪はひとりで博物館を訪れた。あのやりとりを思い出し、種を取りに来たのだ。

藍原さんが使った扉はその日も開いていて、いとも簡単に資料室にたどり着けた。その日も誰もいなかった。

あの引き出しに手を掛けた時、凪は一瞬ためらった。中を見てしまう行為は、藍原さんがもう絶対に戻ってこないことを決定づけてしまうような気がした。逡巡の末、指先に力を入れると、無音の室内に軽い木の音が鳴った。

「入っていたのは、大量の紙でした」

「紙……？」

ジュリアさんの言葉にうなずいてから、凪は唇を噛んだ。

「汚い文字で書かれていたのは、口にするのもためらうような言葉ばかりでした。すべて、アナさんの容姿や出自を罵ったものでした」

凪もその時はじめて知ったのだ。藍原アナが、巧妙で陰湿で幼稚な暴力の的になっていたことを。外見が周囲と違うというだけで、差別と偏見の雨に晒《さら》されていたことを。

凪はその場で紙を握り潰し、声を押し殺して泣いた。喪失感が、怒りと情けなさのおかげでようやく神経まで届いたようだった。こんなむき出しの悪意にすら気が付けなかった自分が一番幼稚だと思った。

「僕は口先では立派なことばかり言って、すぐ隣にすら目が向いていませんでした。僕が気付いていれば。ずっとそればかり考えていました。もしかしたらあの日、濁流に流されながら伸ばした手がギリギリ岸辺に届いたかもしれない。一度枝に摑まった手を離さずに済んだかもしれない。そういう、生きるために使う力の、ほんの少し足しになっていたかもしれない」

凪が顔を上げると、二人はお互いに視線を向けていた。

「話してくれてありがとう」

文人さんの口ぶりで凪は察した。知っていたのか、と。ジュリアさんが続ける。

「あのね、当時気付けなかったのは私たちも同じ。アナは穏やかで強くて。ちょっとずる賢いところもあったけれど、みんな甘えてしまってた。少なくとも、あの頃あなたたちはまだ子どもだったんだから、悔いるべきは私たち大人と、浅ましい行為をした張本人よ」

「でも、僕はそれを、お二人にも誰にも話さず今までずっと隠し持っていました」

犯人はわからなかった。特定の一人なのか複数人なのか、同級生なのか、あるいは大人の中にいたのかすら。表に出るような行為は何も為《な》されておらず、殴り書きされた紙だけがあるという状況だった。見つけてすぐに本格的に調べてもらえば何か判明したのかもしれないが、子どもを救って死んだ友人に、これ以上の物語を付加して、他所から解釈される余地を作りたくなかった。凪も誰かに相談すればよかったのだが、二葉と話すこともなくなり、当時はその気力すらなかったのもまた事実だった。

「自分が傷つけられていたのに、藍原さんは子どもを助けるために飛び込んだ。僕はそれを、尊いことだとは思えません」

飛び込まないでほしかった。そう言う凪に文人さんが歩み寄り、濡れた肩を叩いた。

「だから、凪くんは怒ってくれたんだよね」

「え?」

「確か冬だったから、事故から半年くらいの頃かな。二葉ちゃんがここへ来たんだ」

——……二葉が?

「凪くんがハサミを持って家を飛び出したと顔を真っ青にしてた。アナに命を救われたあの小学生が、心無い発言をしたのを聞いたんだってね」

あれから半年ほど経った冬のこと。凪は下校中、たむろしている小学生の集団を見かけた。よく見ると、その中に例の水難事故で助かった子どもがいた。凪は黒い気持ちになってしまいそうで、そっとその場を去ろうとしたのだが、瞬間、耳を疑った。

「ほんと、あのガイジンの女の人のおかげだよ。やっぱり運動神経が違う感じがした」

鼻の奥がツンとした。単に仲間内で事故から生還した英雄譚を披露していただけなのだろう。本人の口調に侮蔑のニュアンスは一切なかった。それがより一層憎たらしかった。

――こんなものを残すために、どうして藍原さんが？

凪は振り返り、もう一度よく顔を見て本人に間違いないことを確認した。その足で家に帰って糸切りバサミを持ち出した。直前で草平に止められなければ、あの子を傷つけていただろう。自分が、一瞬でもそうしようと考えたことに、心底絶望した。自分は藍原さんに悪意をぶつけた人間と同じだと思った。

「あの子はもう高校生になって、市内の学校に進学したよ。間もなくアナの年齢を追い越すわけだね。彼は消防士になりたいそうだ」

凪は何も感じなかった。どうでもいいと思えたことにホッとした。

「あーちゃんはひどい目に遭っていたかもしれないって、その時に二葉ちゃんが教えてくれたの。実は一度だけ、アナがそれを匂わせるようなことを言ったことがあったらしいわ」

ジュリアさんの白い歯がちらりと覗く。

「二葉ちゃんはごめんなさいって謝ってた。私は復讐《ふくしゅう》したいと思えない。恨みや憎しみに心を占められたままじゃ私自身を生きていけない。私は薄情だから凪くんみたいになれないって。いつも仏頂面したあの二葉ちゃんと同じ人とは思えないほどボロボロ泣いてた」

ジュリアさんはとても穏やかな顔をしていた。あんなに泣いて、全然薄情なんかじゃないじゃないの、と。

「今日ここへ来る途中、ダムに寄ったの。ふと顔を上げると、美しい蝶が私の手首に止まってね。信じられないけれど、この国にいるはずのない種類の蝶だったのよ。その翅を見た瞬間、ようやく、もういいかって思ったわ」

今度は文人さんが口を開いた。

「最後に凪くんが来てくれてよかった。この店、今月で畳むことにしたんだ」

「えっ……」

「僕らも別れることにした。喧嘩とかそういうことではなくて、色々考えた結果。妻も段々この町に帰ってくることも減ってきたしね」

ジュリアさんが窓の外に目をやった。

「正直、もうこの街にいるのがつらい。アナを悲しい気持ちにさせたのも、命を奪ったのもこの土地だもの。差別は絶対に許さないけれど、そんなに大きくて根深いものと闘う力がない。だからなるべく離れていたい」

「アナのお墓は動かさない。あの子が育った場所であることは間違いないし、熱心に通って来てくれる人もいるしね。やっぱりここにあの子の居場所があるから」

ジュリアさんも文人さんも、それぞれの生き方を選んだんだ。

「あの、これ」

凪は青い折りたたみ傘を取り出した。「藍原さんから借りたままだったものです」

二人はまた目を見合わせて、揃って首を傾げた。

「この色は……アナのじゃないね」

「たぶん、二葉ちゃんのだと思うよ」


その夜、凪は初めて茄子の浅漬けを口に入れてみた。

おかえりなさいと笑った両親は何気ない風を装ってはいたが、久しぶりに息子が顔を見せたことで心底安堵した様子だった。実際、たくさん準備が必要な料理ばかりが食卓を彩った。だから、出された料理はすべて食べようと思った。くたくたになった茄子は噛んだ途端にキュッと音がして、爽やかな汁が口の中に広がった。案外悪くなかったが、大人の味と言うには大げさだ。

その時、玄関のベルが鳴った。

「あら、あんた宛よ」

母親が差し出したのは速達郵便で、送り主は莞爾さんだった。


凪は膨れたお腹をさすりながら庭に出た。手にはあの折りたたみ傘と、笹舟がひとつある。帰り道で見かけた笹の葉を拝借して、久しぶりに作ってみたのだ。

見上げると、空が高い。雨も上がり、嫌というほど星が出ている。綺麗だとは思ったが、凪はいつも仕事終わりに霊園で見る夜空の方が好きだった。

喫茶店からの帰り際。ジュリアさんに呼び止められた。

「『うるぅの朝顔』、凪くんが持ってるんでしょう?」

凪はごめんなさいと謝った。元々はジュリアさんのものなのに、凪が勝手にすべての種を使い切ってしまった。それに、仮説通りなら藍原さんが自分の「ズレ」を正す機会も奪ってしまったことになる。

「あれね、面白いでしょう。『ズレ』というのがポイントなの。生きている人の失敗とか、後悔とか、そういうものすべてを劇的にひっくり返してくれる万能なギフトじゃないのよ」

凪はうなずいた。『うるうの朝顔』は「ズレを正す」なんて大それたものではないと思う。「ズレ」に気が付く。「ズレ」を受け入れる。「ズレ」と向き合う。きっと、そのための種だ。

「朝顔を咲かせる権利は死者側が持っているのに、必要な材料を三つ揃えなきゃいけないのは生者側でしょ。実は、材料になにを使うか自体は大して重要じゃないみたい。自分の感情に向き合って、目の前のことに目を向ける。周囲との関係を顧みて、自分を客観視する。そうしてはじめて、準備が整う。前を向く準備よ。材料集めは、そのプロセスなの」

死者たちはもちろん『うるう』を通して自分の思い残しを果たそうとするのだろうが、その一連の行為は、結果的に掛け違えていたボタンの位置を生者にそっと教えてくれる。その先、ボタンをひとつひとつ改めて掛けていくのは、「ズレ」を正そうともがくのは、今をゆく残された者たちだ。たとえ「ズレ」が生じてしまっても、それでも顔を上げて生きる。日々は、そんな一秒の集合体なのだ。

ずっとあの種に執着していた凪だったが、種を分け合った四人のおかげで、今はそう思うことができた。幼稚な自分なりの、生きていく覚悟だ。

「凪くん、本当におかえりなさい」

ジュリアさんの笑顔は、藍原さんの笑顔と同じくらい素敵だった。

凪はひとつ息をついて、庭の隅にしゃがんだ。

軒下に鉢が三つ並んでいる。凪と二葉の鉢は小学生の頃に配られたプラスチック製で、目も当てられないほど傷んでしまっている。中央の藍原さんの鉢だけがちょっと立派な作りだ。あまりに暇だった高二の夏休みに、三人で誰が一番たくさん朝顔を咲かせられるかを比べようという話になり、ホームセンターでこれだけ買い足したのだ。

先ほど届いた郵便の封を開ける。中にはハンカチと、不格好な字が並んだ手紙が入っていた。差出人は予想外の人物だった。

【お兄さんへ。ハンカチありがとうございました。それと、ヘンな朝顔のタネもひろいました。いろいろあって、勝手に植えちゃいました。ごめんなさい。でも、朝起きたら次のタネがたくさん落ちていました。だいじなものだと思ったので、送ります。ひまりより】

すぐにハンカチを広げた。袋が挟んである。中にはこれまで何度も穴が開くほど見つめた朝顔の種があった。

凪は驚きつつそれをひとつ手のひらに出してみた。どうして？

藍原さんが書いた育て方の説明書。その最後の一行は、放流のサイレンのせいで書きかけのままになっていた。

※種をすべて使い

そうか。『※種をすべて使い終えると、次の種が落ちます』。藍原さんはそう書こうとしていたのではないか。朝顔は、枯れる時に次の種を落とすから。人も同じかもしれない。死んでしまうけれど、いなくなるわけじゃない。その生が次の誰かに渡るのだ。

この種は、持ち主の元へ返そう。凪は笹舟を手に取り、茶色の鉢の乾いた土をその中に少し移した。そこへ種を一粒埋める。

ずっと放置されていた鉢植えよりは、この笹舟の方が身軽で、どこへだっていける気がした。凪は笹舟を鉢の上にそっと置いた。これは自分がこの町へ帰ってきた証だ。

縁側に腰掛ける。二葉の青い折りたたみ傘を摑んだ。

——返そうと思えばいつでも返せたんだ。

凪が昔から傘を持ち歩きたがらないことを、二葉はよく知っていた。何も言わず下駄箱に入れておくところが二葉らしい。

あの日以来ずっと使っていないから、何年も折りたたんだままだった。広げて夜風に当てておこうと、紐をほどく。縁側に腰かけ、カチッとつまみを押した。

その時。

咲くように広がった青い傘から、残っているはずのない雨粒がふたつ、ぽつぽつと笹舟の上に落ちた。凪は気付いていなかった。

＊　＊　＊　＊　＊　＊　＊　＊

明け方、町中が寝静まった時間。

長い蔓が二本、鉢植えから外へ向かって反時計回りにぐるぐると伸びていった。

10

目を覚ましてすぐ、凪は草平にメッセージを送った。

【ごめん、やっぱり今日は別で行くことにする】

送信してすぐに【わかった】と返事が来た。間髪を入れずに次のメッセージが届く。【樒はいつも朝イチに行くみたいだぞ】

朝からカンカン照りだった。頭の上で蝉たちが大合唱している。

かわたれ霊園以外のお墓に来たのはいつ以来だろうか。ここへ来たのは初めてだったが、道具や設備などつい細かなところに目がいってしまう。

ふと、こちらへ向かってくる青いワンピースが目に入った。二葉がワンピースを着るのは意外だったけれど、きりっとした青がよく似合っていた。二葉は藍原さんのお墓の前に立っている凪に気が付くと、露骨に顔をしかめて立ち止まった。

「なにしてんの」

「おはよう」

こうして対面するのは久しぶりだ。もう夏だというのに、学生時代のように日焼けもしていない。大人になったんだなと思った。

「草平から聞いたんだ。二葉はこの時間だって」

「……あっそ」

凪は二葉に歩み寄り、青い折りたたみ傘を差し出した。

「これ、ありがとう」

二葉は訝しむような目で凪を凝視している。さっきと同じだ。

「なに、今更」

凪は振り返り、改めて墓石を上から下までじっくりと見た。

「仕事柄よくわかるよ。このお墓、すごくこまめに、大切に手入れされてる」

隣で、二葉が言葉を詰まらせたのがわかった。

「遅くなってごめん」

「別に、謝られても困るんだけど」

やれやれという二葉のため息を合図に、二人で藍原さんの前にしゃがみ込む。二葉が供えた果物と花の横に、凪は笹舟をそっと置いた。それを見るなり、二葉はバッと凪を振り返った。

驚きのあまり大きく口が開いている。

「……私、今日夢であーちゃんに会ったの」

「うん」

「やけに現実感のある夢で。あんたもいた」

「嬉しそうだね」

二葉は小さく「冗談でしょ」と言い捨てた。

「私たちみんな高校生で、あーちゃんと一緒に笹舟作って水路に流した。ゴールの湖で待ってたら、なぜか二つしか辿り着かなかったんだよ。私と、あんたの笹舟だけ。あーちゃんのだけ来ないなんて、そんなこと今まであった？」

「ないね」

「だから今、びっくりした」

「会えてよかった」

「うん」

今朝未明。咲いたのは、鮮やかな青色の朝顔だった。

線香に火をつけると、煙がツンとした香りをまとって鼻に届いた。二人は並んで手を合わせる。しばらくそのまま、夏の音だけが目をつぶる二人に降り注いでいた。やがて凪と二葉は目を開け、立ち上がった。

「はー、あっつ」

「その傘、もっかい貸して」

「は？　なんでよ。意味わかんない」

凪は笑いながら傘を奪うと、それを開いた。

「日傘にする」

凪が言うと、二葉が「おい、自分だけ」と凪の身体を肩で突き飛ばすようにして陰に入ってきた。

「こちとらお肌が命なんで」

「なれるといいね、気象予報士」

「なんで……草平だな。あいつ許さない」

「明日の天気は？」

「知らない、なんでもいい」

二人は、ひとつの傘の下で歩いていく。

足元のアスファルトには、ひらひらと蝶の影が揺れていた。

エピローグ

再会した二人はもうすっかり大人に見えた。お揃いの腕時計のように、二人とも手首に明るい青の朝顔を巻き付けていた。

十二分に理解してはいたことだったけれど、もう向こう側には戻れないという紛れもない事実を改めて突き付けられる時間だった。悔しくて、虚《むな》しかった。

あの日資料室に行ったのは、いじわるしたくなったからだ。本当は凪くんにあの悪意の山を見せて、彼の気を引こうとひらめいた。

理由は簡単で、ふたちゃんと凪くんの間をこじあけて、私の居場所を作るのに最適な方法だと思ったから。ただ寸前になって、それをすると優しい凪くんはきっと私に同情してしまうだろうと気が付いた。そうなると、むしろ今より距離が遠ざかる。

そう思って急遽、代わりに私と同じ血が流れているらしいあの朝顔の種を見せることにした。


あの子どもが助けを求めてきた時、実はその顔に見覚えがあった。一度、すれ違いざまに私に向かって「顔洗えよ」と言った子どもたちの一人だ。だから必死な泣き顔を見て、内心「報いだ」って胸がすいたの。

けど、その時。凪くんが昔してくれた話を思い出した。小さい頃、凪くんが溺れていた時、周りにいた誰よりも早くふたちゃんが飛び込んで助けてくれたという話。そっか、って思った。だから凪くんはふたちゃんの方が真ん中にいるんだね。

飛び込んだのは子どもを助けるためじゃなくて、そんな私の勝手なプライドだった。鋭いようで鈍い凪くんは疑いもしていないようだったけど、私は、意地の悪い子どもだった。本で得た知識を語るのも、それが簡単に人を感心させる手段だったからだ。もしかしたらふたちゃんは私のずるさに気づいていたかもしれない。たぶん、草平くんも。あの人はそれを見通した上で私に好意を寄せてくれていた、と思う。

異邦人の見た目をした私が日々向けられていた視線。それをありのままに想像してくれることを優しさと呼ぶのか。それとも、そんな視線が存在すると思いつきもしないことを優しさと呼ぶのだろうか。

ふたちゃんは前者で、凪くんは後者。どちらも私にとっては優しさだった。その優しさが居場所になった。

あの事故以来、凪くんとふたちゃんが離れ離れになって、ちょっと溜飲《りゅういん》が下がった気もしたけど、二人が二人じゃなくなっていくのは見ていられなかった。ひとりでいるのと、ひとりでいるしかないのは違う。凪くんとふたちゃんはずっと、お互いがお互いをひとりぼっちにさせていた。それは私の好きな二人でも、むかつく二人でもない。支え合っていたお父さんとお母さんとはそこが違った。両親にもこの姿で会いたかったけれど、どうしてもあの意地っ張りな二人に揃って『うるう』に来てもらう必要があった。

――二人に「ズレ」に気付いてもらうために。私の「ズレ」を正すために。

流れていく笹舟を追いかけながら、たくさん話をした。これ以上悲しくならないように、どうでもいいことをだらだらと喋っていた思い出を選んだ。

最後、私の笹舟だけ湖にゴールさせなかった。二人はおかしいと首を傾げていたけれど、そんなのは当たり前。だってこの中で死んでるのは私だけだもの。でも、違いはそれだけ。

私の死は凪くんのものでも、ふたちゃんのものでもない。けれど、私の生は、望まなくても二人の中に、みんなの中にある。

凪くんは笑っていて、ふたちゃんは泣いていた。仕方ないなと思いながら最後に私は自分に嘘をついた。

――もう大丈夫。

この嘘は、貸しにしておいてあげる。

もうじき梅雨も終わる。私はそっと、醜い翅を閉じた。

本書は第17回小説現代長編新人賞受賞作品を
加筆修正したものです。
初出「小説現代」２０２３年５月号

水庭れん（みずにわ・れん）

1995年生まれ。大阪府出身。早稲田大学文学部を卒業後、現在は出版社勤務。2022年、初めて執筆した小説『うるうの朝顔』で第17回小説現代長編新人賞を受賞した。2023年、同作でデビュー。

うるうの朝《あさ》顔《がお》

二〇二三年六月十二日　第一刷発行

著者　水庭《みずにわ》れん
発行者　鈴木章一
発行所　株式会社講談社
〒112-8001
東京都文京区音羽2-12-21
電話　03-5395-3505（出版）
03-5395-5817（販売）
03-5395-3615（業務）

KODANSHA

本文データ制作　講談社デジタル製作
印刷所　株式会社KPSプロダクツ
製本所　株式会社国宝社

Printed in Japan　ISBN978-4-06-531463-0
N.D.C.913　310p　19cm